理由《わけ》あって、

小浜次郎

Parade Books

目次

理由《わけ》あって、

定年退職

「それでは、小浜《こはま》さんの明るい前途を祈念致しまして一本締めを行います！　皆さん……」

私はこの日、送別会の主役だった。二十二歳でサラリーマン人生が始まり、六十歳になる今月で定年退職を迎えた。

よく言われることだが、私の場合も過ぎてみればあっという間の三十八年間であった。市川から始まったサラリーマン人生も、札幌、函館、仙台、浦和、新潟と大半を東日本エリアで過ごし、中間に十ヶ月間の大阪での生活でそれは完結された。

私のサラリーマン人生を顧みると、二回のリストラまがいの憂き目に会い、部下がたった一人の三年間の課長職がピークだった。と言うものだ。決して他人に自慢できるような職歴ではなかった。だが、与えられた運命に従い勤めを無事全うしたと思っている。

同様に肩身が狭いのは独身であることだ。元来、他人をすぐには信用しない質《たち》であり、加えて女性に苦手意識があるためどうしても機を逸してしまう。さらに、思い出ばかりの生活を想像すると、それはとても寂しく思われ、深く依存するのも避けるべきと思ってしまう。

そのような志向にある私は宿命的本意のままに独り者であったのだ。近年、世間では様々な生活スタイルが認められるに従い、独身者にも寛容となって来たように思われるのだが、私の期待に反して身近な世間からは独身者はまだまだ奇異に受け止められている。

私は真面目で見栄っ張りの性格、言い換えると小心者なのだ。お人好しを潔さとはき違え、因果応報の教えの下に悪いことはすべて自分のせいにする。他人のせいにすればそれで自身の成長が妨げられると考えるのだ。しかし身内と思う人間にはその因果を存分に問う。身内には成長を望むためだ。

そのようなひねくれた考えを常に貫いたところ、残念にも私は公私ともに気の毒な一目を置かれる存在になったように感じるのだ。仕事で理不尽な目に会うのも、女性と音信不通になるのも、弟が心を開かないのも、すべての端緒は私にあるのだと理解している。

世間の様々な人生の中でも一番端っこの王道をもくもくと歩んで来た私は、過去のあまた苦しい思い出や数知れない恥ずかしい記憶や僅かなうれしい経験は、これからの人生を豊かにするための大事なトレーニングだったのだと、強く信じている。

この日、私には過分である皆からの惜別の言葉を胸に刻み、今までの数知れない貴重な体験を活力にして人生のピークへ向かえるのだと、これからの未来に思いを馳せていた。


(それにしてもお前、今頃どうしている)

田舎モノの新社会人

私は、病院などの医療機関を相手とする、いわゆる診断薬メーカー――健康診断や病院で血液検査をする時に使う検査装置のメーカー――に就職した。

就職に伴い引っ越したのは千葉県市川市だった。引越しの朝、少しの緊張を感じながら特急電車で上野駅を目指した。上野駅が近くなるに連れ線路沿いの景色が変わり、大看板や派手なホテルが見えて来ると、さあ、いよいよ東京だと興奮していたのを憶えている。

都会の生活を希望した東北の田舎モノは、千葉県と聞いてがっかりしたのだが駅に降り立つと市川は充分な都会だった。大きな駅前が田舎モノには都会を彷彿させたのだ。

会社が用意した住まいは、入居者同士の生活監視の目的の下に、各自一部屋ずつ割り当てられた2LDKのマンションに同居と言うものだった。

(男二人で住むのかぁ……)あのイヤな思い出が蘇っていた。

学生時代にアルバイト先の先輩が突然、『お前のアパート二部屋あるんだって？　だったら来週から俺が片方の部屋住むことにするから。金は出すからいいよな』などと言って来て、それは実行された。その時から私には気が抜けない生活が始まったのだ。

バイトが終わっても先輩は当然私の部屋にいる。私の苦手な良くしゃべる人間で、私はすぐに寝たいのだがビールの一リットル缶――昔は一リットル缶を普通に売っていた――を飲み終えるまで彼の過去の自慢話に付き合わされるのだ。休みの日でも朝起きた瞬間から話の相手をさせられたりと、気を遣うストレス生活に変わり、二ヶ月位して私は十二指腸潰瘍になって入院することになった。と言うバカみたいな経験があるために、よもや二の舞はゴメンだと案じたが、そこは会社員らしい二人暮らしだった。

同室の先輩は学生時代とは違って無闇に干渉はしなかった。せいぜい休みの日に、料理を作るから買い出しに付き合え――料理が出来て食べさせられたら『わぁ、さすが美味いですね！』まで必ず言う事も含む――とか、キャッチボールがしたいから河原に行くぞとか、ラグビーの試合を観に国立競技場まで付き合え、或いは部屋で酒の相手をさせられるなど、無闇な干渉はされなかったのだが、やはり事あるごとにストレスを受けるのだった。

学生時代の就職活動期間はだいぶ時間があったのだが事情があって慌てて決めることとなった。慌てて決めた割には余力のある会社に当たったようだった。専門的な知識を詰め込まれるために、営業職の私たちには入社してすぐ二ヶ月間の研修期間が設けられていた。

私は診断薬という言葉をその時初めて聞いた。それは、病院の臨床検査室などと呼ばれる専門部署で使われる検査試薬のことである。具合が悪くなり掛かった医院や病院で、或いは健康診断で血液を採られるが、その血液中に含まれているある疾病に特有な目的物質を検出するための反応試薬を診断薬と言う――一般に知られている治療のための薬は《医薬（品）》――。その診断薬を用いて特有な目的物質の測定をするのが臨床検査技師であり、疑った疾患に沿った検査項目――特有な目的物質――の測定を依頼するのが医師である。そのために、彼らに製品の特性を説明するにはある程度の専門知識が必要となる。

その専門知識の習得のためにホテルに二か月間缶詰で研修を受けるのだが、特に営業の仕事もせず座学と多少の実習のみの毎日を送り給料が貰えて、その上三食とも会社負担とは、思い返してみると大変恵まれた日々だった。

そのような環境で真面目しか能の無い田舎モノの青年は、毎日毎日真摯に研修に打ち込んだ。本当は大変苦手な物理や化学の項目でも分かったフリをすると分かってしまい、五、六回あった確認テストでは毎回高得点を獲得し、全テストを終えた累計で机を並べていたバリバリ理系の新人君をとうとう追い抜いてトップになってしまっていた。

何で自分が彼より良い結果になったのかも分からず、ただただ真面目に取り組んだ結果であるとしか思っていなかった。だが、このトップになってしまったことにより、毎年の恒例らしい新人研修の打上げ会食では社長の隣に座ることとなり、記念品として渡されたクロスのボールペンはゴールドになり――他の連中には普通のシルバー――、そしてその年の会社の目玉施策であった、新規事業参入の立ち上げメンバーに選ばれてしまったのであった。

後から知るのだが、本来は、研修前からその職を担うと本命視されていたのが、先の机を並べていたバリバリ理系の新人君だった。しかし、私の真面目さと本命君の不甲斐なさを目の当たりにした研修マネージャーが会社幹部に進言し、テストの点数も都合よく集計がされ、私をトップに据えたのだという噂だった。

研修マネージャーは研修に従順な私を、従順ではなかった本命新人君からスイッチして推挙したようだが、彼は恐らく私が文系出身であることを全く把握していなかったのだと思われた。そしてその思い込み人事が、後に更なる悲劇をもたらすことになるのだった。


この二か月間の研修期間も、会社幹部のみが知る大どんでん返しの末に迎えた最終日の最後の時間。これで皆がバラバラになると言う時に元本命新人君が私のところにやって来て、新宿の飲み屋の会員カードを差し出した。

「小浜君、これ使ってくれないか。僕もう行けないし。まだボトル残っているから飲んで」

彼が大阪営業所配属になったことは、あの打上げ会食の時に全員の辞令が発表されたことで知っていた。こうして目の前に立っている彼が新宿の飲み屋の会員カードを持って情けない顔でいる様を見ると、（どこに行くのか誰にも分からないのに何でボトルなんか入れたんだ。やっぱりこいつバカなのか？）と、心では呟かざるを得なかった。しかし。

「えっ、本当に良いの？　なんか悪いなぁ」と口では言って私はそれを受け取っていた。

その時は（あいつはバカだ）という感情しか無かったのだが、後にこの大どんでん返しの内情を知らされると、あの時やその前の辞令の時の彼の胸中はさぞかしつらかったのだろうと、何とも苦い感情になってしまうのだ。

あいつは、元々言われていたんだろうな、新人での立ち上げメンバーに抜擢される予定だと。そして、東京で過ごせるものだとすべてを想定していて、新宿にも通うつもりだった。でも、研修中に真面目だけの文系の田舎モノに越されてしまい、フタを開ければ研修マネージャーにも見放されてまさかの大阪配属。彼は絶望と共にあの時心で叫んだのだろう、『俺は言われていたんだ。本当は俺だったんだ！』と。

でもやっぱりあいつはバカだ。言われていたことを良いことに手を抜いて、大チャンスをミスミス逃してしまった。そんなことなどあり得ない。私だったら絶対しない。いや……、私もそう言えば、つい五か月前に同じようなことをしていたなぁ。

私は最初から希望してすんなりとこの会社に入社したのではなかったのだった。

就職活動の時期。親は私が実家近くの会社に勤めて欲しいと願っていた。地元にそのコネを使えると言う人物と知り合いだったために、広域的地元の超優良企業にそのコネで入れるようにお願いしたのだった。相手の言うなりでお礼も先に渡していた。

「あれ頼んだから。他の会社は絶対に受けないようにって言われたから。あとは試験をチャンと受けてくれということだから」と、母親に言われた私は、（そう言うことかぁ）と独り合点して、『あとはチャンと試験を受けて』とは、文字通りきちんと試験を受ければ、受けさえすれば良いのだと学生気分そのままで解釈し、せめてものボーダーライン上に身を置くべく入社試験の勉強は全くしていなかった。それゆえ、入社試験は大学入試よりも遥かに難しくまともな回答は出来なかった。

その結果、私の得点はコネの魔力が全く及ばない選考対象圏外に収まってしまい、当然私は落ちてしまった。そして家族、特に邪心の母親とはまともに話の出来ない日がしばらく続いていた。さらに、落ちたのだからと渡していたお金を取り戻しにも行かされた。

私がこの研修でもくもくと学習し手を緩めずにトップになったのは根っからの真面目さに加え、この時まさかの事態を経験し、本命新人君より先に社会の厳しさを理解していたからかも知れない。あの時の悪夢を教訓にして、何ら野心を持たない田舎モノで口下手の単純真面目人間が、ただただ毎日の研修を真面目に取り組んだ賜物であったのかも知れない。

新社会人の過ち

そのような経緯の末に、私は新製品立ち上げメンバーとして東京営業所に配属された。使命である新規事業の導入成功のために、新製品の販売マニュアルをいち早く習得することが私の最大の課題であった。理系が弱い私は、それらマニュアルやデモンストレーションを通して、案の定遭遇する理解していない基礎知識の一つ一つに不安を覚えていた。

仕事の未知に不安を感じていた一方で、大都会の中で私はウキウキしていた。毎日が新しく楽しかったのを憶えている。郷里ではもちろん地方都市でもお目にかかれないカラフルなお姉さまや、現代的で大胆な造りの大型店舗、或いは真逆な歴史を感じる店舗など、大都会初心者には目の前のものすべてが未経験の連続であった。それは、高校の部活で初めて美術館を訪れた時と同じように、次々目に入って来る大都会の展示品の一つひとつに私は感心していた。そして気が付くと一人だけ口半開きで大都会の街を歩いていたような記憶がある。

そんな大都会に早く溶け込みたくて、周りから浮いてはいけない、田舎モノであることがバレてはいけない、と私は強く意識していた。まず、ヘリコプターを見上げてはいけなかった。救急車両も見るのはチョットだけだ。都会人の挙動を逐一横目で観察して真似ていた。

電車の中では都会人に倣い、やたらと吊革に掴まらずに揺れる電車にも必死に足の指で踏ん張って、私は乗り慣れているのだと、しかし私のことなど誰も気にも止めないのだが、過剰な自意識に縛られて必死に誰ともない周りに体裁を繕っていた。

会社では話し方のイントネーションに神経を注いだ。単語、特に名詞は頭にアクセントを置けば何とかなると思った。だが、先輩との雑談で野球を「やきゅう」と発音してしまい、先輩もさすがにエっ!?　と思ったようで、『おまえの田舎ではそう言うのか。テレビでも聞いたことないね』と言われてしまい顔から火が出たのを覚えている。


立ち上げメンバーである私の仕事は、所属部署である千葉・神奈川・埼玉エリアの営業マン八名との連携によって新製品の採用・拡大を企画・支援することだった。

まだまだ学生気分で、加えて大学の就職アンケートで希望職種の最下位を《営業》と書いた私は――でもこの会社が唯一残された選択肢でしかなかったのだが――、上司や先輩に営業のことを言われても、その内容が何となくしか把握できず困ってしまい、大都会生活に浮かれてばかりもいられないのだと、配属二週目位から焦り出していた。

所属外では他の営業所の先輩方からも、あの大どんでん返しもあってか、例の新人ってどんな奴なんだと言う興味津々の超好奇の眼が注がれる毎日だった。

最初のうちは先輩方への挨拶も名前を述べて、『よろしくお願い致します』と固くしていたのだが、地味で口下手の真面目人間も彼らから何回も『小浜君すごいんだって?』『あの研修マネージャーの推薦なんだって?』などと言われれば、それが嫌味だったり、からかわれていることもその時にはまったく分からずに、とうとう『いやーっ、そうじゃ無いんですぅ。真面目にやっていたらこんなことになってしまったんですぅ。田舎モノですので本当によろしくお願いしますぅ』などと雄弁かつ、『お願い致します』が『お願いしますぅ』と、真面目な範疇での馴れ馴れしい口ぶりに変わりながらニヤニヤして喜ぶようになっていた。

そうして、今までの人生で味わえなかったチヤホヤ感と、営業職というまるで想像していなかった世界に入ってしまった焦燥感とが入り混じり地に足が付かない毎日だった。それでも取り敢えず先輩方と同行営業を続けていたある日、上司から私は突然呼ばれた。

「今回の新製品に関しては、会社としても一から育てていく事業と覚悟しているし、新人の小浜も同じような位置付けなんだ。お客さんになっているある大型病院におまえを預けて、そこで新製品関連の実地の修業をしてもらって、会社を拡大する新規事業分野の真の専門家として育てて行きたい、と本社は言っている。……どうだ?」

そのような言葉だった。ともかく『新製品関連の実地の修業』は確かだった。『実地の修業』となると、臨床検査技師や場合によっては医師とも真っ向から対峙することになる。彼らは科学・医学・データ解析のプロだ。そんな超バリバリ理系の人間達の中で毎日を過ごして、やがて《真の専門家》に成らなければならない。

それは、無理だ。準ずるための研修期間だったが改めて考えるとそれは絶対に無理だ。私は営業職が苦手だが、それ以上に化学・物理も大の苦手であるのだ。


理科は他の生徒に後れを取ることなく覚えることが出来ていた。実験が特に良かった。水の分解では先生が一人で実験を進めていたのだが、最後の水素と酸素の生成を証明するために火を近づける場面では、先生だけが緊張していて面白かったのを憶えている。

ところが、高校の化学では老教師の言う「つおいサンよわいサン」あたりからついて行けなくなった。教師が何を言っているのかが分からずにアレルギーになってしまったのだ。それ以来、文系まっしぐらになり大学の専攻は経済学科、所属サークルは英会話クラブだった。ただし、生物の授業は、光合成や生命の誕生など理屈的で文系の趣もあったためか付いて行くことが出来ていた。

それら基礎知識が無いため、新人研修期間初期に研修マネージャーの話していることが頭に入らずに困ってしまった私は、解決方法を丸暗記に求め、丸暗記術を極めようと向かった中延の書店で偶然にも大変優れた実用書を見つけることが出来た。これにより試薬の成分名や反応原理その他諸元等を、基礎知識無しにもかかわらず語呂合わせの丸暗記で頭に入れることが可能になり、毎回のテストでは丸暗記によってのみ点数を稼いでいたのだ。

それは真面目人間なりの責任感に基づいた苦肉の策だったのだ。しかしそのような付け焼刃は最初から無理があったことを今回思い知らされることになったのだ。


この上司の話も、あの研修マネージャーから営業トップへの提言らしかった。

恐らく私の身上書をよく確認していないマネージャーは、研修期間中、確認テストでトップを争い続ける私を日を追うに連れ気に留めるようになった。私を勝手に理系と思い込みながら、『あれ、こいつ見落としていたか？　あぁ、田舎モノだと思って外していたんだっけ？』などと、考え直して来たに違いない。そして遂には大本命君と入れ替えて私を抜擢した。そしてまた今回、このような前例の無い更なる大抜擢を仕掛けて来たのだ。

（これは、何かのドッキリなのですか⁉　冗談言うにはまだ明るいですよ、課長！）と、最近憶えたばかりの都会のジョークで言い返したいぐらい悪い話なのだ、私にとっては。

しかし一方で、その本社の指令的打診は、全うすれば将来偉くなれるレールであることは、真面目な学生サラリーマンにも直感的に理解が及んだ。

かくして白と黒が渦巻き、吹き上がり、沈み込み、そして宙に爆ぜ、私は意思を固めた。

「私は……それはイヤです」

上司は私の返答を聞くや、視線を彼の手元と私の顔とで二回往復させた。

「そうなのか……。本社はおまえに期待しているみたいだけど、イヤなら仕方ないな。でも、後からやっぱりやりますは聞かないぞ。それでいいんだな！」最後は怒気を込めていた。

「はい。すみませんが、行きたくないです」

『おい、どうした⁉　この話を断って。おまえはやっぱりバカなんだな⁉』と言うセリフを上司は心で叫んでいたと思う。そしてもう一人の私も同様に叫んでいた。

何ら野心を持たない田舎モノで口下手の単純真面目人間は、自分がさらに自分の能力を超えた職務を背負わされようとしていたことに、それは絶対に無理があることが分かっていた。

私は分からない理系の話も真面目に丸暗記によって対応した。会社の意向に応えるべく真面目に全力で丸暗記に励んだ。その結果、会社から勝手に期待されるようになってしまった。しかし、その勝手な期待に応えるのも従業員の当然の責務ではあるのだ。だが、もはやその勝手な期待は私の限界をはるかに超えた期待に替わろうとしていたのだ。

ましてや、自分などはもともと偉くはなれない人種なのだと自嘲し、反して周りが勝手に自分を蔑ろにして事を進めてしまう状況に怖くなってしまい、(何か分からないけどこれはもうダメだべ）と、小心者の田舎モノらしい答えを出したのだ。

席に戻った私はたった今自分の言ったことに早速後悔をし始めていた。

この話は私にとって生涯一度のチャンスだったのではないのか。チャンスは一度。新人研修の本命新人君の過ちを一番間近で見ていたではないのか。コネの就職試験をしくじった経験もあるではないか。

何をしている俺。

やはり、目の前のチャンスは確実に掴まないとダメだったのだ、と自分を責めるが、即座に、いやそうじゃない、と自分を許す。自分らしく生きることが自分の幸せなのだ。金や出世だけが人生の幸せではないハズだ。正解は分からないけれど、一番は自分が決めたことに後悔をしないことだ。深呼吸を二回して、そう思うことで区切りをつけた。


今回の私の反逆により、会社も思惑が外れ新規事業発足のムード造りもやや消沈したようだった。それは、研修マネージャーにしても、私が《従順な使える新人》だと言う思惑を根底から考え直すことが必要になったのだと思う。

後日、本社でマネージャーは私を見つけるなりすぐに私を呼びつけた。

「小浜、ペーハーの計算式って分かりますよね？」これは理系人間にとっては誰もがおおよそ答えられる常識なのだろう。そして同時に私は、（やっと聞いてくれた）と思った。

「いえ、すみませんが分かりません」

私はこれまで嘘は何一つ言っていない。しかし心の底から自分を詫びた思いだった。


上司との悲痛なやり取りの翌日、いつものように出社すると同じ新規事業立ち上げメンバーの先輩——八歳年上で営業所での私の教育係——が、私に話しかけて来た。

「おまえ断ったんだって？　何で？　バッカだなぁ」

しかし、顔は怒っていなかった。むしろ嬉しそうだった。その先輩には昨日の結論が既に伝わっている。恐らく彼には今回の外部修業の話は私より先に知らされていたのだろう。それで気が気では無かったのだろう。こいつが修業に出て万が一にも数年後に真の専門家となって戻って来て、何も出来ないこいつを上司と呼ぶようなことなどあってたまるか、と。

そのチグハグな表情から、先輩方からすれば私は会社の序列を乱す恐れのある、要注意人物だと思われていたことが推測出来た。

昨日の私の答えは一生一度の大チャンスを逃したかも知れないが、当面は私の生き方の最優先である周囲との平和と秩序を保ち続ける結果には繋がったのだった。

もう一つのアレルギー

その後は騒ぎも起こらず数か月が過ぎた。周りの新規事業への関心も収まり私への興味も失せて行った。私は私なりに出来ないながらも自分の職務を何とか全うしたいと焦っていた。営業の仕事を一通り行おうとすると事務の女性の助けを借りることになる。リーフがどうした、資材がどこにある、送付物はどうする等々だ。

事務の女性は三名おり全員年上だった。

一名は二歳年上の独身――やせ型、小動物っぽい顔立ち、ブリっ子とまではいかないがわざとらしくネチっこい。もう一名は四歳年上で独身――標準体型、美形で女優の誰かに似ていそう、明るくハキハキ。残りの一名はだいぶ年上のパート主婦――太ってはいないが年齢なりの体系、秋野暢子と野際陽子の中間的お顔立ちの超美形、医薬品の元祖営業ウーマンらしい、子供は大学生。と言う構成の事務チーム。

私は、用事があると野際陽子さんに聞くようになっていた。それは、他の二人は常に忙しそうにしていたのと、私は年が近い女性には常々接しづらく思っていたからだった。

実は、私は女性を非常に意識する質であり、ゆえに女性が苦手なのであった。

どのように苦手かというと、思い出すのが中学三年の春に行われた運動会でのこと。我々はフォークダンスを踊らなければならなかった。曲目はジェンカだった。男女が交互に前後に繋がり飛び跳ねながらトラックを廻り踊るという仕様のダンスだ。

男女が繋がって大きな円を作るということで、前の女生徒の肩を両手で掴まなければならなかったのだが、私は何故か掴めなかった。意識してしまい恥ずかしかったのだ。

それまでは、構わず話せていたのだが今回は話ではなくダンス。女生徒の肩を掴む。急に女性の体を意識したのか、私の手は目の前の肩を掴めずに十センチ手前の空間にずーっと置かれて、そのままピョンピョン跳ねていた。その時の写真も残っている。他の皆が造る肩と手の列が私のところだけ切れている。私は途方に暮れて口半開きのバカ顔でこっちを向いている。見るだに恥ずかしい証拠写真なのだ。

親にもバカにされた。前の女生徒にも失礼だっただろう。今だったらキョンシーのまね！——古っ！——とか言ってゴマかせたのかも知れない。

ともかく、その辺りから《女性》もアレルギーになったようだ。以来、特に同年代の女性に対面する時はものすごくチャンとしなきゃ、と意識してしまい、まるで対決する心持ちになっていた。そのため女性と初めて会う場面では、私はすっかり構えてしまうのだ。それに呼応するかのように、相手の女性もただ事ではない男の目つきに警戒警報は躊躇なく発せられ、相乗的にお互いの間には深い溝が造られ、たちまち拡がるのだった。そして、私は訓練する機会も無くその後を過ごして来たため、その質は変わることが無かった。

ここで、この悲しい本性を追加した私の習性を言い表してみると、【何ら野心を持たない田舎モノの超奥手で口下手の単純真面目人間】となるのだ。

そのような本性の私は、年代が離れているため割と意識せずに話し易い陽子さんにいつも相談していた。他の二人とは話をしなくても問題は無かったことから、尚更話す機会は少なかった。


職務を何とか全うしたいと思っていた私は、所属エリアの営業マンからの要請で販促資材を作ることにした。リーフ、文献、手書きの説明文などをバインダーにまとめて、客先で営業マンが手際よく説明出来るようにするためだ。

日中はエリアの営業マンと営業同行をすることが多く、夕方帰社してから何日か掛けて残業しながらそれを作成していた。

ある日の残業時、独身のネチっこい方の女性が私の机の対面のシマに移動しこちらを向いて何やら仕事を始めた。特に気にも留めずに私は作業をしていたが、ふと気付くと彼女は怖い形相で少しも視線を逸らさずに私を見ているのだった。途端に不安になった。

睨まれているのか？　気のせいか？　時間を少しおいて再び彼女を見てみた。やはりニコりともせずジーっと私を見てやがて目を逸らした。

作業する体《てい》で頭の中では、(何か頼んでいたっけ？　電話で何か話したのを忘れているのか？　何か確認することあったか？　何が気に食わないんだ？)と必死に探ってみるものの、思いつかない。原因が私には分からないままだった。

翌日はそのネチっこい方の女性も普通に私と連絡事項を話していた。それ以外は元々あまり話さないことから、不都合は無かったため私は気にしないことにした。


それから数日後、教育係の先輩が夕飯に連れてくれて話を切り出された。

「☆☆さん——ネチっこい女性——は、お前に気があることは分かっているよなぁ？」

(えぇぇー!?　気があるぅ？　なんでぇ？)

頭を殴られたとまではいかないが、私には突拍子もない、まったく予想も出来ないハプニングだった。

まず、なぜ私？　私は年下。慣例がすべてでは無いが、普通年上の男性だろう。それとも男性不信になる何かがあって安パイの年下なのか？

「えっ、そうなんですか？」

それ以上のことは何と言って良いのか分からなかった。

しかし先輩はすかさず、

「うっそだろ？　お前、☆☆さんのアピール分かっていただろ？」

えーと先輩、まだ私はお話ししていませんが、私は女性が苦手で、女性の気持ちや生態が全く把握出来ないのです。アピール分かっていただろだなんて……、そうか、あの時のあれだったのか。あれは睨んでいたのではなくて、見つめて念じていたの……かぁ!?

世の中の女性と言うかこの場合は大都会の女性は、そうやってアピールするものなのか。それを予め知っていなければならなかったのか。そう言えば以前、こんなこともあった。

先輩と上司と女性陣とで食事会に行く電車の中で、立っている私の横にネチがいた。電車の揺れに任せて私の肘に手をよこして来たことがあった。

横で察知した私は困ってしまい思わず身を固くしてしまった。

気の利く男性ならサッと肩に手を回して、支えてやるのだろう。でもその時の私は、蛇ににらまれたカエルのように固まってしまい、（来るな！）と心の中で叫んでしまったのだ。

でもそう思っていたのかぁ、いたのだなぁ。かなり難しい。分からない。分かることが出来そうにもない。やはり女性のことは私には難しい。仕事より難しいのかも知れない。

思いもしなかったことを知らされて、思い悩んだ私は翌日ネチの顔色を何となく窺ってみた。しかし普段通りにしか見えなかった。さらに、私に気があるのかと改めて意識して見てみても、それは全然分からなかった。やはり自分には無理な分野だとますます思い込み、半分は逃げる体でますますネチとの距離を置くこととした。

結局ネチはその後十ヶ月程で元々いる年相応の先輩営業マンと結婚したのだ。十ヶ月って、結婚を決める期間として短くないか。そいつと付き合いつつ私にアピールしてたか。それともそいつは噂を聞いてネチに手を差し伸べたのか。

私はネチには興味が無く好きではなかった。彼女の気持ちを聞かされても、それでは、と考え直す気にもなれず、けれども良心の呵責のような気持ちも生まれていた。

だから彼女の結婚は私にとっても気持ちが楽になるハズだった。しかしいざその知らせを聞くと、何故か気持ちがザワついたのだ。私は彼女の結婚に心を乱しているようだった。

女性が分からない以前に自分が分からなく思えた。

上司との巡り合わせ

上司に成れる人間、上司に推挙される人間のタイプは、まずは実力がある、営業の場合は営業成績が優秀で営業マンのお手本であるタイプ。もしくは実力はそこそこだが人格的に優秀であり求心力があるタイプ。そして、実力も求心力も特段のものでは無いが社内ネゴが優秀であるタイプ。などに分けられると思う。

私の上司の上司、営業所のトップである営業所長が、私が東京営業所に配属になってまだ一年も経たないうちに、本社の別事業部のトップとして異動になった。

瓜実顔のその営業所長には、私と同郷であるためかいつも笑顔で優しく接して頂いていた。彼の家へ招かれたこともあった。言葉の随所に訛りのある同郷人に間違いは無く、声のトーンや話の道筋が同郷人の私にはスムーズであった。安心出来る理想的な所長であったのだ。

会社はグローバル企業と国内トップを争う製薬会社の合資会社であり、診断薬メーカーの中でも目立たないマイナーな検査項目で、特許に守られていた業界元祖的な製品であったためか、強烈なライバルもおらずのんびりとしていた。きびしいノルマも無ければ毎月の会議も売り上げ先の進捗確認と社内連絡に終始していたのだ。今月はいくら足りないからどうすんだ、などと言うノルマ追求型会社とは正反対にある会社だった。営業が苦手な私もそのような社風と周りの人間のおかげで居続けることが出来ていたのだと思っている。

同郷の営業所長の異動は寂しく不安に感じるも、次に来る所長もそのポジションに相応しい優しく紳士的な人間であることが当然だと思っていた。

次期所長に関して周りの下馬評は、それまでの営業成績とその人柄から、同じ東京営業所の新潟県や栃木県など関東の遠隔地域を管轄する課長――私の上司と同格――の昇格だ、との予想だった。だみ声で人柄も体形も厚みのある、いかにもと言った風体の本人も周りの持ち上げぶりに満更でもなく、早々と所長椅子に座って机の上を掃除したりしていた。

ところがこれもフタを開けてみれば、西日本のある地方の営業所長が新しい東京営業所長に決まったと知るのだった。これには下馬評の本人はもちろん、期待していた周りの人間も大変がっかりして暗い雰囲気が漂ったのだ。

それは噂も相まってのことだった。新しい所長は素行や部下への態度が横暴だと言うのだ。加えて営業成績も特に良く無いことから、この異動も何か訳ありのようなのだ。

営業所長を決めるのは実質的には営業部長一人の判断だった。彼は同じ競馬の趣味で下馬評の課長と仲が良かったと周りは思っていた。だが、それを逆に気にしたのか、或いは本当は仲が悪かったのか、もしくは新しい所長には何か借りでもあったのか。真相は不明のまま、皆が納得のいかない人事異動となった。

さらに新しい所長の人格にやはり心外だったのが、一言二言で十分理解出来るほど性格が野蛮で下品で下劣であったことだ。直にそれを知ったのは彼の着任初日のことだった。

下馬評課長が綺麗にしていた所長机に角刈り太眉の新所長がドカドカと座った。机の上をモソモソしていると思ったら彼は私を呼びつけた。

「小浜！　ちょっと来てみろ！」

只ならぬ気配に（むむっ⁉）と感じつつ取り敢えず「はい！」と返事し、不安が消せないまま向かった。

「小浜、ええか、これ読んでみろ」

言われるままに目を向けた先には、机のビニールシートの下にはがきを横にして一回り大きくしたサイズの紙があった。続けて見てみるとそれは独自の書体の印刷物だった。文字の大きさから立っている私にはその印刷物までの距離は大変遠く、屈んで目を近づけてやっと題名が見て取れ、それに続いて箇条書きがズラりと並んでいた。

（これを俺が読んで行くのか。何のために。この人、急に目が悪くなったのか？）

本気でそう思った。

目的は分からないが読み始めた。

「いち、しごとはつくるもので、」すると、間もなく彼は怒鳴った。

「声が小さい！　もっと大きく！」

屈みながら読んでいて、机に向かって声を発する体勢だったために尚更大声は出す必要は無かったのだ。私は怒鳴られて半分びっくりし半分頭に来た。この新所長様は以前の同郷所長とは対極にある、良く言えば雑草魂の人物、包み隠さない言い方では、野蛮で下品で下劣な人物であるのだと即座に評した。噂は本当だったと思った。

怒鳴られてびっくりして視線を机の上から彼の顔に移すと、彼は私の背後で様子を窺っている営業マンたちを睥睨しており、彼の意識はそちらに向いていたのだ。

彼の視線の先を確認した私は、（なんだ、みんなに言いたいのに直接言えなくて私にやらせているのか）と合点して少し安堵し同時におかしく思えて動きを止めた。その途端に『早く続きを読め』と来た。

（はい、はい、分かりました新所長様）

趣旨を理解し続きをなるべく大きい声で読み上げた。読み終えるとあっけなく戻らせられた。彼にすれば私を通して彼の営業信条を営業マンに伝えることが出来たと思い満足したのだろう。でも、営業所長は営業所の一番上の人間なのだから会議の場で堂々と正式にプレゼンすれば良いのだろうに。私を通してでも一刻も早く営業マンに言いたかったのか。イヤイヤそう言うところに品性が感じられないのだ。

解放された私は（だから何なんだろう？　明日からやることが変わるのか。私が言う事を聞くのは私の上司かあの成り損ねの課長だし、その次は都内管轄の課長で、いやそう言えば、教育係の先輩の言う事がそもそも最初ですし、あなたの順番はなかなか来ないと思いますよ）と、心の中で独り言ちていた。

そして、めでたくも三拍子揃ったこんなのが所長とは、花の東京営業所も随分落ちてしまったものだと大変落胆した。

疑惑の人事の果てに所長机に収まる新所長様に、サラリーマンの出世とは公平に決まらないこともあるのだと新人ながらにつくづくと思った。そう言えば、同郷所長も事業部トップとは言え、栄転では無かったような雰囲気で去って行った。

ところでこの営業格言をネットで調べてみると、あれから三十八年経過したにもかかわらずご健在であった。これ自体は、実績のある根強い人気で気品漂う仕事の格言集なのだ。紹介サイトによると、その活用例として新所長様の活用方法と同じ『**机のビニールシートの下に張って……**』とあった。ご愛用の方々には鉄板の活用方法なのだと思った。

大都会との別れ

孤軍奮闘も空しく結果の残せない毎月が過ぎ、入社後二年を過ぎようとしていたある日、いつもの上司に呼ばれた。

「そろそろお前も独り立ちが出来る頃だから――独り立ちしないといけない頃だから――、先輩と離れて自力でやることになる。北海道と九州、行くならどっちが良い？」

（おーっ、転勤かぁ。でも、少し早くないか？）

会社として売り上げの拠点となる首都圏である私の担当エリアで、新製品が採用されていない。もういい加減このエリアで新規採用されなければ事業の成功は望めない。それなら、もういい加減採用を望める人間に任せるしかない。となるのは企業の道理である。

私は社宅同室の先輩に気を遣っていることやネチがまだ会社にいることなどに加えて、大都会の生活も同じことの繰り返しに思えて来て、楽しさが薄れて来た頃だった。

転勤は少し早いのではと思いつつ状況を理解した。そして、大変ありがたかったのが異動先を選択できる話だった。その異動先とは、北海道か九州と言うことだった。

北海道も九州も全く初めてで暮らしの想像が出来なかったが、大学生活の最後に夏バテになってしまったことを思い起こした。

「ほ、北海道が良いです！」

「そうか。返事早いけど大丈夫か？」

私は夏バテの顚末を話した。続けて上司から、「来週あたり所長からおまえにこの話がある。おまえは初めて聞いたことにしてくれな」と念押しされた。この事前に知らされている『初めて聞いた話』は、この時以降も度々あり、その都度笑いそうになって困るのだった。


次週、新所長様から案の定の呼び出しがあった。

（あのことだろうな。知らないフリ知らないフリ）私は念じながら彼の席に向かった。

「小浜君、実はな、おまえは来月から異動で北海道に行くことになったんや」

ここで私はまず驚かなければならない。そして、なるべく自然に初めて聞きました感を出さなければならない。

「えーっ、」と言って少し固まる。そして「そうなんですか!?　私は初めて聞きました！」

はい、自然に出来たハズ。間もバッチリだ。でも、何かがこみ上げて来ている。

新所長様はキョトンとして、「初めて聞いたって、当たり前や。わしも先週末聞いたんや」

ここで私は吹き出しそうになった。いや、少し吹いた。慌てて咳をした体に持ち込んだ。

それから私は「はい」とだけ言った。田舎モノの真面目人間にはそれ以上の演技は無理だ。

「とにかく行くことになったから。向こうでも頑張ってな！」

そうだっ！　目の前の野蛮で下品で下劣な新所長様と別れられるのがこの異動の一番の良いトコだ。寒いところだろうけど早く行こう！


この『初めて聞いた話』と同じくらいこの時以降あるあるなのが、それまでは「小浜」だったのが異動を伝える際には急に「小浜君」と君付けになること。

辞令が出る前だがもう他所者扱いなのか、こんな話ぐらいは優しく接してスムーズな返事を期待するのか、異動の打診を何かフォーマルなことと捉えているのか、行った先でなるべく自分をよく言ってもらおうとして取り繕うのか、この新所長様に限らずその後異動の話を伝えられる時は必ず君付けで話が始まる。逆に事前に知らされない話が君付けで始まると、それは異動の話だったりしたのだ。


新所長様から翌月の異動が告げられ、正式な社内通達が出た頃から先輩をはじめとして周りが騒がしくなって来た。

先輩は私が行く札幌営業所で、私が一人前の働きをしないと、自分にクレームが来ることは分かっていた。それゆえ立ち上げメンバーとしての二年近くのトレーニングに対しての再確認に怠りは無かった。

トレーニングとは言っても、実質は製品知識、デモンストレーション、そして販促資材を作ることだけだった。肝心な拡販方法に関しては自分で考えてやれという教えだった。後輩であるがライバルでもある私への当たり前な対応なのだが、意地を張らずに営業が不得意な私は戦略的な部分をもっと聞くべきだったと、後になって後悔した。

先輩が積極的に確認していたのは製品知識だった。反応原理と測定範囲及び測定項目の適応症例などを、札幌営業所メンバーと客先同行して質問されても即答出来るかの確認をしたかったようだ。久々の丸暗記術に懐かしいあの日々を私は思い起こしていた。

私を心配してくれたのは先輩だけではなかった。事務チームの年の割と近いあの二人とは相変わらず遠かったが、野際陽子さんとは会話が出来ていた。仕事に余裕があるようで、彼女はいつも視界にいたドンくさい新人君のことを我が子のように心配してくれていた。異動が公になってからは余計に話しかけてくれていた。

陽子さんは、豊満な体をしている。切れ長の眼からいつもお色気ビームを放っている。何気なく近づくと体温が高い。呂律がチョット回らない時がある。

陽子さんは完熟の女性だ。

先輩が陽子さんを誘って三人で食事に行くことがあった。歳が近い陽子さんには余計な気遣いもとりあえずは不要で、野蛮で下品で下劣な新所長様のハラスメントを話題に、先輩も完熟の陽子さんとの時間は純粋に楽しそうだった。

その日は、だいぶ私のイライラが分かるようになっていたようで、先輩も陽子さんと示し合わせて私の憂さ晴らしが目的だったらしかった。

「小浜、おまえ大丈夫か？　何か最近イライラしているな」

「新しい所長はお前に言い易いしなぁ」

と先輩が言えば、完熟陽子さんは、

「でも、それにしてもヒドイわよねェ。あんなこと言われたら私だったら黙っていられないわァ」などと被せて来た。

思いがけない今夜の小浜デーに私は久々のチヤホヤ感を束の間味わっていた。そうして他愛もない会話が続き、やがてお開きの時間になって三人は店の外に出た。

駅の方に歩を進めて行くうちに完熟陽子さんは私の横に付いた。先ほどまでよりも近い距離だ。体温を感じてしまいそうだ。

「小浜さんは市川だからまだ時間大丈夫よね？　二人でもう少し行くぅ？」と、ビームと共に発せられた。

私は最初、（確かに三十分くらいは時間あるなぁ）とだけ考え、次に（陽子さんと二人かぁ。何話せば良いのだろう）などと逡巡しているうちに先輩が、

「じゃあ悪いけど俺帰るから」と、私の顔をジーっと見つめながら駅に消えて行った。

日頃からあまり私に優しくない先輩だが、それでも見えなくなると急に心細くなった。

「やっぱり私も帰ります」

私は、超完熟陽子さんの胸中を察すること無く、忖度返しも無く、超奥手の本領を存分に発揮したにべもない返事をしてしまったのだ。

「そう……」

困り顔のような苦笑いの顔をした完熟陽子さんと私はあっさりと駅で別れてしまった。


翌朝会社で先輩が、昨夜の別れ際と同様に私の顔をジーっと見つめた。

「おまえあれから大丈夫だったよな。何も無かっただろ？」

冗談っぽくは無い先輩の言葉尻に、それで初めて昨夜の陽子さんのお心遣いは、もしかしたらそんなお心遣いであったのかと頭に描いてしまった。

えー、もしかしたらそんなことだったのか⁉　まさかそうでは無いだろう⁉　でもそう

だったのかぁ!? むむーっ、またまた難しい分野。でも、大都会の大人の女性はそういう風に立ち回れるのか。田舎者の二十四歳には真相は全く分からない。

でも万が一、万が一そうなったら、どうやって会社で過ごすのだ？ 机の下で手を繋いだり、すれ違い際にタッチしたりするのか？ じゃあ昼休みには、……エーッ!?

妄想はさておき、せっかくの彼女のいずれにせよのお気遣いを台無しにしたのかと、思いを巡らせた私は顔を動かさずに眼だけで陽子さんを一瞥した。彼女は今日も凛とした気品を満たしたお美しさで、いつものようにお色気ビームを放っており、いつもと全く変わらなかった。やはり大都会の大人の女性だった。

そして、もうこれからは間近にお顔を拝見することも無くなるのだと急に寂しくなった。

初めての地

空から海を眺めていた。

初めての飛行機は、噂に聞く離陸時のいわゆるGがそれほどでも無かったり、機内音楽を聴くイヤホン——実際は音が中空を伝達していく二股のチューブ——が、座席ごとに置かれていて持ち帰っても良かったり、飲み物が出たり、何よりスチュワーデスが特に美人ではなかったりと、これから誰かに飛行機の話をされてもこれで対応出来るのだと、にやけて満足感に浸っていた。


札幌営業所はこぢんまりとした造りだった。所長も小柄で顔も田舎っぽいこぢんまりとした造りの、良く言えばアットホームな感じがした。事務の女性は私より少し年下で頬が赤く、お世辞でのみ可愛いと言えるようなその一人だけだった。

どうしても比較してしまうが、東京営業所はこの四倍くらいの規模で精鋭な営業マンが何人もいた。事務の女性も年上ながら陽子さん始め、見栄えのする方たちばかりだったが、この目の前の景色。これが東京から離れたということなのか。

しかし、良いことももちろんあった。

午後から社宅に向かうために地下鉄に乗った。十五分掛からずに目的の駅に着いた。そして社宅は駅を出て二分。東京の頃は電車に三十分乗って、歩きの合計は十五分――それでも計四十五分はまだ良い方だったらしいが――。今度の会社までドアｔｏドアで二十分は、朝が弱い私には大変助かった。

その夜早速スーパーに行って弁当を買った。並んでいる弁当がどれも東京時代よりハッキリと安かった。でも、給料は同じ。でも、事務の女性は可愛くない。

社宅に戻ってテレビを観ながら弁当を食べ、一人で笑って、やがて布団に入った。

（ここにいつまでいるのだろう。ずっといるようになるのだろうか。ここで誰かと結婚するのだろうか。仕事上手く行くのだろうか。どんな仲間なんだろう。東京の先輩や陽子さんどうしているのかなぁ）

翌金曜日の夜、社宅の相棒と対面した。市川と同じく二人住まいだった。彼はその年の入社だったが、私より赴任の時期が早かったために一足先に社宅に入っており、すでに部屋割りのアドバンテージは彼のものだった。当然のように良い部屋を占めていた。会社の先輩である私に改めて部屋の使用許可を得ることも無かった。

高卒で一旦社会人を経験し、思うことがありそこから大学に入ったと言う同い年の彼は、世間の厳しさや仕事の駆け引きを経験している。そのせいか立場が新人であろうと、会社の先輩に対しても構わず自分の利益を確保することに必死であるようだ。

さらにこの猫背ハの字眉で顔色の悪い同い年の後輩は、人を見抜く目も持っているようだ。こいつは使っても良い先輩なのだと。その後、様々な場面で私を利用するのだった。


明けて月曜日、営業所は地方駐在勤務の一名を除いたフルメンバーが集まり、私は皆に紹介された。先週に所長、社宅の相棒そして事務の女性とは会話していた。

この日は他に、同じように広島から異動になったのんびりしてやる気のない《大ベテラン》、せっかちで短絡的な《元々いるベテラン》、プライドが高くカラオケが得意で女性好きな前年入社の《年上の後輩》たちがいて、私はやや緊張しながら挨拶を交わした。

新人の時ほどでは無いが、いきなりの新製品立ち上げ職と言う経歴から、ここでも興味と否定の眼が注がれていた。しかし、それもほんのひと時であり、刺激と情報に枯渇しており競争心の見られない地方の営業マンたちは、私から目新しい何らかの情報を引き出そうとして、私との垣根を取り払い素直にこちらへ歩み寄って来るのだった。

私もそれに応えるべく東京営業所の先輩方の現況やら本社の噂話など、私が知っている限りのスキャンダラスな話題で迎合した。

しかし、私へ歩み寄りたいだけでは無く、自身が住んでいる札幌を知って好きになって欲しかったのは、《元々いるベテラン》だった。
「昼はあそこかこっちかそっちも良いし……」（すみませんが覚えられないです）
「そうだ、みそラーメンはどこそこかここそこ……」（まだ社宅にやっと帰れる状況ですので）
「それと、カニが食べたかったら……、ジンギスカンは……」（だから、いま言われても分かんねぇって言ってるべェ、この〇〇オヤジ！）
　私は大方歓迎されて新しい仲間たちと新しいスタートを切ることが出来たようだ。

　初めての札幌。私が赴任したのは六月下旬。北海道は梅雨が無く清々しい。街はずれではもちろん街中の通りであっても木々の新緑は太陽に照らされてみずみずしい薄緑色を成していた。木々たちの生命力をストレートに感じられてとても感動するのだった。
　会社は大通り公園に面していて、ビアガーデンや雪まつりなど四季折々のイベントで楽しませてくれた。終業時間近くになると営業所が面しているイベント会場からザワザワと音楽や会場アナウンスが聞こえ始める。すると我々札幌新人たちはもとより、札幌先輩たちもソワソワし始めて『行かないとダメだな』となる。何が『ダメ』なのかは分からない。

東京の頃は、先輩方の『お前も来るだろう?』のお誘いで、決してときめかない居酒屋に行き、何でもないメニューで時間が過ぎて行くのが当たり前だった。

しかしここでは、会社から少しだけ足を延ばした繁華街周辺でも、北海道名物や元祖のメニューが年中楽しめ、時期と時間が来れば気分はすぐに観光客だった。

また、春夏秋には恵まれた気候と自然の良さを堪能した。加えて、趣味の広げやすさ――ゴルフ、スキー、温泉、競馬場などのアクセスの良さと手軽さ――がこの札幌では比較にならない程優れていた。東京時代とは異なったウキウキ感が札幌の生活にはあった。

そもそも大都会での生活に希望を持ってはいたのだが、対応できないことに直面する度に【何ら野心を持たない田舎モノの超奥手で口下手の単純真面目人間】と自虐の気持ちになり、大都会の楽しさに疑問を感じていた。仕事においても素直に自分をさらけ出すことが出来ずに馴染めずにいたのだ。私は大都会でポツンと自己満足をしていたのだ。

だが、札幌の彼らは無駄に競争心を持たない全くの家族的な仲間であることが程なく分かった。精鋭な営業マンは見当たらないが、私が安心して素直になれそうな仲間がここにはいることに気が付いた。

これまでの大都会での生活と新人立ち上げメンバーは、どちらも私の見栄っ張りな性格にはピッタリだったのだが、背伸びし過ぎの毎日に疲れてしまっていた。これからは、このこぢんまりとした営業所でリラックスした生活が出来そうな予感がしたのだった。

間もなく元々いる先輩に強制的にゴルフを始めさせられた。こぢんまり所長もやるし、いずれやり始めると思い意欲的に従った。同い年後輩も同様だった。最初のラウンドは、当然のようにダブルパー以上——規定打数の倍以上：絶望的に下手——だった。しかし、ゴルフをやり始めたことで、一人前の社会人としての条件を一つクリアしたような気持だった。

さらに一人前の社会人としての必須条件である車も買った。同い年後輩も同時に買った。私が買ったのは丁度発売を開始したばかりのリトラクタブルヘッドライト——ヘッドライトがパカパカするやつ——が目を引く新型車だった。それは、パカパカで周りも運転手に目を向けてくれるのではないかと言う、自意識過剰から来る思惑があったからなのだ。

そのパカパカがハッキリと人の目を引いてくれたのは、フェリーで帰省した時だった。まだ素直だった弟にしか自慢できなかった私は、満を持して彼を車の前に立たせた。そして鼻の穴を膨らませながらライトのレバーを二回引いた。

「えーお兄ちゃん、かっこいい」

中学一年生におだてられて悦に浸っている社会人なのであった。

札幌の恥ずかしい思い出①

札幌に来て、最初の夏が過ぎようとしていた。

札幌は夏でもカラリと中温で大変過ごしやすい。海水浴には縁が無かったことが唯一残念だったが、生活や仕事にも慣れたこの頃になると札幌の良さをますます楽しめていた。心に余裕が出来ていたのである。

東京では社内の女性とのニアミスもあったが、札幌ではニアミスが起こるハズも無かった。

私は女性が苦手だが興味はあった。何故かは分からないが、私が話すとほとんど女性を怒らせるのだ。それでも、話がしたく無い訳では無かった。

休日は何もすることが無く、一人でドライブかパチンコだった。それは同い年後輩も同じ様だった。

いつものようにあてが無い休みの朝、彼から思いがけない提案があった。

「あのさぁ、ホコ天になってるあの通りに行ってみない?」

「それで、おねえちゃんとお話ししてみない?」

私はこの《おねえちゃん》の単語に急に緊張したが、平静を装った。

「あっ、いいなぁ。たまにはそれいいなぁ」

興味と緊張がないまぜになりながら、私は知らない女性と話すのは平気だよ感をアピールしつつ返答した。『たまには』どころかそんなことは一度もしたことが無かった。

同い年後輩に急かされ我々は丸井今井デパート前に到着した。ホコ天を何ら下心なく闊歩している男女に気後れしながらしばらくボーっとしていた。

私は尻込みをし始めていた。これからの計画に不安になり帰りたくなっていたのである。しかし私の不安な思いに逆らうように、やがて意を決した同い年後輩が、『あの辺いいんじゃない？　行ってみてよ』と私にけしかけて来た。

中肉中背浅黒ハの字眉で細目で猫背のこいつは、嫌なことと損なことはいつも私にやらせるのだ。


社宅のことだった。掃除機は一台あれば足りるし、折半して買っても部屋を出る時に掃除機は半分に出来ないから先輩のあなたが買ってくれ。やら、彼の占有部屋に敷く絨毯をオーダーカットで購入したい。それは社宅備品で会社に請求できる。それで、先輩のあなたがやってくれ。と言った、損な役回りを躊躇なく私に押し付けるのだ。このオーダーカット絨毯は案の定会社に叱られた。安い既成品を自分でカットして使えと、当然のお言葉だった。『ケチ臭いこと言うねぇ、会社も。でも、大丈夫だから気にしなくていいよ』などと彼は平然と無責任に言い返していた。会社は全くの私の仕業だと思っている。でも私は会社には弁解をしなかった。後輩に騙されてしでかしたのだとは、恥ずかしくて言えなかったのだ。

私は今、斜め前方五十メートルの小テーブルに二人でいる年相応の女性たちを視界に収めている。女性たちの姿も見えているが結果も既に見えている。でも、『いや行きたくない』とは言えない。仕方なく私は歩みだした。人生初めての一大事業が始まったのだ。女性たちへの視線を一秒たりとも外さずそのまま真っすぐに進んで行く。鼓動は早く大きくなって来た。

(最初なんと言うんだ？『ねえ、彼女！』は正しいのか？ 楽しい言葉とかジョークって何がある？ やったこと無いから分からない……。そうだ、質問の形にすると返しやすいのか？)と、彼女たちに近づくにつれて緊張で白けてくる視界に抗いながらも必死に一歩一歩進んだ。

そして声をかける位置に止まった。彼女たちはハッとして私を見た。

「ねえ、何でここにいるの？」

実に私らしいアプローチであった。

『ねえ、』は『ねえ、彼女！』の『ねえ、』。『何でここにいるの』は『よくここに来るの？』

とか『どっから来たの?』がこんがらがって、『ここにいるの?』となり、私なりの精一杯なフランクな感じの『何で』が付いたのだろう。恐らく。

私の顔は必死を超えて、瞬きもせず女性を凝視し続け唇をワナワナさせた、ものすごく怒ったような顔をしていたと思う。

彼女たちも私が何しに来たのか一瞬分からずに大変恐怖だったと思う。それでも私の言葉が耳に届いたようで、『何でって、それこそ何であんたに言われなきゃなんないの⁉』と、彼女たちの方が本当に怒ってしまった。そして反対方向に向き直ってしまった。

予想していた当然の結果ながらも恥ずかしさと敗北感は拭えずに、トボトボと同い年後輩のいる定位置に戻った。

「なんかさぁ、こっから見てたら、彼女たちに真っすぐ向かって行くし、余裕が無いんだよね。怖い顔してなかった?」

はいはい、全部その通りです。本当はこんなこととやったことも無いし。

「じゃあ見本みせてみて」

「いいけど狙えそうな女はもう居ない感じだな。せっかくのターゲットだったんだよな」

ことごとく自分の手を汚さないのだ、こいつは。

こうして、二十四歳にして人生初ナンパは分かっていた通りの見事な大失敗だった。

同い年後輩の弱み

開放的な札幌で希望に満ちて過ごしていたが彼女も出来ずに秋も過ぎようとしたある日、同室の同い年後輩の様子が怪しかった。落ち着かず私の部屋から見えるところで行ったり来たりをしている。

やがて私の部屋を覗いた。

「悪いんだけどさ、チョット付き合ってくれない？」

こいつの言うことにロクなことは無い。

「どうしたの？」

「あのさぁ、この前のテニス合宿に来てた事務の友達の子の家を聞いてんだけど、そこに付き合って欲しいのよ」

札幌の連中は皆で遊ぶことが好きだった。こぢんまり所長と元々いる先輩のやることが同じで、ゴルフ、テニス、スキーとオールシーズンの共通の趣味があった。当然のように、札幌新人の我々も都度付き合うことになるのである。

夏過ぎのオフシーズンにテニス合宿と称して、泊りがけの社内レクレーションをすることになった。現在ではなかなか実現しないだろうが、休みにもかかわらず社員が集まって社内親睦を図る。いや、上司の趣味に付き合うと言う大切な目的で社員が集まるのだ。

その合宿には、営業所唯一の女性である可愛くない事務員とその女友達も参加していた。やる事は、最初に経験者の所長と先輩がコーチ役になって練習をして、最後にペアを組んで試合をするというものだった。スポーツが苦手な私も球技にはそこそこ対応が出来ていた。

それでも早く走るとつい転びそうになるのだが何とか踏みとどまった。それは、女友達がいたために常に彼女の目を意識していたのと、醜態をみせれば同い年後輩が後々バカにしてくることが分かっていたためで、一時も気が抜け無かった。

昼のテニスで疲れたせいもあってか、その夜の食事会はしっとりしていた。お酒は飲んでいたが、そこはススキノではなく泊まり先のホテルのレストランであるために平和感に満ちていた。加えて近くにいるといつも緊張するであろう女性の一人は見慣れた事務員で、もう一人はその女友達だった。

その彼女もテニスをしている間に何回も見ていたら緊張は薄れていた。それによく見ると、学生時代のアルバイト先にいた、ヤンキー女に顔立ちが似ていて興ざめしていた。

すっかりのリラックスムードの私とは対照的に、いつもとは違ってこわばり気味の顔で話しているのが同い年後輩だった。不自然に思いチラ見する視線の先を確認してみると、どうやらその女友達が気になっているようだった。

合宿は無事に終わったが、その後も同い年後輩はあの女友達のことが気になっていたようだった。思いは募り、事務員に彼女の住所を聞き出したらしく、今日はとうとう行動を起こすに至ったらしい。


いくら恋をしても同い年後輩の本性には変わりはなく、当たり前のように私を利用するのだった。私は突然彼女の家へ付き合うハメになったのだ。

常に有ること無いことをヘラヘラしゃべってばかりのヤツが、ハアハアしながら真剣に車を運転しているのが大変面白かった。そして、ヤツが一人で行けずに私に頼み込んで彼女の家へ付き合ったと言うこの事実はヤツの弱みになるのだなと一旦は思った。

だがそれも明日にはもうヤツの記憶からすっかり消えているのだろう。私への態度もシレっとして、いつもの厚かましい物言いになるのだろう。それがヤツなのだと思った。

彼女に家の前に着いた。だが私の任務はまだ終わっていなかった。ヤツは私に次を命じた。

「あのさぁ、表札確認して『◇◇』だったらピンポンしてくれない？」

はーい、分かりましたぁ。あなたに無駄に抗うのはやめましたからぁ。それに、他人事なら女性相手でも難なく話ができますからぁ。

私は何ら緊張もせずに家の前に立ち指令通りにことを進め、やがて玄関に出てきたのは母親らしかった。若い相手と違って唇もワナワナせずその後の言葉もスラスラ出てきた。

「失礼します。私小浜と申します。実は先日私の会社の△△さん――事務の女性の名前はこの母親も知っている――のお友達でこちらのお嬢様の◇◇□□さんにテニスに来て頂いて、すみませんが私の後輩がお嬢さんとお話ししたいと言っており、突然ですみませんが、お会いさせていただけないでしょうか」

伝えると母親は中へ消えた。そして、私はヤツのところに戻って『いるみたいだよ。出てくると思う』と伝えた。ヤツはボーっと緊張の面持ちで玄関に向かった。やがて彼女が顔を出した。ニコニコしていた。これでようやく私の任務は終わったのであった。


その後、彼らは付き合いに発展して、休みの日など私が外出すると即座に社宅に彼女を連れて来るようになった。知らずに夕方帰ると、靴はあるのに暗い。おかしいと思いながら部屋でテレビを観ていると、やがてゴソゴソと音がしてそのうちにヒタヒタヒタと足音がしてバタンと玄関ドアの閉まる音がする。ある時は玄関ドアを開けたとたん、女のレッドゾーンの声がしていたことがあった。私は用事もないのにまた外出しなければならなかった。

ホテル代をケチったヤツらに部屋を占領された私は、しばらくどこかで時間を潰さなければならなかった。無用な金を使うことになるのだ。本来はヤツの負担するホテル代を巡り巡って私が負担すると言う、ヤツの私を利用する仕方も巧妙化していたのだった。

（おい後輩！　事は外でしてくれないか。彼女も聞かれて可哀そうだろうし。外は金がかかるのは分かるが、こっちも要らない用事を作るのに金がかかるのだ！）

やはり案の定、何もかもヤツは気に留めず、その後も度々私は巡り巡りのデート代を負担することになったのだ。ハアハアしながら彼女の家に向かっている様を助手席で見ていて、且つ母親にトラブルなく娘を出して欲しいとネゴした私だが、ヤツは私に負い目などは全く無い様子だ。それに声を聞かれても何とも無いらしい、女の方も。

結局、ヤツらは結婚したからまるっきり無駄な出費では無かった。と、思うしかない。

札幌の恥ずかしい思い出②

いよいよ冬の季節。札幌の雪は風で顔に当たると痛いと言う驚きの事実を知った。今度のレクレーションはスキー。これもやはり強制だった。私にとってスキーは完全なスポーツである。私はスポーツも大変苦手なのだった。

東京時代に会社の部活動で野球に参加する機会があった。本当は気が重かったのだが、同室先輩の否応なしのお誘いによって参加することとなった。

試合が始まり私は途中から投入された。守りからだった。

（野球かぁ、やったこと無かったなぁ。小学校の時のソフトボールの応用だろう）などと、初めての野球に身構えた私だが、楽しもうと、努めて気楽に考えつつライトについた。

他人の目を意識し、野球を楽しんでいる且つ余裕はあるところをアピールしようと、わざとよそ見をしたりしていた。声まではさすがに出せなかった。

打者二人目でその時は来た。来たと言っても内野を抜かれたゴロだった。右前に走り出した私は三歩目で何かに躓いたでもなく転んだ。しかも背中が地面に付くぐらい完璧に転んだ。

確かに普段から運動はしていなかったが、ボールを目掛けて走ったら足がもつれて転んでしまう二十二歳だった。普段運動していなくても、まだ二十二歳なら脳を基点にして目と足は連動して動きを完成するハズが、そうはいかなかった。なぜか？　それは、運動神経がゼロだったからだ。もちろん私のような挙動は他の参加者には全く見られなかった。

その転び具合を目の当たりにした監督は私を不憫にも思ったのか、当然次の回の守備は無かった。そして、同室先輩からも野球のお誘いはその後無かった。

スポーツが大変苦手な私がスキーを始めることになったのだが、ゴルフのダブルパー以上など問題にならないぐらいそれは悲惨だった。

初めてのスキー場。スキーブーツを履いてスキー板を装着し、ストレッチまでは順調に進み、リフトに乗るために順番の列に並ぶことになった。ところが、順番待ちの列の一帯には運動神経ゼロのスキー初心者だけがハマってしまう罠があったのだ。

板を履いてストレッチした準備ゾーンは真っ平だったため、体をひねって重心移動があっても何らアクションは発生しなかった。しかし、リフトの順番待ちのゾーンには多少の傾斜があり、また、この多少の傾斜がどのような物理現象を起こさせるのかが、運動神経ゼロのスキー初心者の私には全く予測が出来なかった。

順番の列がチョコチョコと歩を進めるにつれて、並んでいる列の先が直角に折れているのが見えた。折れた先にリフト乗り場がありそこで曲がる必要があったのだ。例によって私は『余裕はあるのだ』と隣の先輩と話しながら、皆と同様に何も気にせず歩を進めていた。

折れた地点に差し掛かるとそこからそのまま僅かに下り傾斜になっていた。気にせず歩を進めた途端、体の重心が前方に移動し始めた。連れて、そのやや下り面を真っすぐに動き始めていたのだ。スキー初めての人間にはエッジなど分からず、それを止める方法は全く分からなかった。足を突っ張ってもズルズルは収まらずどうしようも無く、そのまままだ真っすぐに一人だけ列を外れて進んで行ってしまった。そしてさらにその先の窪地に向かってしまったのだ。仕方なく尻餅を突くようにして、誰も立ち入ることのないフカフカ新雪に体を寝かして埋もれたような格好になり、それでやっと止まった。

埋もれた状態からはなかなか身動きが出来ず、醜態を晒し続け、リフト待ちの列が進むにしたがって次々の客に文字通り私は見下されるのだった。

それは自意識過剰には大変酷な落し穴だった。

ようやく先輩が声を掛けてくれた。先輩もこんな醜態を晒している人間の仲間と思われ恥ずかしかったのだと思う。『スキー板脱ぐ事出来るか？』などと上から冷ややかに言う。

（こんなんだから少しも動げない……で……ず！）心の声は涙声になっていた。

衆目の辱めを受け続ける私は、体を起こすことをまず考えた。起こし始めたら、難無くビンディングに手が届きスキー板を外せた。運動と意識すると神経がゼロになるようだ。

必死の思いで脱出した私は、半泣きでもう帰りたいと訴えたが、先輩たちは笑いながら許してはくれなかった。

ファミリーゲレンデに移動してエッジを学んだ私は、そこを下り切ることを命ぜられた。子供など初めての人たちが滑るための非常に緩い傾斜だった。今回も意思とは関係なく物理が働き、スキー板が動き始めた。今度はゲレンデの上であり、一応スキーをしている感じがあった。でも加速して行き誰かとぶつかりそうで恐怖になり、エッジを効かそうとしたが上手く行かずまた転んで止まった。今度は圧雪のためすごく痛かった。

私はスキーが楽しくなかった。怖いし、恥ずかしいし、痛かった。でも、札幌に生きる人間として、先輩たちとの交流手段として、めげずに少しでも練習して慣れようと固く心に決めたのであった。

今回のスキーで、私の呼び名がまたまた増えて【何ら野心を持たない田舎モノの超奥手で口下手な運動神経ゼロの単純真面目人間】となった。だがこうやって見ると、的確に自分を表わせていて、自分を分かってくれている感があり、なんだかうれしくなって来るのだ。

函館の陽子さん

札幌営業所に来て二年目になっていた。仕事の方は小口の新規採用はあったものの、新規事業のベースを構築できるような大型案件が獲得出来ずにいた。そのため私は、エリアの営業マンからの報告を待たずに直接飛び込み営業を敢行するべく、各エリアの目ぼしい病院の臨床検査室を片っ端から訪問していた。

その中でも函館市のある大きい病院への売り込みが順調に進んでいた。決着間近に来ていたのだ。

一連の契約獲得活動の終盤的段階において、特に大型施設相手の額の張るような新規案件はもちろん、取引継続といった目的でもよく出てくる営業手段として《接待》がある。

金品の授受は罰せられるが、それら以外の食事やゴルフ或いは釣りなど個人の趣味を介して、トータル的に良い思いをさせることで契約に結び付けることは、企業の重要な営業活動なのである。そもそも接待に応じてくれるかどうかからその結果が見通せると考えて良く、私たちの親会社などの年商桁違いの大企業では、当時は毎月の接待経費のノルマさえあったと聞いた。そしてそれすら消化できない営業マンはダメ営業マンだとされたらしい。ゆえに彼らは、平日昼は形だけの病院への訪問活動、夜は渾身の食事接待の活動、週末の休みはゴルフ接待等の活動と、当時の製薬営業マンは休みが無いのが当たり前と言われていた。

その様な商慣習の環境にあって、私たちの会社はマイナーな検査項目の元祖的メーカーであったことから、接待などしなくても差別化のアクションは平日昼間の活動で充分に出来る、と言った考えが永らく続いていた。周りからも『この前接待をした』などと言う話は聞かなかったため、私も昼間の営業活動を黙々と続けていた。

入社以来初めて良い手応えで最終ステップにまで進捗した函館市のある臨床検査室の責任者は、なかなか結論を言ってくれなかった。

私の説明が不足しているのか？　いや何度もした。冷やかしだったか？　いやそれは無い。もしかしたらここに来て他のメーカーも検討しているのか？　そうか、それだ!?

新規採用。決めたら最後、当分は後戻り出来ない。決めた製品に万が一にでもそのお客様に適合しない欠点があったら責任者が問われることになる。我々の新製品はこれから価値が高まるであろう検査項目であり、加えて後発の製品であるためそれ自体の実績が全く無い。責任者にとって不安は充分にあるのだ。採用決定直前で躊躇してしまう心理が理解出来た。

文献、手書きリーフ、遠い地での採用実績、雑談、これ以上のアクションは思い付かなかった。しかし、黙っていては競合メーカーに耳を傾けられる。ならばと、私は藁にもすがる思いで責任者を食事に誘おうと決心したのだ。

その責任者とは女性であった。二十六歳の私より一回りは年上で、柔和で物静かな感じの美形の大人の女性であった。そうだ、完熟陽子さんを思わせ無くも無い。でも彼女との違いは、陽子さんは切れ長の眼からお色気ビームが出るが、この責任者は標準的な眼から哀愁ビームが出ることだった。いつも疲れているご様子なのだ。

相手はお客様でしかも女性。もし変な誘いをしたなどと下手に取られたら会社にクレームを言われるかも知れない。そうなったらこぢんまり所長が謝りに行って、私は謹慎するのかと憂慮しつつ、しかしこれしかないのだと肚を決めたのだった。

いつものようにその責任者を訪問し、挨拶し雑談を少し言って意を決した。決したら、唇が少しワナついてきた。

『あのぉ、もしよろしかったら、函館の美味しいお店を、、ご、ご一緒して教えていただけないでしょうか』などと、しどろもどろでお願いしたような記憶がある。

函館の陽子さんはキョトンとして、困った様なハニかんだ様なさらに哀愁を帯びた目をしながら『ああ、いいですよ……』と難なく言ってくれた。

私は非常にホッとした。そして、よし、これを大事にしよう！　と心に念じたのだった。

教わった店には十五分前に到着した。時間になっても彼女はなかなか来ない。それでも時が進み、まさか⁉　などと思っていたとたん、函館陽子さんは現われた。

昼間の職場で見る感じとは違って、哀愁の雰囲気はまったく無く、重い荷物を降ろしてリラックスした、『あーぁ』という声が聞こえそうな明るい表情で店に入って来た。私は安心したのと、これからだ！　と言うやや緊張した気持ちで彼女を席に迎えた。

彼女は飲み始めるとさらに笑顔になった。そして意外と呑兵衛だった。レモンサワーのお替わりが、酒好きな私より早く進んで行き、私も無理してグラスを空け続けた。

接待のこの時間は、彼女にとって心地の良いお話や当たり障りない話題に努めたが、テレビのことや函館の人気スポットの話題も尽きると、共通の話題はどうしても職場のことになってしまう。

「Kさんって、いつも個性的ですよね。言い方がハッキリしていて、こちらは助かるんですよ」

「…………」

（ん？　あなたはハッキリしていないって取られたか？　まずい⁉）

「それが、先日お会いした時に話に気を取られたようで、血液をテーブルにこぼしてしまいました。でもすぐにアルコールで拭いてました。やっぱりあまり話しかけてもご迷惑なんですね。すみません」と、急いで言葉を付け足した。すると、言い終わらないうちに、

「でしょう！　あの男はやる事がいい加減な事が多いのよ！　この前なんか……」

（あ、そっちだったの⁉）

身内のことをここぞとばかりに私などに愚痴るとは、責任者とは大変な重責やそれに伴うストレスがあって、いつもの哀愁は彼女の個性では無く、仕事ゆえの顔なんだなと感じた。そして、私が一時でも彼女のストレスの捌け口になれたのなら大変うれしく思った。

（あのメーカーには出来ないだろう、絶対！）

話題も尽きて、函館陽子さんもさすがに酔い始めた顔になり、私はこのまま良い感じでお開きになればなぁなどと思っていたら彼女から提案があった。

「私が知っているお店があるの。もう一軒行けるでしょ？」

（なるほど、この人はやはりいつもお酒でウサを晴らしているようだ）

「はい、良いですね」

「ダンスフロアがあって踊れるところなの」

（踊れるって、ディスコじゃないよな。じゃあチークダンス？）

「とにかく行ってみましょう」

サラリーマン初の接待はまだ終われなかった。年上の女性との夜の街で二人きりの状況……、あれ、これは、完熟陽子さんの時と同じだ！　懐かしく思った。そして、遠い地の本物の陽子さんに、(あの時の反省、こんな形になりました)とテレパシーを飛ばした。


函館陽子さんとの二次会の会場は、ボックス席とカウンターがある広い造りで薄暗い照明のパブ？　だった。案内されてカウンターに並び何かカクテル的な飲み物を頼んだと思う。

「ここはね、他のメーカーさんとも来たことがあるの」

(えーっ、なんだぁ!?　やっぱり自分だけじゃないかぁ。そりゃあ他からも接待されているよな)

「あぁそうなんですかぁ。良い感じのお店ですものね」


この最初の会話以降、この店ではますます話すことが疎らになって来て、カクテルをお替わりしようかという頃合いで彼女がいつもの哀愁を帯びた目になった。

「小浜さんはダンス踊れないの？」

(当然そうなるよな。わざわざ踊れるところに来たかったんだから)

「いえ、いい加減で良ければ踊れますよ！」

「うん、じゃ踊りましょう。上手でなくてもいいの」

女性が苦手な私はここでも彼女の後手に回ってしまっていた。営業マン失格だ。曲はいつの間にかムーディになっていて、暗闇の隅のところで私は函館陽子さんと、ダンスと言うか、ただ軽くハグし合っていた。

（抱き合っているこの人ってあのいつもの責任者だよな。こんなにずっと密着して良いのかなぁ？　もしかして大それたことしているかなぁ？　でもこの人は独身っぽいなぁ、それで寂しいのかなぁ？　本当は年相応の男性とこうしていたいハズだよなぁ。でも立場上なかなか付き合う相手が出てこないのかぁ。……でも何か本物陽子さんに悪いことをしてるような気がする）

いくつもの思いが頭の中を巡りながら無言のまま一曲をハグしたら、あまりの幼さに愛想を尽かされたか、それとも気が済んだのか、ともかく明日があるということで無事解散になった。初の接待。どうだったのだろうか。反省する前に、とにかく疲れたぁ。


翌週、いつもと変わらない営業姿勢で彼女のもとを訪れた。責任者だがプレイヤーでもあるため、彼女の近くには例のKさんや他の技師の方も見えていた。

「どうもこんにちは。今週も来てしまいました！」

「あぁ、どうも……」

やはりこの人は職場では哀愁ビームになっている。

「それでね、あの検討して来たやつ、やっぱり使いたいと思うの。代理店から見積もりください ね」

（えっ？　ほんと⁉　やったぁ！）

「あ、はい！　本当ですか！　ありがとうございます！　本当にありがとうございます！」

天にも昇る思いとはこのことを言うのだ！

今まで札幌から函館まで片道五時間掛けて何回通ったのか。でも報われた。うちの製品の良さを分かってくれたのだ。努力は報われたのだ！　本当にうれしかった。

嬉しい気持ちに満ちたまま札幌に帰った。

翌日こぢんまり所長に報告した。その後、東京の先輩にも電話した。みんなが喜んでくれた。営業活動の積み重ねを率直に認めてくれた。それがまた嬉しかった。

しかし、一人だけ素直ではないのがいた。同い年後輩だ。

採用が決まったこの病院はヤツの担当施設だが、ヤツは自分の直接的な利益以外のことは絶対にやらない。だから、私は函館を通い続け直に営業活動をしていたのだ。

しかし、ヤツの担当の施設であるために報告は必須で、且つ、何か伏せておいて後から知れるとこれまた面倒なことが予想されるため、ヤツには接待のことも話してしまった。

「おおっ、そうなの⁉　でもねぇ結局決め手はメシだよ。そんな得体の知れないうちの新製品を心底信じる訳が無いでしょ。何回も行かなくても、どうせなら早いとこメシ行ってたらもっと早く決まってたよ」

それが真実だとしても『良かったね。頑張ったじゃない』で良いと思うのだが、ヤツは他人を落とさないと自分が浮かばれないと思うのが常で、習性的にケチを付けたがる。

さらにヤツは翌日、会社でこぢんまりに今回のことで、『私もあの女性責任者に新製品お願いしますって言ってたんですよ』と、平気で嘘をついていた。

『あー、やっぱりそうだったのぉ』こぢんまりのこのどうしようもない偏見に私は気を失いそうになった。しかしヤツが嘘をついている証拠を元に反論が出来ないことから、その状況を甘受せざるを得なかった。まさしく唇を噛むとはこのことだ。

私は達成感百パーセントの天国モードから、ロクでもない人間に囲まれている不信感百パーセントの地獄モードに落ちた。

仕事の満足は、仕事をお客様に認めてもらい、その成果を上司に褒めてもらって達成されるのだ。その満足が次の仕事のモチベーションに繋がり、成功の連鎖となるのだ。

宣告の日

函館の大病院での採用の後、楽しみになるような案件は見つけられなかった。ターゲットになりそうな病院への飛び込み営業も三回り目に入ろうとしていた。

東京の先輩から連絡があった。とうとうこの新規事業は撤退することになったようである。もう最近は話題にも出ることが無かった。これも当然の決断なのか。

(やっぱりそうだよな。こっちもそうだけど全国的に新規採用ってほとんど聞いていなかったしな。でもそうしたら、あの東京の時の大病院での住み込み修業、もし行っても無駄になってたなぁ。やっぱり行かなくても良かったんだ)などと、未だに後悔している修業への言い訳を見付け、新規事業の撤退を他人事に聞いていた。


それから十日ほど後にいつもの営業所会議があった。いつものように平和的に進行していた。販売進捗の時間が終わり連絡確認事項の時間になった最初に、こぢんまり所長が意識的に私の方を見ないで話し始めたのだ。

「小浜君たちが中心になってやっている新規事業ですが、会社としてはやめることになりました」

皆が一様にシーンとした。皆からの視線を感じた私はとりあえずハッとして、東京の先輩の指示通り『えーっ⁉　初めて聞きましたぁ』の顔を作った。

だが、そんなことでは済まなかった。

「物事として、会社の判断もその時その時で臨機応変に行われます。ですので、個人もその時々で状況を判断して、ベストの道を選ぶことは自由です。別にその会社にいつまでもこだわる必要は無いのです。よく考えることが大事です」

今度は皆の顔つきが変わった。私に視線を向ける人はいなかった。

『いつまでもこだわる必要は無い』って結局、この際辞めろ、と言う事だよな。勝手に会社が指名して急にそんなことを言われても……。（これは私の責任になるのでしょうか）と、心の中で反論した。でもどうしよう。どうしたら良いのだ。

会議終了後、先輩たちから入れ替わり同じことを聞かれて同じことを答えた。

「お前あんな事言われてどうすんの？　急に酷いよな。お前だって頑張っていたのに」

「でも私にもよく分かりませんし、どうにも出来ないですよ」

皆そろって同情一割・興味九割の他人事で、人によってはニヤけそうになるのを我慢しているのが分かる。同い年後輩は当然のように『クビだよ、クビ』とからかって来たが、眼付が真剣で、ここを頑張れと言っているようにも見えた。私の完全な勘違いだと思うが。

眠れない夜を過ごした翌日、私はこぢんまりと話さないとまずいと思い、様子を窺いながら歩み寄った。

「あのー、所長。昨日は顔を真っ赤にして私を見ないで話していたが今日は普通の顔だ。ここでまだ働きたいです。昨日のお話の件ですが、私はどこにも行くところがありません。ですので、頑張りますから、お願いします」少し涙目だった。

「あぁ、昨日の事ね。まぁ一般論だから特に小浜君に対して言ったんじゃないんだよ。そうだね。これからはエリアの営業やる事になるな。良い？　でも本社としても仕方ない決定だったのかな」


私は小心者のガードの固さゆえの予測不能なところがある。大変分かりにくい性格のようだ。よって私は非常に掴みどころの無い部下であり、私に関して責任のある立場の人間は、東京の先輩を始めとして私に対して苦手を通り越して怒りを覚えるらしい。何かことが起こって私に話す時の顔つきと言葉尻でこちらにも伝わって来る。

こぢんまりの昨日の会議での二言目は、今までの私の掴み辛さのストレスに対して、ここぞとばかりにぶちまけたようだ。私はとんでもない言われ方で仕返しをされたらしい。

このような結末を以って、私は立ち上げメンバーとして遂に終わりを迎えることとなった。

これからは、北海道の中央部分を担当する普通のエリア営業マンとなるのだった。

新しい営業活動は新規事業とは違って担当する製品の認知度が高かったためか、その後三年間専用装置が必ずどこかの施設で新規で採用され続けた。函館の苦悩の末の新規採用は非常にうれしかったが、会社ブランドでスムーズに売れる新規採用は実に楽しかった。

あの時私に宣告したこぢんまり所長は、その三年の間に異動になった。あの時私にぶちまけたことには一切触れずに札幌駅から皆に卒なく見送られて行ったのだった。


その後何年も経過した全国会議でのこと。全社員が集まった懇親会の場で彼と同じテーブルになった。

「小浜君とは札幌で一緒だったね。そう言えばあの時は何か酷いことを言ったね」

「あぁ、いえ、そんな事は無いです」

それは嘘だった。『そんな事は無い』のでは無いのだ。

『あぁ』と言って思い出した体にしたが、未だにあのショックは忘れられずにいた。テーブルで普通にしている彼を見付けるなり私は怒りのようなものが既に込み上げていたのだ。

こぢんまりもあの時自身が発した言葉を覚えていて謝罪したようだった。言いながら私の顔つきを窺っていた。

口下手の私は適切な次の言葉を見つけられずにいた。二の句が出ず黙っている様から彼はまたまた私が予測不能な人間であることを思い返して、またまたストレスを感じたようだった。それっきり別の人間と話し始めた。

『でもあの時は本当に焦りました。目の前が真っ暗になりましたよ』ぐらいは今なら思い付く。するとこぢんまりも、『いやぁ、悪かったと思ってるよ』で、シャンシャンなのだ。


私は朴訥だが素直でない時がある。見栄っ張りな性格が飾りの無い本来の考えを隠してしまい当然の言葉を邪魔してしまう。私の本来の考えなど誰もが思い付くありきたりな内容なのである。しかし見栄っ張りにはそれが気に食わず口にするのをためらってしまうのだ。

そうして私は素直に表現しない。表現しないから他人からは分かりにくい。おまけに素直では無い表現を考えるに無駄な時間を費やす。余計イラつかせてしまうのだ。

その点同い年後輩はいつも自分を上手く見せて表現している。感性も社会人経験者らしく、実践的で皆がうなずき易い言葉を常に発信する。憎たらしい奴だが羨ましい人間なのだ。

リセットの時

エリアの営業担当として北海道の中央の道央地区を担当し、真面目な性格と元祖メーカーのブランド力との相乗効果で着実に専用分析装置を販売し続けていた私に、朗報とも言える知らせが飛び込んで来た。天敵の同い年後輩が異動で札幌を離れることになったのだ。

私は素直にうれしく思いこれからは安心できると思った。でも、なんだかんだで一緒にいたから寂しさもほんの少し感じたのだ。

最近のヤツは例の彼女と結婚して落ち着いた様子になり、あまり私を攻めなくなった――私に関心を持たなくなっていた――。多分、小間使いの手足の役が奥さんになり、常時奥さんに関心が向けられているのだろう。

でも、ヤツとは色んなエピソード、事件、ハプニングがあった。今までの中で最も悪質な仕業であったのは、私の記念すべき初めての場面でのことだった。

人生初めての場面。それはパカパカでウキウキの新車が来た時であった。ヤツは乗ってみたいと言って来た。ヤツにしては神妙な顔をして言っていた。断る理由も思い付かず、ウキウキついでにOKしてしまった。日頃の仕業を思えば、それを魔が差したと言うのだろう。

神妙な表情は見間違いで、乗り込む前から悪戯の陶酔感にあったようにも思い返した。

ヤツは助手席に滑り込むや両手を頭の後ろで組んだと思ったら、あろうことか両足を助手席のグローブボックスの上――フロントガラスの付け根の部分――に乗せたのだ。そして『あー、新車はいいねぇ』と言って気持ち良さそうにウットリと陶酔している表情を見せた。（せっかくの新車に何てことをするのだ⁉　誰かに同じことをされたのか？　それとも本当に気持ち良いのか？　だったら異常者だぞ！）と心の中で叫んだが一方で、（お前……また か……）と諦めていた。それを制したところで『なにケチ臭い事言ってるの。だから女に嫌われるんだよ』などと私の致命的弱点を容赦なく突いてくるに決まっていた。

それにしても、どうしたらここまで質《たち》の悪い人間が出来るのだ⁉

ヤツの担当エリアは函館などの道南地区。札幌から函館までの移動は片道五時間という、移動に営業活動が侵食されるエリアなのだ。因みに他の地区、道北エリア担当は旭川市駐在、道東エリアへは札幌から飛行機で一時間かからずに釧路に到着する。この道南地区は車が主な移動手段としたハードな活動が求められる。それゆえヤツの後任担当を案じていた。

ヤツの替わりに年上の中堅営業マンが札幌に来ると聞いた。中堅ならそのままそいつが担当しても問題は無いと安心した。だが目論見も叶わずヤツの後任は私だと告げられた。

何でよりによってヤツの後を持たねばならないのか。替わりに来る営業マンが引き継げば良いでは無いか。今の私の担当エリアへの移動は札幌間で一～二時間で済む。今後のターゲット施設も積み上げていた。それを何故この中堅営業マンに渡さなければならないのだ。

これは同い年後輩による最後にして最強の嫌がらせか⁉ などと一瞬妄想したがまさかそこまでの発言力は無い。反面、函館と言えば私の唯一の大型案件獲得の地だ。哀愁陽子さん、元気でいるかな？ と、彼女を思い出すことで暗い気持ちを一旦切り替えた。


抗える根拠を見付けられなかった私はヤツの後任に据えられた。決まってしまっては仕方なく引き継ぎ同行に移ることとなった。

室蘭から噴火湾沿いを進んで最南端まで行き函館に進み、そのまま日本海沿いを北上し、積丹半島の手前の寿都町までが担当範囲だった。地図で示すと、北海道の左下の逆Ｙの字が始まる突端の部分から斜め左上四十五度に線を引いた下の部分が該当する。

このエリアを移動しながら五日間で引き継ぐのだった。

札幌を出て室蘭から引き継ぎはスタートした。帰りは一気に帰って来ようと函館を最後にした。室蘭・伊達、長万部・今金・八雲、峠を越えて外海側に出て熊石、乙部……。順調に何のアクシデントも無く形だけの引き継ぎ同行は進んで行った。

『私の後任の小浜と言います。私より真面目に回ると思いますのでよろしくお願いします。

説明会なんかも彼は得意ですから』ヤツはすでに異動先の仙台に心が奪われている。正しく言うと、例によって自分の営業成績に関係のないこの地のことなどもう興味は無い。目の前の客がここでヤツに文句を言わずに、不満があれば後任の私にそのまま託してくれれば良いのだ。この後任は何でもしますからどうぞそちらへ、と言ったニュアンスの紹介だった。

その後も平穏に引き継ぎ作業は進み、とうとう明日が引き継ぎ最終日となる。

このまま引き継ぎが完了すれば、私の担当エリアがこの道南地区に正式に替わることになる。往復十時間を毎週通わなければならないのである。

（普通は替わりに着た営業マンが担当するだろ。なんで俺なの）と未だに心でボヤいていたが、一方では函館は大変うれしかった初めての新製品の新規採用の地だ。

残念ながら、新規事業の撤退決定後にあの病院は他社製品へ切り替わったと聞いていたが、自分はあの時本当に必死に頑張ったよなぁ、と当時をしっかりと思い出していた。

最終日の今日は函館市内の主要なお客様の引き継ぎになる。それは、あの哀愁陽子さんとの再会にもなることだ。ニセ陽子さんは今もお美しくも哀愁ビームなのかなぁなどと考えていると病院に着いた。着いたらドキドキして来て恥ずかしくなった。

「あっそうだ。新製品決めてくれたあの女性責任者、去年辞めちゃったんだよね。他の病院の検査の責任者と結婚したらしいよ」

（えーっ……。）

「そうだったの。今はもう使ってもらってないしね。影響は無いよね」

いや、個人的には影響は大だった。

（やっぱり求めていたんだ……。やっぱり相応のポジションの男とだったんだ……。）

まずは責任者のところへあいさつに行った。その場所は彼女の替わりに以前見かけていた男性が占めていた。当然だが風景が違っていた。だが、あの頃を私は求めていた。

お美しくもビーミーな哀愁陽子さんとのお話の日々。人生で初めて極限まで考えて女性を誘ったあの時の自分。レモンチューハイ。ハグダンス。そして採用された今は無き新製品。次々と思い出される。

他の技師にはうわの空で挨拶して回りながら、哀愁陽子さんの面影と新製品の思い出を今も残る机や椅子や試薬庫の至る所に張り付けてあの時に戻ろうとした。

何故思い出そうとする。心残りだったのか。おまえ……、キリがないぞ！

我が世の春

自分と違う人生を送っている人を看過出来ない人がいた。自分の人生を無理にでも他の人に認めさせようとしているのかも知れない。自分の生き方に自信があるのでは無く、自分の生き方に不安を感じ、自分と同じ生き方の他の人を知ることで、或いは同じ生き方を他の人に強いることで安心したいと思っている感があった。

私の新たな担当エリアになった函館市には親会社の営業所があった。七、八名の中のある中堅営業マンは関西出身で小柄でネズミ顔をしていた。仕事も出来そうだし倹約家で人生設計もしっかりしていて実践もしているようだった。

「小浜君、貯金はせなアカンよ！　老後はともかくこの先結婚だぁ、出産だぁ、家だぁ、学費だぁ、病気にもなるし。小浜君、貯金大丈夫？」

「はい。そうでね、それは分かっているんですが、なかなか現実感が無くて……」

「小浜君いくつ？　えっ、三十⁉　そんなオッサンが何言うてんの！」

私ののんびりとした性格は何事にもそのままだ。お金を貯める⁉　なんで？　結婚⁉　いつ？　家⁉　社宅があるし。病気⁉　札幌に来るときに生保レディから北海道は凍傷になるからと脅かされて保険に入ったから、貯金が無くても大丈夫。

私は自身のこれまでの生き方に特段の不満は無かった。そしてこれからも人生設計を立てるなど少しも考えてはいなかった。自分の人生は考えてもその通りになる様なものでは無いことが、病身の父を持つ長男の私には十分骨身に沁みていたのだ。

しかし、この関西の倹約営業マンは、私の煮え切らない態度にイライラが増していたのだ。

「よし分かった。小浜君に女性を紹介しよっ。そしたら現実が分かるやろ」


当時の製薬業界の営業マンは、医学会での研究発表において医師のバックアップをする機会が度々あった。研究発表は、その発表内容を《スライド》と呼ばれるポジフィルムに起こして、映写機で投影して行われていた。そのため医師の代行でポジフィルムの作成のために特定のカメラ店に出入りすることが多々あった。その一人がこのケチ営業マンだった。

「小浜君、今日時間ある？　この前言うてた小浜君の彼女、紹介したるわ」

（そうですか、はいはいっ。どうせあなたのご紹介とは、外観も中身も見事に倹約したブスでケチな女なんでしょ⁉）

指定されたのはいつも運転中に目にしている、函館市内の大通りに面したチェーンの大型カメラ店だった。駐車場で待ち合わせをして我々は裏口から店に入った。

これから女性と会うのだ。三十歳にもなると、女性に対して少しは余裕が出来ていたため足は震えなかった。ケチ営業マンに続いてサービスカウンターに向かうと……、そこにはなんと、顔はやや大きいが、アイドルのようなハーフっぽい顔立ちの若い女性がいた。予見していたようなブスでは無かった。途端に足と口がピクピクし出した。

「言うてた、小浜君。うちの関連会社の割としっかりした将来有望な営業マンです」

『割と』は余計なのだ。あまりの方便も心苦しかったようだが、それにしてもこういうところまで彼はケチなのだ。

「そしたら、二人で連絡先取り合うなり勝手にやってなぁ。ボクは仕事の話してくるわ」

ここからなのだ。最初がいつも上手くいかないのだ。

でも、噛みながらも不思議と怒った顔でもなく、青筋も立てずに、唇のワナワナも収まって話が出来ていた。どこかで訓練したのではないが――そう言えば《元々いる先輩》には、訓練と称してススキノで観光の若い女性のテーブルに突撃させられたことが何度かあった――、円滑に彼女との会話が進んでいた。彼女の表情からも悪くは思っていない様子が窺えた。

ケチとの関係やら一通りの自己紹介を終えて、肝心の連絡先の交換も無事達成することが出来た。と言う事は彼女が出来るかもか!?

自分にとうとう彼女！　函館を担当エリアにさせられたら彼女！　人生が変わるなんてま

さしくチョットしたきっかけなんだなと思い、ケチ営業マン改め本格的倹約家で超一流営業マンの彼に感謝した。そして、ススキノ通いが日常であった私にとって、初めての最も身近な素人女性の登場に毎日が変わったのだった。

彼女の喜ぶこと、彼女が楽しく思うこと、私を認めてくれそうなこと、いつもそればかりを考えるようになっていた。

まずは、美味しい、または雰囲気の良い食事。これは街の有名洋食店やステーキハウスなどに連れ回した。函館は観光の地である。圧倒される百万ドル夜景やイカ釣り船の灯りが優しい裏夜景。そして金曜日は札幌に帰らずに函館に泊り、翌土曜日に観光地を巡る。ゴルフコンペで賞品の米を獲得すればそのまま彼女のご自宅に届け、ご家族様のご機嫌取りも欠かさなかった。

女性との付き合いは不慣れだったが、営業の仕事と本質は同じであると考えた。お客様の喜ぶ事、お客様が安心できる事、そして私を認めてくれそうな事を転用したのだった。それらに彼女はいちいち喜んでくれた。私は嬉しかった。三十歳で一人前とは遅いのだが、遅ればせながら一人前の社会人の男性になれたのだと安心したのであった。

彼女がいる。緊張せずに話せる年相応の近しい女性がいる。群衆の中にあっても遠くから目と目が結び合う。そして、心も通じ合う。特別な女性がいるのだ。

まぁ、顔はやや大きいのだがそれを補えるくらいに可愛い彼女に彼氏がいなかったのも不思議だったが、男女も巡り合わせとか縁とか言うので運命に従い我々は出会ったのだろうと独り合点をして、付き合いを重ねて四か月位が過ぎた頃だった。

「ねえ、私たちってどうなるのかなぁ」

「このまま別れないでいるんだよ。当然だよ」

「そうじゃなくて、この前雑誌を読んだら、今どきの結婚費用って七百万円は必要なんだって」

私はまったく頭に無かった結婚及び結婚費用の言葉を聞き返答に窮した。

入社して九年目。貯金はほとんど無かった。せいぜい年二回のボーナス時に五万円を充てるのがやっとだった。地元札幌・ススキノの地の利を存分に活かした、『呑む・打つ・買う』の三拍子に勤しんでいた私の給料は毎月残さずきれいに消えていた。加えて、定期的に乗り換える車のボーナス払いのせいで貯金などとは全く縁が無かったのだ。

しかしそう来たか。やはりケチ営業マンの言っていた案の定なツボにはまるのか。

付き合い始めて四か月。彼女は今、この先『結婚』を視野に入れた場合、この男との付き合いを継続するに値するのか、と言う審査に入ったのだ。

私はこれまで結婚を意識したことは無かった。貯金を考えて生活したことは無かった。貯金は問題とは思わず問題が有るとすれば、まさしく、女性とのお付き合いが無かったことだけだ。ようやくと思ったら、突然の『あなたは今、七百万円ありますか』の結婚審査。

「そんな額本当に必要なの？」

「チャンとした結婚式や新婚旅行や新婚生活をするには必要なんだって」

現在七百万円の貯金が無い社会人男性の私は、『チャンとしていない人間だ』と言い渡されたのだ。可愛いが顔が大きいこの彼女から、《結婚の能力を備えた一人前の社会人男性》の審査結果は『不合格！』と、たった今私に下された。さりげなくハッキリと。

だが、どう考えても妥当性が怪しい彼女の言うその金額に私は疑問を抱いた。

「そんな、七百万円って何に使うの。そんなの無くても結婚はお互い一緒に居たい気持ちが先でしょ⁉」

私は納得がいかずついついお客様に、しかも経験者で同じ立場の女性のお客様に顛末を話していた。半分は愚痴って半分は真実や改めて相場を知りたくて教えを乞うたのだった。

ベテランの女性客は私を慰めるように、そして、我々どちらをも諭すようにその続きも話してくれた。話している彼女の眼は、仕事の時以上に輝いていた。

彼女によると、金額はそのカップル独自の希望のスタイルや場所によるものだから一概に特定は出来ない。だが、お互いの気持ちの前に金の話をする様な女はやめたほうが良い、やめて正解だと言ってくれた。納得できずモヤモヤしていた私はこの教えに救われたのだ。

改めて彼女に別れを告げると、『うん、分かったぁ』と、何らの感情を持たないおざなりな返事が返ってきた。もはや資格無しの私はとうにお払い箱のようであった。


でも、始まりと終わりを考えると納得がいく。『類は友を呼ぶ』のことわざ通りにケチにはケチが引き寄せられていたということだ。

本格的倹約家で超一流営業マン改め、ケチ営業マンには七百万ケチ女がシンパシーやらテレパシーが通じるのだ。結局最初に予見した、(外観も中身も見事に倹約したケチでブスな女なんでしょ!)は中身の面で当たっていた。

それにしてもあの女、その後も出会った男に七百万、七百万、って言っていたのかなぁ。

おい、お前。お前だって顔がデカいんだから一人前なことは言えないハズだぞ!

今度こそ我が世の春―隠された下心

ケチ営業マンには一通りを話した。ケチ営業マンの仰せのように最後は貯蓄額が分かれ目だったため、『せやさかい貯金は大事やろ』などと垂れるのかと思いきや、結論のくだりは受け流していた。結論に至る前に顔デカが私と付き合うとは思っていなかったらしい。

「しかしなぁ、小浜君と付き合うとは思わんかったわぁ。あの娘固いと思ってたのにぃ」

（なんだそれ？）

ならば何故ご紹介を頂いたの？　ありがちな年頃の女性からせがまれて困って適当に私を紹介したのか？　私としてもそのように言われるとは思わんかったわぁ。

私だけかと思っていたが、他人にも訳の分からない言動は大有りだったのだ。

ケチ営業マンからその後は貯金の話も女性の紹介も無くだいぶ時間が過ぎて行った。


元々いる先輩はこの函館近郊の出身で、彼の幼馴染とも今なお交流があるようだ。

「小浜、ちょっと良い？　あんたに良い話だと思うんだけど。あんた変わりない？」

おまえ相変わらず彼女はいないよな、と言う確認だった。

昨夜彼のご友人から電話があって、これもありがちな、ご友人の勤め先の女性社員から彼女のお姉様に男性を紹介して欲しいとの話があり、そのまま私に持ち掛けたものだった。

あの七百万事件から三年経っても私の女性関係は相変わらず空虚だった。それゆえ相変わらず三拍子に抜かりは無い毎週を送っていた。ウキウキするような素人女性の彼女が恋しくもあったが、自信もあまり持てなかったため微妙な気持ちだった。

ましてや元々先輩の伝手ではどんなものかとも思ったが、会わないで断る手は無い。失礼でもあるためお会い出来るようにと元々先輩にお願いをした。具体的な段取りをご友人と直接したが電話の向こうには、依頼してきた妹さんがいる様子だった。


函館の五稜郭にある新しいシティホテルの一階に、ある野菜がロゴマークで若者をターゲットにした全国チェーンのカジュアルなイタリアンレストランがあった。お相手の年齢を察するとやや張り切った待ち合わせ場所のように思えた。

時間前に着いた。先客が何人かいたが、教えられたお姉様の年齢に相応する容姿の女性はまだ見当たらない。当然と言えば当然だ。焦って男を欲しがっているようには思われたくないハズだ。向こうも余裕を持たせて勿体ぶって登場するのだろう。と思って、周りを見回していたら、すごく若くてかわいい女性と視線が絡んだ。思いを持って見つめている、ようにも見える。（えーっ、今日じゃなかったら……。もったいないなぁ）この期に及んで、決して行動には移せない妄想だけの私の下心は卑しかった。

母親が私に励まし気味に言っていた『縁も重なる時は重なる』と言う言葉を思い出して思いに耽っていると、そのすごく若くてかわいい女性が近づいて来た。

「あのーすみませんが、小浜さんですか？」

（あぁ、そういうことか）謎が解けて変なプレッシャーから解放された。

若くも無く年寄りでも無いスーツ姿の一人客のサラリーマンは、その、ある野菜をロゴにした大手のカジュアルイタリアンレストランに二人といなかった。

「は、はい、小浜ですけど。あぁ、待ち合わせの◯◯さんですか？」三十三歳を過ぎても可愛い女性と話すとまだ口は少しワナっていた。

お姉様はこの日来られなかったために、言い出しっぺのこの妹さんが替わりに来たらしい。それにしても目の前のこの妹は可愛い。顔も大きくない。そして若い。その昔、似たのがテレビで歌っていたように思う。函館は美人の産地だったのか。ともかく、お姉様にも期待が持てそうだ。

待ち合わせ場所に来たのは本命のお姉様では無かったため拍子抜けしたが、せっかく来たこの日限りだろう妹さんのためにも、と思ったらスムーズに会話が続いた。妹のことを聞いても仕方ないのだが、お姉様との後日のために今日は彼女たちの地元の情報でも仕入れよう

か、などと思いながら話が進んだ。だが、急に妹のトーンが下がり出した、
後々の話と合わせると、妹は勝手に姉のことを心配して会社であの元々先輩のご友人にお姉さまのお見合いを言ってみた。そして、私が会う段になってお姉さまに明かしたらその気は無いと断られた。結局、妹の勇み足だったのだ。妹から言っておいて私の方に一方的に電話で中止では済まされないため、お姉さまに直接詫びに行かされた。と言う事だった。

お姉様との後日はもう無さそうで残念だったが、キチンとしたと言うか、気難しいと言うか、同じく筋道にこだわる私には、このお姉様に共感が出来た。

妹の方も義理を果たしたのだし、今日は思いがけずに顔の大きくない若くて可愛い素人の女性と話せたからこれで良しとしよう。私は会話をまとめにかかろうとした。

「あのぅ、良かったらまた次も会ってもらえませんか」

(ん？　今なんて言った？『また次も』って)

「えっ？　私と？　もちろん、もちろん良いですよ」

「私も良かったですぅ」

(なんか、そんなにお姉様が来なかったことを心苦しく思っているのかなぁ)

などと私なりの分析をしたが、理由はともかく、またこの顔の大きくない若くて可愛い女性と言うか小娘と食事が出来そうだ。三年ぶりにカップル気分に浸れるかも、と一瞬でウキ

ウキ気分になっていた。

私は、小娘と『また次も会って』食事をした。期待通りのウキウキで大変楽しかった。聞けば年齢は私と十一歳離れていると言う。小娘と思われても仕方ない年の差だが、その後の彼女の言動には十一歳年上の私も真似が出来ない怖いもの知らずの大胆さを見せることが度々あった。それは私には魅力となって映っていた。

兄弟姉妹での気質の違いが話題になることがある。一説には長子は慎重、中間子は日和見、末子は奔放、などと言われている。この小娘は末子。奔放で怖いもの知らずの言動は、小さい頃からのその序列の法則によって醸成された必然の結果なのであるようだ。

私は長子だが血液型はB型。慎重だがB。人に言うと『えー⁉　Bぃ？』のB。自分が分からない時があったり、たびたび上司を怒らせるのはこの慎重であるがB型という絶妙なミスマッチのせいでもあるのかも知れない。

今度こそ我が世の春―やっと来た春

十一歳離れた若い女性には躍動感があった。私のようなだいぶ年上の男にも物怖じせずに、自分の趣味や仕事のことを表情豊かに一方的に話したかと思うと、思い出したかのように神妙に私の顔色を窺い始める。その交互に見せる強さと脆さが私の胸をかき乱すのだ。長子の持つ従属性と年上男の父性本能？　を知らず知らずに小娘に牛耳られていたようだ。そして、この小娘に心を奪われていたのは私だけでは無かった。

《ストーカー》という言葉が当時はまだ一般的では無かった。

「私が通っているバドミントンサークルの男で、いつの間にか近くをうろつく男がいるのよ」

次の食事の時に、満を持したように小娘が切り出したのだ。最初は、熱狂的な彼女のファンと思い嫉妬半分に「もてるじゃない⁉」とからかっていた。だが、彼女がアパートを出ると横の洗車場に男が車を停めている。道を走っているといつの間にか後ろを走っている。仕事から帰ってくるとやはりアパート横の洗車場に停めている。と言う男の執拗なまとわり行為に、これは只事では無いのだと考え直した。

間もなく私はそのバドミントンサークルに連れていかれた。そこでの自分の立ち位置を決めあぐねていたが、ただの知り合いではあの話を聞かされた意味が無い。彼女にしても、いち早くその男に私というボディーガードの存在を知らせたかったのだと思う。歳は離れているが、私は紛れもない彼氏の心掛けを意識した。だが、このつきまとい男の対策で私が食事に誘われるようになったとすると、ウキウキ気分が少しションボリしたことに気が付いた。

皆への紹介が始まりその男と私は対峙した。色黒ギョロ目・中肉中背・四十歳位・微笑とお惚け顔の優しい表情が印象に残る健康的な普通の中年男に見える。

我関せずと惚けているようだが、私との対面で男も内心は焦っているハズだ。

【義を見てせざるは勇無きなり】臆病な自分を奮い立たせる時の言葉だ。

勇気を持った本当の男に出番が来たのだ。

二十歳そこそこの小娘が異常な男に毎日を脅かされているのだ。この男、たった今からもうこのまま見逃すわけにはいかない。私は彼女を刺激しないように密かに男を睨みつけた。

私の存在を知らされた男との戦いがここに始まったのだ。

『お前、あの娘に何してくれてんだ！』

彼女の言っていたことはたやすく再現された。

「あっ、いるよ」

彼女を車に乗せて通りに出て間もなく彼女がサイドミラーを確認すると、そこには絶妙な距離に彼女には見慣れている車があったのだ。男はしばらく後ろを走っていたが、やがてアクセルをふかして私たちを追い越して行った。オレは諦めないぞと言っているようだった。

でも部屋を発つ時、彼女のアパートの横にはいなかった。どこから来た？　どこで見ていた？　いつからいた？　非常に不気味だ。やり慣れていて大変巧妙なのだ。これが毎日なのか。彼女と同じ気持ちを味わった私の静かな怒りはさらにヒートアップした。

（お前、あの娘に何してくれてんだ！　って俺が言ったのが聞こえなかったのか！）

恐怖な目に会わされた怒りを男本人に直接ぶつけたかった。だが、得意のお惚けでかわされるのだろう。ならば、第三者経由でぶつけるのか。そうだ。

ストーカーと言う言葉はまだ無かったが、《女性の追い掛け回し》は犯罪であるだろう。

翌日、私は警察に向かった。小娘を早く楽にさせてやりたい一心だった。

「話は分かりました。しかし、このご相談も万が一あなたがその男だった場合、こちらの手の内を明かすことになりますから、あなたにお教えする事は出来ないのです」

「その女性の方が直接来られないとダメなんです」

なるほど、確かにそうだ。警察はやはりプロだ。深謀遠慮の模範のようだ。

彼女に警察での結末を話した。そして彼女に直接行ってみることを勧めた。だが、彼女はそれを拒んだ。警察に行けるのだったらとうに行っている、と言う事か。相談するにも男性相手では抵抗が大きいのか。やはり事を大きくしたくないのか。仕返しを恐れているのか。バドミントンサークルが大切なのか。しかし、困っているが何もしないでは解決しないのだ。いや、それはやはり、私を付けたと言う事なのか。

そこまでの被害が無いと捉えている状況では、気にさせない方が彼女にとっては良いようだと私は判断した。あの男を無視する作戦を取ってみることにした。無視することで更なる手段にエスカレートするかも知れない。諦めるまで時間も掛かるだろう。しかし、彼女の心理状態が最優先だ。安心させるため、私がいつでも駆け付けられると彼女に話した。

いつでも駆け付けられる、の最終形はいつも一緒にいることだ。そして夜も一緒にいることになった。そうして、自然と朝まで一緒にいるようになっていた。

何回目かの朝、珍しく彼女の部屋の電話が鳴った。一瞬ドキリとしたがあの男ではなさそうだ。しかし、神妙な受け答えの会話が続いているのが気になった。

「お姉ちゃんからの電話だった」

（おー、元々の私の相手だ。会ってないけどなんか懐かしい）

「実家に知らない男から電話があって、『お宅の函館にいる娘さんは男と同棲しているみたいですよ』って、電話に出たお姉ちゃんに話して、それでビックリして電話よこしたの」

（うー、諦めずにどこかで見ていやがったか。でもそこまでするか⁉）

「何で実家の電話番号が分かったの？」

「バドミントンサークルで緊急連絡先登録したからかな。でも、あーあ、バレちゃった」

（そっちなの？）

「お姉ちゃんから、親には内緒にするからしばらく控えろって言われたの」

無視し続けられた男が堪らずに取った更なる手段なのか、常習的な作戦なのか。いずれにしてもしばらく控えることになるかも知れないとは、男にやられた気分になった。


私はこの十一歳下の小娘のことを何も考えずに好きになっていた。同じ年頃の女性は苦手だったが、かなり年下であるため少しは自信と主体性が自分に持てていたのだ。

そして行動を共にするようになり、彼女の部屋で過ごすようになった。

狭い風呂に入り、流し台で歯を磨いて、洗濯物を眺めて叱られた。

三十三歳で初めてのまともな彼女。金のことも言わない大胆あねご肌の小娘。自分とは対極的な性格に心を奪われたようだ。いつしか私は函館に駐在までするようになった。私は彼女を絶対に失いたくないと思い、一日たりとも傍を離れるのが怖くなったのだ。

それにしてもやっと手にした我が世の春が、『しばらく控えろ』になってしまうのか。

私の悔しさの怨念が通じたのか、思いがけない静かな反撃のチャンスがあった。昼間、仕事でタワー式駐車場で順番を待っている時だった。男が隣のタワーでやはり順番待ちをしている場面に出くわしたのだ。

最初私は怯んだ。何をするか分からない異常な人種だ。でも、私に気づいた向こうもビビっているのが伝わって来た。男は少しはまともなのか、悪いことをしていると思っているのか。マズイと思ったのか。それはいずれであろうと、小娘を脅かしたお前、俺の春を奪うお前、お前だけは許さない！　私は激しく睨んだ。少しも逸らさずに睨み通した。そして私の睨みに気付いた男は背を向けた、その男の背中を私は睨み抜いた。

男はもう止めるだろうと確信した。

今度こそ本当に我が世の春──男のピーク

私の怨念が通じたのか、彼女の実家まで巻き込ことで却って怖気づいたのか、ストーカー男はやはり静かになって来たようだった。以前とは違い毎日のように現れることは無くなり、悔し紛れのようにたまに現れる程度に減った。だが同時に私の『控えろ』も続いていた。

一夜を共に過ごすことでお互いの常態的な存在を意識し、二人でいることが当然になっていた。しかし今はそれが出来ない。二人の仲を遠ざけられているのは確かだった。

十一歳離れていたが私より大胆で扇動的だった小娘は、姉からの忠告を機に私との付き合いを明らかに控えるようになっていた。そして、今更ながら出会い方の不義を口にするようになった。本当は姉のハズだったのに手近な妹と付き合うとは道徳に反していると実家が猛反対している、と。私は小娘に飽きられたのかも知れなかった。もしくは、男が静かになったことでやはり役目が終わったのか。

はっきりしない気持ちで過ごしていたある日、仕事で訪れたAランクのお客様からプライベートな話を向けられた。

「小浜君彼女出来たの？　よければ女性紹介したいんだよ」

私の潔癖で本当は気難しい性格は二股など厳禁なのだが、『私にも現在いたりするんです』などとハッキリと答えられなかった。加えて、言って下さったのはAランクのしかも医師だ。エリアでの影響力も将来性もAなお客様なのだ。断ったところで大人げない仕打ちは無いだろうが。などと、返事を逡巡しているうちにその女性と会うことになってしまった。

医師から明かされたその女性とは既に面識があった。この医師が本業の合間に活動する地域住民向けの生活習慣病予防イベントで、医師を補佐する立場にある仕事をしていた。私も出陳業者として会場を出入りすることがあり、その際に彼女と会っていた。

初めて彼女と会った当時、私はこの彼女に興味を持っていた。理性が滲み出ていて、女性っぽさを前面に出さない振る舞いに魅力を感じていたのだ。伴侶として安心できる女性とおぼろげに思っていた。だから再会は楽しみでもあった。

「なんか恥ずかしいですね。▽▽さんもやはりお仕事お忙しいようですね」

余計なことを言っていないか。仕事も絡んでいる。慎重に言葉を選んだつもりで話し出した。彼女も顔色に変化は無く同様なことを口にしていた。平穏に会話は進んで行き、医師から言われたことにお互いの現状に相違が無いことを確認しあった。

その時まだ私の頭の隅には、小娘のことがあった。(今のこれは仕事だから浮気では無い。

いや、小娘とはもう終わっているのだからもう関係ないのだ）
一方で、伴侶候補のこの女性と再会をして、例のワナワナが出なかった。以前に会っていたからなのか。心の盛り上がりを感じずに、しかし、三十半ばになればこんなモノかと思い込み、函館市からやや遠い地方に住む彼女との付き合いが、予定通りに始まった。

道南地区を担当になって顔デカ七百万女と終わった数ケ月後の時期に、私より一歳年下のこの彼女と初めて会った。私の苦手とする同年代の女性だが、女性として意識するよりもその理知的な振る舞いに惹かれていた記憶がある。

あの時と今助手席にいる彼女はほとんど変わりないのだが、燃えない。あの時仕事で会う彼女には魅力を感じていたが、あの時はあの時なのか。やはり小娘が気になっているのか。いや、それは別だ。あの時の私はこの彼女に惹かれていて私にも変わりはないのだ。おかしいなぁ。燃えないまま半分義理のような付き合いは続いていた。

誰と付き合っても奥手な私は、ステップを踏むのがかなり遅い、と言うか踏もうとしない。その点小娘の方は、じれったくなって仕掛けてくれて進捗が出来た。だが、彼女は普通の常識的な大人しい女性なのである。男性からリードするのが当然なのだ。

しかし会うたびいつも我々はモジモジしていた。三十半ばのいい歳こいて。

そうして早く進めなくてはと思いながらもモジモジしていると、彼女は私の趣味に合わせてゴルフを始めたいと言ってくれた。彼女も私を好きになろうと、結婚へのステップを速めようと、努力してくれていたのだ。

休みの日は函館のゴルフ練習場で彼女にレッスンをした。案の定余計なことを考えていた。(ここはさりげなく後ろから手を重ねたりして。彼女はそれを期待したりして。だったら腰に手を置かないと。三十半ばだし、それ位は大丈夫だろう)などと妄想しつつ、結局何も出来ずに並んで立って、あーだこーだと言うだけだった。

そして、いつものように半端でドヨーんと時間は過ぎていた。しかしそのドヨーんを切り裂くような稲妻の視線が私に向けられていたことに、その時私は全く気が付かなかった。

私は親会社の営業マンが定期的に実施しているらしいある医師の接待に付き合わされた。その医師はプールで泳いでから食事にするらしく、私がジム通いをしていることを知っていた親会社の営業マンは、私を加えていつもと雰囲気を変える工夫をしたようだった。

そのプールでは接待ということを忘れて、私が本気になっていつまでも泳いだために営業マンから叱られた。その後は大急ぎで身支度し医師より先にロビーで迎えて、緊張を保ちながら寿し屋に行った。寿しもそこそこに、締めには医師の仲間に会わないような隠れ家的なクラブに行った。かなり高級に思えた。さすが製薬会社の接待だ。惜しみなく金を掛ける。などと感心していると、そのクラブも小一時間でお開きになった。

我々貧民のたまの飲み会の締めのスナックでは、チャージ分はしっかり回収しようと閉店まで居座るが、彼ら大富豪の食事会は品位があるのだなぁ、などと思いつつ、そそくさと店を出た。営業マンがお客様をタクシーに乗せていたため、私は余計なことはしないで店の前で待っていた。

「あのぉお客さん、この前練習場に居ましたよね？」

店の若い女の子だ。いかにもお水といった派手可愛い顔立ちだ。

さっき同じテーブルにいたっけかなぁ？　プールで叱られた後は、私は常に医師か営業マンを注視していたためその他の状況に憶えが無かった。

「これ。今度、電話もらえますか？」

名前と電話番号を記したカードを渡された。

これは、何、なんだ？　何かの罠か？　受け取ったら後から何か買わされるのか？　でも確かに先週ゴルフ練習場に行ってたなぁ。何で分かった？　彼女は私に興味があるのか？

若くて可愛い光り輝くお水女子。私なんかに。

営業マンが戻って来て解散となった。私は店を振り返り彼女の余韻を貪った。

『店の前ではびっくりしたんじゃないですか？　私は私で《あの人》が現れた！　と思ってビックリして、でもこれは逃せないと思ったんです』

お水女子は、先日のゴルフ練習場で我々を十メートルくらい離れたところからに見ていて、少なくとも私のゴルフ姿に興味を持ったらしい。そう言えばその位置に若いペアが居たような気もして来た。その時の私は妄想しながら、理知的彼女への対応に必死だった。周りを観察する余裕などまるで無かった。

（そうかぁ、遠くから俺を見ていたって、俺も紹介されるばかりでは無いのだ）

さておき後日会うことになった。と言う事は、この瞬間に私の空前絶後の三股交際が成立したのかぁ!?　まだ正式に切れていない小娘、理知的彼女、そしてお水女子との三股。

三股。正面切って威張れるものではない。ゲス男のやることだ。でも男なら――女もか――、一瞬でも憧れるのではないか。後の時代にワードが生まれた《人生のモテ期》。私のそれがその時だったのだ。超奥手の真面目人間のまさに空前絶後な出来事。それだけで人生のすべての不幸が補完されるように思えてしまう。大変奇跡的な出来事だ。

約束通りにお水女子は現われた。彼女は真っすぐに私を見据えている。期待が持てる。

何から話を切り出そうか。天気の話ではダメだな、テレビの話題か、ゴルフ練習場の話か、職場の話か、あの営業マンを知っているのか。

私の話は真面目で面白くない。加えて仲間からは、『お前は黙っていた方が良く見えるのだから』と言われる。黙っていれば期待も出来るが、話をし出すと落ち着きが無くなり頼りなく映り、イメージダウンになるようだ。

こちらが恥ずかしくなるくらい昼間にはそぐわないペパーミントブルーに白のストライプのワンピースで、張り切って現れたお水も最初は私を見ながら話していた。だが、段々私から視線が逸れていくのが分かった。そして、一時間も経たないうちに、仕事があるからと解散になった。予想出来ていた結末に、私は口をひきつらせ、ただ手を振るばかりだった。

大人の交際では無かったが一日だけの三股交際。だが、【何ら野心を持たない田舎モノの超奥手で口下手な運動神経ゼロの単純真面目人間】の密かな自慢だ。

そう言えば母親の『縁も重なる時は重なる』をまた思い出した。偽物の縁だったけど。

今度こそ本当に我が世の春──そしてお決まりの

理知的彼女のことを本気で考えようと、小娘にケジメを付けることにした。

「あ、そう、それは良かったじゃない。うまく行くといいね」

その後会うことは無かったが、心配症な私は方便で来週あたり医師に女性を紹介されそうだと話した。小娘は何らの感情を持たずに私の新しい縁を祈ってくれた。

(まぁ、女性は一旦冷めたら完全に冷めるらしいからな)

このあっけない返答に私は僅かに残っていた小娘への思いをすぐに消し去った。バカにされたような気持ちも湧いて来て、理知的彼女への完全シフトを心に決めたのだ。

「それとね、あたしね、パパ──小娘は私をこう呼んでいた──とね、一回くらいしか良くなかったの」

(?？　良くなかった、って、……それか、……)

「そうだったの、ハハハハ」

これは、彼女を紹介されると能天気に話した私への恨みの言葉なのか。言い残していた最後の言葉なのか。これは、言わなければならなかったのか。

「それじゃパパ、元気でね」

電話を終えた後も、心当たりが無い私の頭の中はグルグル回っていた。

確かに私はススキノに通う日々ばかりを送り、受動的な応対が好きになっていた。しかしお勤めはお勤めで、通り一遍だが全うしたつもりだった。小娘の方も隠そうともせず『女の方が絶対に良いのよ』と満足げにしていたではないか……。しかしそうでは無かったのか。世間のレベルが分からない。相性の問題なのか、基本性能の問題なのか。

別れもあっさりしていた。さっきの他用の電話でついでに言われたに等しかった。我々は付き合っていたと言えるのだろうか。『パパ』の意味にチャンと気付くべきだったのか。

やはり、小娘にとって私は単なるお試しだったのかも知れなかった。ストーカー男への対策もあって色々と私は一時のお試しに適していた。そして私の性能検定も最終結果が出て、タイミング良くあの男による彼女の実家へのタレコミとも相まって、小娘の期待外れだった私は都合良く捨てられた。

始まりだった『また次も会ってもらえませんか』には、小娘の少しの勇気と若い欲望が込められていたのかも知れない。


ついに理知的彼女の方から仕掛けて来た。

仕事で札幌に行く用事がある。小浜さんも仕事で行くようなら、札幌で夜一緒に食事しましょう。と、お誘いの電話だった。さらに泊りを私に決めて欲しい、と言う事だった。

札幌にはホテルは沢山ある。誰でも自分で予約は取れる。わざわざ私に取って欲しいと言うのは、私の好きにして良いということで、私が好きに決めたスタイルに彼女は従うと言う事だ。私は三十半ばであり充分大人であるため、ここまで理解した。

最初は、彼女が面倒臭がって私にやらせるつもりなのかと思ったが、大人同士の男女の付き合いであることから、そうでは無くこっちのようだと理解した。

だがその前に私は自身に問いたかった。私はこの理知的彼女のことが本当に好きなのか？我々はお互いを本当に好きなのか？本心から同じ部屋で一夜を過ごしたいと思っているのか？或いは、彼女は本心はさておき既成事実が大事だと思っているのか？私には考えても分からないような気がしてきた。

結局、シングルとシングルで完全に別部屋で夜を過ごすスタイルにした。シングルとツインで様子を見る、でも良かったのかも知れないが、ツインで別々ではひどく悲しい。それに、様子見という臨機応変な対応など私には全く不可能であった。経験が無いのだから。女からのサイン。何だそれ？見つめられても恐縮してしまうのがオチだ。

でも、いきなりの結論って、それで良いのだろうか。

当日、夜の食事の後だ。ここからが本番なのだ。私の部屋で二次会と称して彼女と狭い空間で過ごすことになった。だが、これが息苦しいのだ。彼女は椅子に座り、私はベッドに腰かけてテレビを眺め時間が過ぎるのを待つ。テレビに意識は無く頭の中ではお互いを窺っていた。ような気配を感じていた。私は自問自答を繰り返す。（この空気どうするつもりだ⁉）

それからいくら時間が経っても変わりが無かった。やがて足取り重く引き上げた理知的彼女。閉じたドアに向かって本心を呟いていた。『これが精一杯です』

ギクシャクしたこのことがあって、尚のこと彼女をどう思ってるんだろう、この先どうするんだろう、と考えるようになった。

反芻してみると、私は彼女が好きだった記憶がある。だから医師からの紹介は仕事では無く本心で受けた。（ここまで良い）そして会った。相変わらず理性が光っていて凛々しささえ感じた。そして少しときめいた。（間違い無い）そして付き合いが始まった。プライベートでも彼女のままだ。（問題無い）で、燃えない。……何故？

その時々の心境や心持ちに間違いは無い。矛盾も見当たらないと思う。でも結果が違ったままだ。どこかがトリックになっているのか⁉　それしか無い。などと考えていたある日、またまた彼女は仕掛けて来た。今度は札幌ではない、函館に用事があると言うのだ。

同窓会で函館に行く。会食が終わったら私のところに泊めて欲しいというものだ。もはやダイレクト。そこまで思い詰めているのか。

彼女も三十半ばなのだ。この先のチャンスを考えると、これで結論を出そうとしている。それが悲痛な思いとなって伝わって来た。返事に良いも悪いも無い。彼女の人生に私が関わったのだ。私も肚を決めよう。彼女は私の理想とする理知的女性。再会した時に凛々しく映って少しときめいたのは確かだ。奥手な私は結局こんなもんなんだろう。

今度こそお互いが肚を決めたその時を迎えるのだ。

その夜ついに、彼女は私の部屋を訪れた。顔がピンクっぽい感じがする。酒のせいだけなのか。私はビールと軽食を用意して自分のためにもリラックスムードを心掛けた。

（大丈夫かな）などと思いながらも、声が震えないように『そろそろ寝る？』と切り出した。笑顔では無かったと思う。うなずいた彼女は寝る前の作業に取り掛かったようだ。

最初から布団を並べるほど私はダイレクトにはなれなかったが、開けたふすまに沿って隣の部屋に布団は敷いた。洗面所から戻った彼女が布団に座る気配を感じた。

いよいよだ。私は、このままか？　消してからか？　明るい方が臨場感があってより高まるのだが、などと考えながら、とうとう彼女に向き直った。

と、そこには——。

黒太ブチの牛乳瓶底メガネのガリ勉女がいた。

（な、なんで、あんたはよりによって今、この今、男を萎えさせるようなそんな黒太ブチの牛乳瓶底のメガネをしてる！　そんな顔見たらぁ……なぁ……）

「ああ、やっぱりコンタクトだったんですね」

彼女は、メガネ姿が恥ずかしかったのか、すでにコトへの思いを巡らせたのか、身体をよじらせ、うつむいたままモゾモゾ何かを言っていた。私は目の前の彼女に（あんた、何で……）と半ば哀れみ半ば怒り、これからの彼女との相性の悪さをまざまざと感じてしまった。

彼女にすれば、今までの進捗の悪さを一気に取り戻そうとして、この際自分のありのままをすべて見てもらおうとでも思ったのか？　いやいや、今夜は特定箇所だけ晒して、情が深まってきた後に残りすべてでも良かったのではないか⁉

やはり、そうすべきだったよ、ガリ勉女君。

あーこの自分。何でいつもいつも肝心な時にこうなるのだ！　自分への怒りも感じた。

肚を決めた私だったが、黒太ブチ牛乳瓶底メガネの女とコトに及べるほど私は彼女を心底好きでは無かったのだ。自分の布団に入ってさっさと明かりを消した。

もちろん寝付けなかった。『ゴメン。やっぱりダメです』と残念さが収まらなかった。彼女も度々寝返りを打っているのが分かった。私が怒っているとは思わないだろうから、またか？　何故来ないのだ？　と彼女も怒っていたのだろう。

翌朝、理知的彼女は昨夜の私の不甲斐なさへの怒りは少しも顔に出さずに帰って行った。年配者相手の日頃から不条理なことが多い職業柄か。いや、彼女独自の理性なのだろう。

この理知的彼女との結論も出てしまった。本気で向き合ったゆえに情も残るが、彼女を思えば早く別れて早く本命が見つかることを祈るばかりだ。

しかし往生際悪く過ぎてなお考えることは、仕事で見せる彼女の魅力の部分が果たしてプライベートではどこまで必要だったのだろうか、ということだ。仕事が終わってもまだ彼女は仕事の顔で理知的な言動に終始していた。私は女性を前面に出して言動されるのは苦手なのだが、プライベートでは彼女に少しは女性的な面を求めていたような気がする。トリックはそこだったようだ。結局我々は仕事の顔のままで、それを剥がすことが出来なかった。気付いた彼女はそれを一気に剥がそうと泊まり作戦に出たのか。あの夜、黒太ブチ牛乳瓶底メガネでは、などと愚痴っていたが、私の方は勇気を持ってそれまでどんな仕掛けをしたのだ。彼女だけがあれこれと勇気を出していた。私の罪は重かったのだ。

小浜「君」

全部失って一人になって、次の運命はどこにあるのか、もうどこにもないのか、やっぱり自分には女性は向いていないのか、などと私は原点に戻り独りボヤいていた。

その私のボヤきのテレパシーをキャッチしたような思いがけない運命が降りて来た。

「小浜君、君の経験を活かして欲しいと思っているんだよ」

東京営業所当時の東京エリア管轄の課長が、本社のマーケティングマネージャーになっていた。あまり馴染みの無いこの人からの電話を最初は不安に思った。

この以前から、我々と或る企業との合併話が噂になっていた。どうやらそれが本決まりになり、それに伴って新製品を出すことになったようだ。

その新製品は前回とは違って既存の重要な検査項目――ガンの進行を判断する検査――のシステムであり、それは合併先にとっても異なる分野の製品らしい。

専任の営業マンを選定しており、凝りもせずに手っ取り早く彼の記憶にある私も選ばれたようだ。凝りもせずにと言うか、今度こそは、ということかも知れないが。

「小浜君には活動拠点を仙台において、東北・北海道をカバーして欲しいと思っている」

「受けてくれるな」

この課長に私は弱みがあった。

大学生時代に購入した英会話教材の借金の滞納が続いていて、当時営業所にその教材会社から催促の電話が入ったのだ。たまたまこの課長が上司役になり対処して頂いたおかげで社内でも大きくならず済んだ。と言うものだ。この『受けてくれるな』の『な』は、お前には貸しがあることを忘れるな、の『な』だった。

噂通りに会社が合併になれば、エリア営業マンにも何かしらの影響は生じるだろうと皆で話していた。加えて函館には思い出だけが多すぎるなぁ、と思っていた。そのため、この際まさしく心機一転したく、迷わずに私は『行かせて頂きます』と返事をした。

彼は私への説得がうまく行ったように思ったのか、機嫌良く電話を終えたがそうでは無い。渡りに舟だったのだ。船頭さん、ありがとさん！

電話を切って札幌に来てからの色々を思い起こした。

木々の新緑が鮮やかで感動した最初の風景。ススキノでの三拍子。スキーの斜面ズルズル事件。すごく嬉しかった哀愁陽子さんの新規採用。会社ブランドで楽して売れた日々。七百万顔デカ女に小娘。そうだ、最初の頃に人生初のナンパもしたなぁ、大失敗だった。……ん？　マズイ！　仙台って、ヤツがいる！　またヤツに会うのかよ……。

あの同い年後輩は仙台営業所に異動した。その後にまた異動になったとも聞いていないいため現在まだ仙台営業所にいるのだ。またヤツと一緒になるのか。今回も私のためには動かないだろう。それどころか何かに付けちょっかいを出して来て、また私の邪魔をするのだろう。心機一転とはいかないようだ。

小娘や理知的彼女との思い出に満ちた部屋を引き払って私は仙台に引っ越した。

仙台の事務員は完璧なおばさん。しかも痩せギスでお色気ビームは微塵も発しないご様子。そのまなざしは細く厳しく、仕事に徹している生き方が窺えた。

「小浜、チョット飯食って行くか⁉」

仙台の所長は以前から知っていた。東京営業所当時の二年目に新所長様と同じ営業所から異動になり、東京エリア——今回私に命じた元課長の管轄エリア——の営業マンをしていた。

そしてこの所長にも品位が感じられない。もしくは落ち着きがない。目を瞬かせながらさかんに貧乏ゆすりをするのが癖だ。そのうえパンチパーマで強面だ。客の第一印象は良くないハズ。しかし話してみるとそうでも無い、と言うギャップが武器なのか。

営業力と言うか戦略性も通り一遍なもので、『ニーズのあるところを見つけるアンテナが必要な訳ですよ』などと、新人相手の営業トレーニングのような言葉を激しく貧乏ゆすりながら発せられる。我々中堅には聞いていて気の毒になるような話しか出来ない。

話の中途で意味無くニヤけたりして、彼も自身の言っていることに納得がいってないことが窺える。色とボリュームに勢いが無くなっているパンチパーマには彼なりの営業マンの歴史が感じられる。だがそれにしても、話し方や態度が軽薄に見えて仕方がない。

でも所長なのだ。何らかの理由があっての所長なのだ。仕事のポリシーは、と聞かれれば、すぐさま、楽することだと答えるだろう。夕方もサッサと帰るのが常だ。


この日私は彼と一緒にサッサと会社を後にして近くの牛タン屋で食事をした。彼は酒が飲めないのだ。私はビールを飲みながらチマチマおかずを食っていたいのだが、彼は習慣的にすぐに飯粒を食いたいのだ。でも今は彼なりに我慢しているのが分かった。

この先この人の下にまだまだいるのだろうし無理は続かないと思い、私は構わずにビールをお替わりした。すると彼の貧乏ゆすりが早くなって来た。どうしたのだ、と思っていると、店員に『ご飯貰おうかな』と。耐え切れなかったようだ。

この夜、三十分位の間に彼と話した最後の結論は、『この新製品が成功するかは分からないと思っている』『お前の邪魔はしないつもりだが、営業マンの邪魔もしないでくれ』『元々やっている主力製品の営業が優先だ』というものだった。

会社の方針とは言え、一からスタートして苦労することに関わるより、今後も変わらず既存の主力製品で売り上げを伸ばす方が楽なのだと言う彼らしい結論だった。

ビールのお替わりがやはりマズかったのだろうか。【慎重なB型】は彼にも威力を発揮するのか。今回も上司とのやり取りが行き詰まりそうなことが充分予想出来た。

そして後々思い知らされるのだが、この所長と同い年後輩はすごく気が合うのだ。基本的な気質が同じで、二人共手抜きで自分本位でいい加減であること——反面、私は真面目にコツコツやり抜こうとするタイプ。だから彼にすれば私はまどろっこしいのだ——。

あの食事の時の彼の結論は、如何なるポジションに身を置こうと、自分の利益にしか関心が無いことを言質したもので、その点も同い年後輩と全く同じだった。さらに二人共酒が飲めないため夜の過ごし方も同じで、おまけにサウナも好きらしい。

この所長は営業センスがモッタリしていて部下を指示するにも的確な言葉で動機付けが出来ない。しかし、都合の良いことに、同い年後輩は最初の切り口をキャッチーな言葉で示せるため、彼はそれをパクって他の部下へ指示することが出来るのだ。

品位も無く営業力も感じられないこの所長にはシンパシーもテレパシーも感じないのだが、同い年後輩は常にこの貧乏ゆすりに好意を持って上手く接するのだった。

函館の副産物

函館市から仙台市に移ってまたまた新たな生活が始まった。私はこの仙台市で学生生活を送っていた。

アルバイト先の先輩が私の部屋に転がり込んで来て十二指腸潰瘍になったのが二十歳の時で、大学を卒業してから十四年後にまた仙台市に住むことになった。

十四年後の仙台市は当然ながら当時と様相がだいぶ変わっていた。一年間だけ住んでいた本当にお化けが出た学生寮は跡形も無く、そのお化けの住処だった隣接したお寺は何かすごく奇麗で近代的になったように思われる。お化けもおしゃれになったのだろうか。

戻って来られて嬉しかったのだが、文京的な仙台市ではこれまでの三拍子の一つである『買う』は、さほど期待出来ないようだった。

小娘から教わったバドミントンは、プライベートでは誰とも話す機会がない私に取り敢えずのコミュニティを提供してくれた。区の公民館でバドミントンサークルを探して頃合いのサークルを見つけることが出来たのだ。

【初級者レベル・女性多め・土曜日午前開催】

本来は土曜日の午前はダラダラと過ごしていたいのだが、新しい街の情報がもらえる友人が欲しかった、いや、本当は小娘の影では無いが、お付き合いが出来る女性が欲しかった私は、『女性多め』に期待度満点でそのサークルを訪ねた。

体育館の扉を開けコートを見渡した。なるほど、総数十名ほどの人々のほとんどは女性のようだ。端から一人ひとり見ていくと……、彼女らの年齢は私と同じくらいか上か。そして皆元気が良い。バドミントンをやるくらいだから当たり前か。

プレーしていないメンバーに事情を話すと、少しして代表者に通してくれた。一旦プレーを止めて紹介が始まった。

老年組が三名。他はやはり私と同年代の女性。皆躊躇ない視線を向けてくる。ちょっとした違和感を覚えながら早速参加することになった。ウォームアップして試合形式になって、皆と一緒に動いて行くうちに彼女らの会話も聞こえて来る。

『まだ腰いでーわ。残業したがらがなぁ』(随分と飾り気なく発せられる……)

『今日何つぐんの?』(この方々は自炊するんだ……)

『子供たち今日はお泊り会だから%＊△×』(おっと、この方は結婚しているのかぁ、じゃあパスだ……)

他にも女性はいる。焦ることは無い。むしろ他にも可愛い女性がいる。でも、皆何か人間

として出来上がっている感がある。変なバリアを全く感じさせない。スポーツしているから

サラッとノーガードになるのか。

いきなりの練習試合も初級者レベルではそつなく応じることが出来ていた。馴染むことも

出来るだろう。来週から少しずつ個体別に品定めをして行こう、などと勝手な目論見を立て

ていた。

終了の時間になりクールダウンが始まって、皆が集まり出した。

「ここのメンバーは全員既婚者なのよ」

突然一人が、私に大変重要で残酷な情報を早々と教えてくれたのだ。

「ああそうなんですか。……でもよろしくお願いします」

独身の私は、目つきが下心そのもので独身特有のオーラを発していたのか。これはマズい、

とでも感じた一人が先手を打って言ってくれたのか。結論が早く分かったのでありがたいと

言えばそうなのだが……。

『小浜さんは？』と聞かれて、誰を見るでもなく『私は独りなんです』などと言ったのかも

知れない。『全員既婚者』と知らされたその刹那に目の前が暗くなり、しばらくのことを憶

えていない。この結末はいつもの私だが、今回は随分と早い決着だった。

（今日は見学でして、少し考えさせてください）と言うセリフを一瞬浮かべたが、やはり案

の定な下心を悟られるのは嫌だったためそれは言えなかった。

『……でもよろしくお願いします』の『……でも』って何だ？　と、聞く人は理解したのだろう。目つきと併せて下心はすでに皆に悟られていた。後から考えれば。


それからの私は、あくまで純粋にバドミントンを楽しむためにここに来てますの体を、しばらく保たなければならなかった。また一方では、独身新人女性も入るかも知れないという期待もあった。だが、数か月経っても一向に新人女性は現れなかった。

それどころか、住所が近くと分かった若い人妻から、どうせなら一緒に乗せて行ってくれとせがまれる始末だ。既婚女性は異性にもバリアが無く堂々として人間が出来上がっているようだ。使えるものは使わなければ損だ。私はお得用クーポン券と同じ扱いだった。

その点、独身女性は絶対にこのようなことはない。過剰なまでに男性の目線や言葉を意識し警戒し、自身の希望する男性のみを相手とするための距離感に常に神経を注いでいる。

しかし、希望する男性と結婚した途端このように異性へのバリアと言う儀式はもう無くなるのだろうか。一、二回顔を合わせただけで、本性も知らないであろう私に対して、毎回毎回昔からの友達のように警戒せず乗り込んで来る。女性を捨ててしまったのか。心の底ではそうでは無いだろう。だとすれば、たかだか楽するためだけに私の男性を蔑ろに出来るのも彼女らの技量なのか。結婚と言う経験で得られる最強の技量なのだと思った。

お付き合いに発展する女性は出来なかったが、お花見や飲み会などを企画してくれたために会社以外でのイベントごとを楽しむことがこのサークルでは出来た。仕事の憂さ晴らしが出来ていた、このコミュニティに加わった意義はあったのだ。

その後も転勤で新しい生活の場面を迎えるごとに、このバドミントンは同様に地元のコミュニティへの橋渡しとなるのだった。とりあえずの知人は出来て、会社以外においての息抜きの場所が確保出来ていたのだ。

ありがとう、小娘。満足はさせられなかったようだけど。

新製品の採用

今度こその新規事業の立ち上げだが、仙台営業所のエリア担当の営業マンは五名おり、同い年後輩一名を除いて、対象四名の内三名が新製品にやる気を示していた。

これまで経験したことのない会社の合併により、担当製品が分かれて二事業部制になったり、我々とは異質である数字に厳しい合併先の営業マンが横にいたりで、環境の変化に刺激を感じているためか、前回と違って彼らの多くが新製品に前向きになっていた。

中でも自主的にターゲットを見つけて進捗をしてくれたのは、この合併による組織変更で現場に送り込まれた営業経験の無い若手社員だった。彼はそれまで修理サポート部門での検品・修理の担当だったが、教育も無くいきなり営業マンとして青森県に送り込まれたのだ。三十歳手前で若者らしくツルッとした《ゆで卵》みたいな顔立ちをしている。

そしてもう一人は《大変なのよ先輩》だった。福島県担当の《大変なのよ先輩》は私の二つ上で、丸い体系で穏やかな性格のポジティブ思考の人間だ。プライベートでは卓球のスポーツ少年団の監督をしており、時間・体力ともに最大限そちらへ注いでいるようだった。そのためか仕事の日でも朝から疲れている様子で、『俺も大変なのよぉ、毎日子供たちの指導したり休みは休みで遠征だし、もう大変なのよぉ』が口癖で、毎回聞かされるのだ。

仕事とプライベートは境を設けて仕事のコンデション万全でお願いしたいのだ。だが彼は、仕事の日でも朝から疲れていることを、地域貢献をしているためだと言わんばかりにポジティブに都合良く正当化している。地元の居酒屋で酒を飲み過ぎて、二日酔いで朝からボケーっとしていることと同じだと思うのだが。

でもまあ良い。やる気を示して実際にやって頂けるのなら許してあげよう。子供たちに罪は無いのだし。

青森県と福島県。東北の最北と最南。だが、一日で往復する用事もないだろうし不都合はないため、同時に二人にウエイトを置き余力で他県をカバーすることにした。

「小浜さん、今度いつこっちに来てくれるんですか?」

「いい感じになってるところあるんですよ!」

この新人営業マンのゆで卵後輩はしきりに私の気を引こうとしてくれていた。

通常、新人営業マンは少なくとも一年間は毎週営業所に出社して、前週の反省をしながら先輩からの教えを頂き、知識が充足されたのを確認して駐在となるのだが、彼はこれまでとは違っていた。組織の見直しの延長線上にある、とにかく営業活動をしろ、客先で多くの製品案内をしろ、不明な事はフリーダイヤルに問い合わさせろ、と言うお客様への一方通行の営業スタイルを強いられていた。多くの製品案内をするのは良いが、その製品についてのお客様の疑問に営業マンがすぐに答えられなくては、お客様からは信頼されないだろう。

それでも彼は神奈川の人間らしく、陽気で要領良く言葉も軽く、知識の不足も笑いに転化させる機転の利いた営業スタイルを実践していた。彼と同行をする口下手で田舎者の私は、気が付くと自分とは真逆で日常の話も軽やかな彼にこそシンパシーを感じていた。


このゆで卵後輩のお誘いは、結局はお互いがお互いを利用することを考えているのだが、この営業新人君は私を認めてくれているのだ、頼られているのだ、と私は思うようになっていた。自意識過剰の私は、自分の必要性を認めてもらったようで嬉しく思っていた。

私はこのような他人を利用するために甘えてみせる手練手管を全く備えていなかった。見え透いたお世辞ぐらいは言うものの、いつもプライドが邪魔をしてそこまでへりくだることが出来なかった。自分の底意地にストレートなままなのだった。

それに加えて長子気質の私は義務感が強いことが災いして、自分が二百パーセントの努力もしてないのに他人に甘えることなど死んでも出来ないのだ。だからどちらかと言うと、プライドが邪魔と言うより義務感が邪魔してお世辞は言えても甘えることは出来ないのだ。この甘えるように相手を立てることが自然に出来ていれば、東京の先輩や上司とも札幌のこぢんまりやここの貧乏ゆすりとも、もう少し上手く出来ていたのだろうか。

前回の新製品の時は新規採用までに四年かかったが、今回は二年目に新規が取れ始めていた。

病院個々への紹介活動はもちろん、エリア単位でのお披露目イベントも数か所で実施していた。そこから採用後の具体的メリットをシミュレーションして、それに反応して来たお客様をデモンストレーションに持ち込めれば、ほぼ決まりなのだ。

ゆで卵後輩のところでは地方の小病院と大病院での採用が決まった。大変なのよ先輩は都市部の大病院と地方の中病院で決めてくれた。大変なのよ先輩は元々の主力製品の採用先であるその都市部の大病院ではいわゆる《顔》だった。

会社としては営業マン各々に顔が出来ているお客さんはあるハズだから、真っ先にそこでの採用を目論んでいた。今回の検査項目は前回のそれとは異なり、既存の中心的検査項目であり検査の必要性は十分認知されている。あとは我が社と現行他社との力関係だった。

その局面で信頼を勝ち取るのが担当営業マンの力量であり彼らの価値なのだ。今回の成功例が好例となり、全国的に刺激を促す実例となったのだ。

だが、私個人はゆで卵後輩の方にスポットを当てていた。彼は前年から営業マンを始めてほとんど顔が無いにもかかわらず、二施設での採用を決めたことにますます彼の口技と甘え技に才能を感じたのだ。

地方の超保守的な群れの中から、ギャンブル的製品に耳を傾ける人間を見付け出しレールに乗せる。調子良いばかりでは乗せることは出来ない。さらに雰囲気を醸し出し心を開らかせ、最後にはこれはお客様のために出来た新製品、とでも言って、熱心さを信頼性に換えてしまうのか。内勤のサポート部門にばかりいては確かに勿体無かったかも知れない。

その後も、『小浜さんが来てくれて、いや本当、助かりますよ。夜も助けてください、先輩！』などと言われた私は、お客様同様に良い気持ちと使命感がメリメリ沸いて来て、メシをごちそうしたり、本当は行きたくない――お話しのみで終始してしまう――おねえちゃんのお店にも付き合い、結局は彼のワナにハマってしまうのだった。

はいはい。

計四病院での新規採用が決まり、営業所全体でこの新製品はもはや会社の準主力製品として認知され始めると、危険を冒したり他人のための行動はしないが、絶対に遅れは取りたくない気質——日和見でも良いがあえて長々と——の同い年後輩が、案の定私に接して来た。

「今度同行してくれない？」

「そうだ、そろそろやってみる？」

私は本当は嫌だった。こいつとかかわると絶対にロクなことが無い。それは私の中での鉄板の法則だった。だが仕事なのだ。

ヤツの担当エリアで複数の病院を経営しているお客様がいた。グループ内で使用する同一製品は一括購入が決め事である。県内八か所に病院があり、同一製品のボリュームディスカウントを図るのだ。この八か所の病院で我社の元々の主力製品は採用されていた。ここでも主力製品のブランドイメージとエリア営業マンの《顔》で採用を企てるのだった。

八か所の病院の中に新製品の検査項目——ガン——に専門性を持つ臨床検査技師がおり、彼が機種検討の係と知った。ヤツと同行しその臨床検査技師を訪れ、現状・採用検討の可能性、もし可能なら検討手順を確認することから始まった。その臨床検査技師は、現在使用しているライバルメーカーの採用を決めたキーマンでもあった。

私が一通りの説明した後、現行システムも古くなっており更新する時期に来ているため、採用検討を始める意思をすんなりと示してくれたのだ。ただし、現行メーカーも含めての何社かでの比較検討になるようだ。

タイミングの良い訪問により思いがけず前進したのだが、これはこれでヤツの都合良い報告になるのだろう。

『いやぁ、大変でしたが、日頃の付き合いで何とかOKもらいましたよ』すると貧乏ゆすりが、『さすがお前だねぇ。あとは小浜、しっかりやってくれよ』などと言うのが、既に聞こえていた。面白くない仕事だ。


その後、現行メーカーとそのライバルメーカーと本当はライバルにもされていない我社との三社三システムによる採用検討が始まった。『データーの信頼性』、『システムの全体的な評価』及び『ランニングコスト』の結果によって決まるのだ。

『データーの信頼性』とは、患者様の血液をある数量測定して、従来システムとの測定結果の相関性や乖離、或いはメリットとなる結果特性――測定範囲が広いとか臨床的に重要な範囲がより正確に測れるなど――を吟味することだ。これには、診療での測定を終え必要が無くなった血液をストックしておき、空き時間を見て測っていくのだ。測定機を病院に持ち込んで、本来はお客様が実際に測定してデーターをまとめることになる。

検討して頂く臨床検査室には朝の受付開始と同時に次々と検査がオーダーされる。臨床検査技師たちは血相を変えて測定結果の返送に奮闘しているのが日常なのだ。

そのような状況にあって彼らには余計な作業である、製品検討のための血液測定のお願いはなかなかしづらい。我社は、この実際の血液を測る作業に付いては私が代行することでお客様に同意を取った。恐らく他社も同様だろう。

実際の血液測定の実施担当病院の大きさに、そのメーカーの力関係が反映されていた。他の二社は県中心部の大病院を指定されたが、我社は地方の病院の指定だった。

『データーの信頼性』の結論となるためには二百近くの測定数が必要だった。我々の指定病院では二百の血液測定には七日間が必要だった。それだけの日数を拘束されることになる。他の二社の担当病院では三日もあれば必要数は得られただろう。

そうして、時間は掛かったが必要数の測定を終えてデーターを完成することが出来た。現行システムと良い相関だった。ポツポツと乖離する結果もあったが、形式上測定者になっているこの臨床検査室の責任者が、例外は含めずと除けてくれたのだ。これで良い結果を伴った『データーの信頼性』が完成した。

『システムの全体的な評価』は、コスト以外の導入メリットのことで、これはお客様が作成にあたる。パンフレットや特徴・利点をまとめた資料を説明して渡した。あとは《ランニングコスト》の提出を残すのみとなった。

でもそう言えば、同行を依頼して来たヤツはこの間何をしていたのだ？　やはり貧乏ゆすりへの新製品をやりましアピールが済んだので、もはや興味が無いと言うのか。結果が悪い場合の対処を考えると下手にこれ以上関与したくないと言うのか。万が一結果が良いようだとまたしゃしゃり出る、と言う算段が立っているのか。

『余計な事をして邪魔しないようにしてたんだ。でも様子は毎日探っていたんだよ』云々と、見え透いた言い訳が聞こえるようだった。

後発メーカーにとって唯一の効果的応戦手段である激安のランニングコストの提出も済んで、最終的に本社の新製品統括部長——本当のライバルメーカーから転職して来た——と同行して、病院本部の経営部門にクロージングに向かった。

相手は検討結果の優劣の以前に、採用の条件として全病院分の台数を二週間内に国内に準備できるか、と詰めてきた。

この新製品を国内に準備するためにはグローバル本社からそれらを購入することが必須で

ある。返品は利かないし簡単に売れる製品ではないために、通常この新製品は採用が決まってからのグローバル本社への発注となる。

この案件自体は勝ち目が薄いと言うのが正直な状況だ。コストの再見積り――採用を前提とした最終見積り――があるようであれば我々の優位となり、グローバル本社への発注も確信をもって出来る。だが、なんら優位性が見当たらないこの状況で『はい』と返答するのは無謀以上の愚行と言う事になる。相手も新参者の我々の本気度を最後に見たかったのだ。

結果は一週間後の全施設責任者会議での結論を以ってと伝えられ部屋を後にした。

キリキリと毎日が経過した。そして約束の日、統括部長から電話があった。結果はダメだった。決まったのは現行メーカーらしかった。新参者に甘くは無かった。

後日談として大変な驚きだったのは、現行の機械には現在臨床的に有用とされている検査項目が無く、本当のライバルと偽ライバルの我社にはその検査項目があった。そのような事情もあって検討を進めたのだが、今回決まった現行メーカーの新しい機械にも当面その新項目は導入されないとのことだった。不可解な決着であった。

検討のきっかけは現行機械の項目不足を解消するためでもあった。したがって、その不足の項目が新たに加わることが必須条件でこの検討は始まったはずだった。しかし結果は、その項目が追加されない現行メーカーに決まってしまったのだ。

圧倒的に不利な条件での検討であっても現行メーカーとしてこの勝負は絶対に落とせなかったのだ。それゆえ彼らの提案には我々の予想を超えた仕組みがあったのかも知れない。

いずれにせよ、ライバルたちにも《顔》になっている営業マンは無論存在するのだった。


この大型案件は不発に終わったが、会社は当然この新規事業を変わらずに継続した。変わらずに立ち上げメンバーの私は、他営業所のメンバーと共に月一回の本社会議で案件の進捗を変わらずに発表するのだ。参加者全員が前回と同じような代わり映えの無い発表内容だったのだが。

『契約出来るの出来ないのっ？　それがまだ分からないって、お前バカじゃないの！』

いつもは片手をポケットに突っ込んで悠然としている統括部長だが、今回の会議では珍しく、しかも私だけをののしるのだ。

不良在庫が八台。数百万が八台分の赤字。毎週経理部から追及されているのだろう。私を責めたくなるのも分かるが、それはあの時自ら『はい、用意できます』と答えた因果なのだ。

でも、はいはい。それは変な案件を持ち込んだ私のせいです。どーぞ、お気の済むまで。

今回もヤツと関わってロクな結果にならなかった。そしてヤツはことごとく無傷なのだ。

友達との再会①

大学生時代を私は仙台市で過ごした。その街並みは当時の面影をわずかに残している。折に触れては、わずかに残ったそれらを私は懐かしんで過ごしていた。仕事が一段落し時間的な余裕が出て来ていた。相変わらず趣味が酒とパチスロだけでは情けなく、バドミントンサークルにはやはり希望が生まれる予感も無く、何かを変えなくてはとあぐねていた。

（……そうだ、あいつら何してる？）

仙台市に引っ越ししてから気にはなっていたが、わざわざ会う前に他にもやることはあるだろうと思っていた。しかしそのやることが無くなってしまい、懐かしいあいつらが何か情報を持っていないだろうかと考えた。

大学生は専攻科目の勉学が本道だが、私は受験勉強から解放され享受出来た自由で無駄に過ごす時間の悦楽を、入学後も享受できるための工夫に余念が無かった。勉学には興味や必要性を感じておらず、ゆえに、専攻であった経済学の知識など微塵も頭の中には残っていない。卒業のための授業の出席以外はアルバイトとサークルと睡眠に費やされた。

そのサークルとは英会話クラブであり名称はＥＳＳと言う。名称が違うだけあり普通の英会話クラブとは趣を異にしたサークルだった。

大学に入りオリエンテーションも終え本格的な学生生活が始まった頃、昼休みでガヤガヤと中庭にいる学生たちを、特定の友人が出来ずにいた私はボーっと眺めていた。そこへ不意に女性から声を掛けられた。驚いて横を見ると顔立ちの整った利口そうな女性がいた。

私はまず素直に勘違いをした。

高校を卒業するとは、それだけ大人になったということだ。女性もその分積極的になるのは自然なことだ。私には自分が気付かない魅力があるのか？　他県に来たんだし、こっちの県民性の違いもあるのか？　こっちの女性は積極的なのか？

「あのぉ新入生ですか？　英語に興味は無いですか？　良かったら話しませんか？」

（なるほどぉ、英語にかこつけて私と話がしたいのかぁ。年上みたいだけどもちろん私は良いですよ！）

「はい。英語好きですよ」

「じゃあ行きましょう！」

私は学食にでも行って、テレビでよく見る『どこから来たんですか？』などと始まるのかと思い、やや緊張しながらも余裕の表情を作って彼女の後を付いて行った。だが、向かっている先は学食も喫茶室も無さそうな古いビルだった。中に入ると壁が汚い。変な張り紙が所々貼ってある。明らかに女性が好む所では無さそうだ。

私は全く予測不能になり、一転して不安になった。

(自分は中庭を見ていただけだ。何か脅されたりすることはしていないハズだ)

「もう少しですからね」

柔らかな彼女の口調に冷静さを取り戻し階段を上り続けた。到着した場所は三階。視界にあるのは金属のベージュのドア。色恋には全くそぐわない所々錆びているそのドアを開けて彼女は私を導いた。数分前のバカな期待は成就しそうにない。でももう入るしかない。

「連れてきましたぁ」

彼女は誰に言うでも無く小さく呟くように言った。

六畳位のスペースの中央左寄りにテーブルとそれを取り囲むベンチ。右側壁沿いにはラックとベンチ。男子学生が三人、穏やかな表情でこちらを向いていた。促されて私は空いているスペースに腰をかけた。

「我々はESSと言いまして、英会話のサークルなんです」

「昼休みと夕方の時間を利用して活動しています」

「また行ってきまーす」

私と話をするハズの美形で年上のこの女性は私と話すことなく部屋を出て行った。それでようやく私は理解した。私はただここに連れて来られただけだったのだ。私が望むような都合の良い話ではなかったのだ。

それは、後に社会人になって思い知る風俗がらみの騙しの手法である、ぼったくりと双璧を成す美人局の仕組みに似ていた。

美形の女性に声を掛けられてホイホイ付いて来た《世間知らずの田舎モノ学生》である私は、目の前の彼らに自分の下心が悟られて恥ずかしい気持ちでいっぱいになった。ゆえに彼らの説明はロクに頭に入って来ず、どんなサークルかは分からなかった。

それよりも、そのスケベ心を見透かされたと思った十八歳は、彼らに弱みを握られている気持ちになり、ここで別れて彼らを自由にさせたら好き勝手なことを言われそうだと、変な脅迫観念にとらわれた。私のことを話す相手など彼らには無いのだが。そして何故か、このサークルに入って今のこのことを口止めし続けなければ、と思うようになっていた。

中学生のある時から女性を無闇に意識し、そしてこの一件がきっかけだったのかも知れない私の女性観は、女性にはまず疑うことから入り明るい期待を持たないというものだ。相応な女性であるほど後々のダメージを恐れ深入りしない気持ちが備わってしまったようだ。

その一方で本能的に近しくなりたいという気持ちを抱きながらも行動に移せず経過し、年相応の女性には全く自信が持てず話そうとすると唇がワナワナして落ち着きが無くなる。しかし、やはり興味はあるから近づかないでもない。そして突拍子もないマウンティングからいつも相手を怒らせる、もしくは相手にされない、の繰り返し。

私はこのサークルに入った。変な猜疑心とは別にもう一度彼女に会いたかったのだ。不意に呼びかけられ無防備に目に入ったあの女性の美しさをもう一度目にしたかったのだ。

後日、同じきっかけでこのサークルに入った一年生は他にも沢山いることが分かった。『旅の恥はかき捨て』とか『旅先でのアバンチュール』と言う言葉があるように、新入生は初めての地で自身を旅の気分にさせるようだ。知っている人は誰も居ない、と開放的な気分と相まって、良い匂いに手放しでホイホイ付いて行くのだ。だらしのない丸出しの本能。

念願のあの美形の先輩とも再会したが、先輩然とするばかりで話などしてもらえないのだった。今思うと、彼女もそんな役目をさせられて恥ずかしい気持ちで一杯だったのか、あるいはホイホイに気分が良かったのか。

友達との再会②

ＥＳＳに入部した私は、ある日の夕方あのベージュのドアの部室でかしこまっていた。あの日もいた先輩やソワソワしている一年生などがゴッタになって狭い部室で緊張していた。いや、緊張していたのは私ともう一人くらい。他の一年生は場慣れしている様子で、先輩と思しき人物と談笑する者もいた。都会の高校生は人当たりにも長けているようだった。

程なく部長が皆にサークル活動の説明を始めた。毎日昼休みに広場に集まってラジオテキストでレッスンすること。年に三回対外的な行事がありディベート・スピーチ・ディスカッションの大会に参加すること。合宿と称した泊りがけの集中レッスンも年二回あること。などなど。私は説明を聞いている他の学生たちをぐるり見渡し、目ぼしい女子学生はもちろん男子学生も観察し、彼らの素性を窺って苦学生の自分と比べていた。

そうして新入生のＥＳＳサークルの活動が始まった。毎日のレッスンや飲み会を通して一年生同士の輪がすぐに出来ていた。時間が経つに連れやがて後輩の指導をするようになり、サークルを運営する立場になり、そして卒業するまで残った我ら同期は、共に過ごした毎日のレッスンや毎年の行事、飲み会を通じてその団結は固かった。

卒業して私は地元には残れなかった。同様に他の男子たちも地元に残るのは難しかった。

そうした中、仙台の地元に残っている貴重な同期の男子は二人いた。一人は家業を継いだ者。もう一人は地元優先で専攻に関係の無い会社に就職した者。卒業後も思い出した頃に電話では話していたが、今は仙台市に住んでいるのだから直に会うことにした。

そしてこの友人との再会で、私はあるお手軽興奮イベントを教え込まれた。そのお手軽興奮イベントは、一時に多量のドーパミンがドーパミン受容体に曝露するのと同様の効果があるようで、それから長らくその甘い罠に私は依存してしまうのだった。

仙台市国分町は東北有数の飲み屋街だ。久しぶりに集まった男三人は皆三十八歳。とうに結婚しても良い年齢だが私同様この二人とも予兆も無いようだ。他の同期はほとんどが既に結婚している。中にはESSの後輩と結婚している者もいる。

だから私は私同様の落ちこぼれのこいつらといると居心地が良いのだ。

お互いの卒業後の経緯を改めて話していたが、縮れ毛頭の同期が我慢できずにある話題をぶつけて来た。

「あのよぉ、小浜さぁ、お見合いパーティーって知ってる?」

「えーっ、お見合いでパーティーすんの? んー、全然分かんねぇ」

「ああっ、それこいつに言う?」

『お見合い』と『こいつに言う』のセリフで、何か凄く秘密めいた淫靡で期待感満点な気持ちになった。

「あのよぉ、うちらもこの前初めて行ったんだけど、独身の男と女が集まって紹介し合ってカップルに成んのよ」

「おおーっ、独身の男と女が!? それで集団面接でハイ採用みたいな感じか？」

「あのよぉ、集団面接ともちょっと違うんだけど」

「まだこの次もやるから一緒に行ってみる？」

さすが我が同期。地元に残れる精鋭な社会人だ。

お前らの顔見るより、こう言った独身の男女が集まる情報が本当は欲しかったのだ、私は。

それをいとも簡単に斟酌して段取りまでするとは、あんたらと友達で、本当に良かったぁ。

持つべきはやはり独身の友達だな。

でも顔見てるとお前ら、ほんとオッサンになったなぁ。ってことは俺もかぁ!?

ある文化センター的なビルの小ホール室が私の記念すべき第一回目のお見合いパーティーの会場だった。ビルの入り口に彼らは先に着いていた。お互いニヤリと強張った笑みを浮かべて会場に向かった。

（果たして独身の頃合いの女性はいるのだろうか⁉）

小ホール室の入り口で受付をして、いよいよ日頃異性に縁のない者同志の掃き溜めに足を踏み入れた。見渡すと、丸テーブルが四台。自分の座る席が決まっているようだ。

男も女も皆どちらかと言えば垢抜けない中途半端な大人しめの格好だ。ジメっとした空気感で、しかし温度は高いように思えた。伏し目がちに様子を窺っている群れを進んで五、六人掛けの丸テーブルにそれぞれが着いた。

定刻になり、男女各十名前後が集まったお見合いパーティーはスタートした。最初に一人ひとりがホール正面の五十センチぐらいの段差のステージに上り自己紹介をするのだ。

私は営業マンという職業柄、色々な場面での人前での説明には慣れている。ここは自信を持って話せる、ハズだったが、やはり噛みながら終えた。まぁ、この状況では場慣れし過ぎているよりこっちの方が好感を持ってもらえるだろう、と妄想的な自己弁護をした。

ステージからの自己紹介が終わると、各テーブル内でのフリーの会話になった。お見合いパーティー初期のこの頃は、まだ回転ずし方式の一対一の会話では無く、テーブル単位で廻していく方式であるため、どうしても隣同士での会話になりがちなのだ。しかも男女の数が合っていないために油断すると誰とも話せないでそのテーブルが終わってしまうのだ。

私は余裕を持って臨んでいた。ガツガツしないでということだ。他人を押しのけて話してもその姿は女性には清々しくは映らないだろう。と、またしても弱気な自分への自己弁護をしていた。

結局、四テーブルで十名ほどの女性の内、半分の五名と話すことが出来た。慣れている男はテーブルの対面に座る女性とも話していた。さぞかし優秀な営業マンなのだろう。

最後に意中の女性の番号を記入してカップリング結果を待つのだ。私は、一人だけ見栄えのする容姿の女性がいたため、ダメもとで記入をした。だが、その女性とは話せてはいない。男性たちが他の男には話をさせないとばかりに粘っていた。他の女性はいかにも昔の仙台らしい、外観だけでは異性から興味を持ってもらえなさそうなタイプだが、この女性は人目を引いていた。お話が出来なかったのは残念だった。

そしてカップリング発表。カップルは三組だったか。私に奇跡は起こらなかったが、その女性もカップルにはならなかった。なんだかホッとした。初心者の私はまだ《さくら》の存在を知らなかった。

今回のお見合いパーティーは練習だ。今日集まった女性は多彩な容姿とプロフィールだった。男性も多彩な容姿だ。コツを掴んだ感じはあるため次回には期待が出来そうだ。

しかしながら、こんなに安易な形で独身の男女が集まり、個人情報をさらけ出して恥ずかしくも無く衆目の前で男と女を求め合う。これで良いのか。危険では無いのか。これしか手段は無いのか。

その答えは、私自身がこれまでに一番骨身に沁みてあぐねていた異性への挑戦の答えなのだ。そうだ、これだ。これこそが夢の超簡単独身女性との出会いシステムなのだ！


私は知らない女性に満足に声など掛けられないし、出会えるとしたら誰かからの帳尻合わせや職場のしがらみの末の厄介な紹介だったり、或いは既婚者ばかりのサークルに飛び込んでみたりと、ことごとく失敗ばかりだった。

だが、これこそが私が求めていた完全なる独身女性との出会いシステムなのだ。これまでの失敗をこの夢のシステムによって克服出来るのだ。私は、今終えたばかりのお見合いパーティーの余韻に浸り、一瞬にして目の前に素敵な独身女性が現れた気分になり、次回のスケジュールを縮れ毛同期に聞くのだった。

そしてこの日以降、このドーパミン効果に私はどっぷりと浸ってしまうのだった。

宿命の予感

合併によって製品ラインナップが増えたことで最終的な組織の変更がなされた。製品の大きさによって大・中・小の三つの販売グループでの営業体制を敷くこととなった。私は自分がやっていた例の新製品と合併先の主力製品を販売する大型機械グループの担当となった。

そこまでは良かった。

この大型機械グループの仙台を含む東日本エリアのマネージャーに貧乏ゆすりが就いた。この際の組織変更により、営業所長職は廃止になり貧乏ゆすりがその職に落ち着いたのだった。

そして、貧乏ゆすりと来ればそうなのだ、同い年後輩も私と同じグループに来てしまった。そこも特別大目に見たとして、最悪の組織変更であるのは、ヤツはその仙台エリアのマネージャーとなることだった。つまり、ヤツは私の上司となるのだった。

よりによってだ。何故、何故今更私はヤツの部下にならなければならないのか。もしやこの悲劇は、とうに定められていたヤツとの宿命によるものなのか。

貧乏ゆすりを取り込んでいるもう一人の彼の部下であるゆで卵後輩が教えてくれたのは、実は貧乏ゆすりは素直で真面目な私を仙台のマネージャーに据えれば、毎月の数値報告や本社から指示下命がスムーズで自身は楽できる、と最初は言っていたようだ。でもそこから考え直す何かがあったのだろう。もしくは、ゆで卵後輩がその情報をヤツに漏らして、ヤツが貧乏ゆすりに慌てて掛け合ったのか。

いずれにせよ、貧乏ゆすりが再び私の上司になった時点で、私の運命は決まったようなものだったのだ。組織が大幅に変更になり上司が変わりそうだの知らせに期待したが、最悪の二人が付きまとって来て、さらに最悪の結果がもたらされたのだ。

ところが、この最悪なショックを相殺してくれる良い出来事がプライベートでは起きたのだ。あの縮れ毛同期に教えられた夢のシステムに俄然やる気充分になった私は、その後毎週のようにお見合いパーティーに足を運んでいたのだった。

私が女性を好むポイントは、ショートカット、女の面を出さない、考えをハッキリ言ってくれる——例によって女性の生態に不得手な私は下手に探るより相手から言ってもらえると助かる——そして健康であることだ。相手に見せるプロフィールカードにショートカット以外のそれらを『好みのタイプ』として毎度記載するのだ。

参加はするが好みのタイプはなかなか現れず、たまに現れても簡単にはカップルにはなれずにいた。そうして何十回目かのお見合いパーティーを迎えた。

そのパーティーの進行は、回転寿司方式の一対一で全参加者と対話が出来るシステムだった。一通り全員と話した中に、好みのショートカットの女性がいた。今までの参加で一番の女性だった。しかし、プロフィールを見ると私の十二歳下だった。その時私は三十九歳。

それまでのお見合いパーティーの経験では、最初の全員とのお話タイムの時点で好みではない男性にはまともに話さない女性も珍しくなかった。こっちからの話し掛けに対して半身の姿勢で目を合わさなかったりする。結果のみを求めるシステムだからそれも有りだ。

だが、第一印象が私の好きな相川七瀬似のショートカットの彼女は、ニコニコしながら私とキチンと話をしてくれていた。性格が良く若いながら誰にでもそつなく対応出来る娘《こ》なのだろうと自分に言い聞かせる一方で淡い期待を私は抱いた。

その後、フリータイムの時間では、他の男性と話すその娘の表情が気になって仕方なかった。そして淡い期待のまま私は最終投票で祈りを込めて彼女の番号だけを書いた。十二歳年上の男を指名するハズも無いのだが彼女以外には心が動かなかった。

そしてカップルの発表。『今日のカップルは五組です』の後に成立したカップルが発表されて行く。だが四組目になってもやはり私の番号は呼ばれなかった。諦めて帰り支度にとりかかったその時、私の番号が呼ばれた。続けて彼女の番号が呼ばれた。

奇跡が起きたのだった。身体中が一気に熱くなった。

しかし同時に気がかりなこともぶり返した。

(まさか俺の年齢、分かっていたよなぁ)

会場を後にして高級な部類の某ファミレスで話を再開した。当然私は真っ先に年齢のことを確認したのだが、相川七瀬はすんなり分かっていると答えた。

十二歳差。小娘との十一歳を超えた。しかもあと少しで私は四十歳。四十と二十代。これは……、何かがうれしいかも知れない。安心したのかあらぬ方向に思いが及んだ。

一方で、彼女のややボーッとした、か弱い受け答えにまたしても父性本能と長子気質が動き出す。小娘のようにマセてはいないようだが、それにしてもこんな年上でも良いとは、彼女には何か事情があるのかも知れないと懸念した。

私のポイントの一つの《ハッキリ言ってくれる》は、どうか分からないが、《ショートカット》で《女を出さない》という点はクリアしている。最初見た時は、長めの髪でニコニコしている少年にも見えたくらいだ。ボーッが気になるが《健康》も大丈夫そうだと思った。

目の前のこれまでで最高の理想の女性《ナナ》の出現に、私は平静を装いながらもうれしさを噛みしめた。私はやっと出会えたのだと思った。今度こそは本物だと確信した。

(彼女こそが求めていたたった一人の女性なのだ。彼女にはこれまで以上に何でもやるぞ。どんな犠牲も厭わない。ともかく今度こそその今度こそだ)

この日と前後して、同い年後輩がマネージャーになると知らされた。愕然とする私は『これは何の因果であるのだ⁉』と大きな絶望感に浸るばかりだった。

だが、ナナとカップルになったことで、人生はプラスマイナスゼロ。悪いことがあるから私はナナと出会ったのだ。でもプラスの方がすごく大きいよな。と思ってみると、ヤツの部下と言う、社会人になって最悪な理不尽への苛立ちをどうにかごまかすことができた。

それにしてもどうしていつもいつもヤツにはこんなにも不快にさせられるのだ？　やはり私には生きている間はこんな難行苦行が続く定めなのか？　何かスーパーな人間になるための修業期間なのか？　やはりこれを宿命と言うのか？　いや、宿命があるとすればそれはナナとの出会いなのだ。ナナとは宿命、ヤツとは腐れ縁と言う言葉でも勿体無いのだ。

宿命の行方

同い年後輩のマネージャー振りはよそよそしかった。以前の私への接し方は、いきなり本題を話し出すか、名前を言わずに『あなた』と呼び掛けてから始まっていた。それがマネージャーになってからはわざとらしく『小浜さん』と来る。

ヤツに《さん》付けされるのは怖気がする。何か他の魂胆があるようで堪らない。だが同時に私もヤツを呼び捨てには出来なくなった。

責任者になったことで自信が出てきて言動に落ち着きが出た、という見方もある。それは女性事務員の意見だ。でも残念ながら、ヤツの口ぶりを真似る彼女からは、『小浜には数字を上げてもらって……』などと、陰では私を呼び捨てにするセリフが出てくる。やはり私のことはまともには思っていないようだ。

我々大型機械販売のグループは東北六県のエリアで私のやっている元々の新製品と合併先の製品を扱うのだ。プレーイングマネジャーのヤツは合併先の製品の担当であるために、私の担当製品では直接の手柄にかかわることは出来ない。せいぜい貧乏ゆすりに『強く言っておきました』ぐらいだろう。

それを悟ったのか、営業活動で私に関わることは無かった。しかし事ある毎にヤツを上司と奉らなければならないと言う、釈然としないくすぶり状態は続くのだ。そして、そのような心のくすぶりを癒してくれるのが、やはりナナだった。

彼女は小柄で中肉、大人しく素直で、やや前デコで後ろデコなのだ――『前デコ』とは額が前部に出ていることで『後ろデコ』とは後頭部が後部に出ていること――。横から見ると頭が少し大きく見えるがショートカットがその形に映える。本当は相川七瀬には遠く、純朴で可愛いのだ。化粧次第でハッとする美しさも時折見せていた。小娘や顔デカとは別格だった。

良いのは外見だけでは無い。酒が飲めること、特にビールを好むところだ。ビール好きの私と好みが合うのが大変嬉しかった。居酒屋では私と張り合うように飲んでいた。話からも職場の飲み会では遠慮している反動なのだと思った。

私は年の差がやはり気にかかって、それをもう一度訊ねてみた。すると彼女は本心を語ってくれた。

彼女の田舎に同級生の友達がいて、その彼女がかなり年上の男性と前年結婚したそうだ。見ていて羨ましくなるほど仲が良くて、それでかなり年上が良いのだと言う。加えて、前の彼氏がＤＶだったことも吐露した。その体験も相まって落ち着いた男性を求めたらしい。

何故彼女はＤＶの目に会ったのか？――これは自分への注意すべきこととして気になった――何か気に障ることを言ってしまうのか。いや、そんな僭越なことを言う娘《こ》ではない。ボーっとしていることにイラつくのか。それではキリが無い。むしろそのＤＶが原因でボーッとなるのかも知れない。いずれにしても特別な思いやりが必要だと考えた。

同い年後輩のヤツが上司になって陰では呼び捨てにされていても、私は幸せな気持ちで毎日を過ごしていた。それほど彼女との交際が順調で思っていた以上に楽しかったのだ。

彼女との楽しみはビールだけでは無い。広い体育館でポツンと二人だけの下手くそなバドミントンだったり、当て所無いドライブだったりと、大したデートでは無かった。だが顔を見ているとただただ楽しかったのだ。

ただしそのような単純な行動においても、なおさら私は何があっても彼女を咎めないことに専念した。変なフォローや冗談もダメだ。バドミントンでもミスをするとたちまち顔が強張るのが分かった。そこは何も反応せずにスルーするが正解なのだ。

このまま彼女との交際が続くことに疑いを持たず、彼女の部屋をいつものように私は訪れるのであった。しかし、今回も怪しい雲行きになってしまう。案の定の事態になるのだ。

男女が仲良くなるとそれなりに新しいルーチンワークが始まる。主に夜に。

その新しいルーチンには女性にとって、常に心の底では心配になってしまう原理が存在する。それゆえ、そちら方面の未然防止策に女性は敏感になるのは当然なのだ。

しかし、その未然防止の対策品は調達するには人目に触れる。それがためらわれるために私はそれ以外の防止策を講じていた。正当化するように、直に触れ合うことこそが愛の確認だと自己弁護していた。

ナナは唯一絶対的な彼女であり、その日も甘美な時間を過すハズだった。ルーチンが始まる雰囲気になると、彼女は整理ダンスから何やら取り出して私に差し出した。

「これ」

手に取って見てみるとそれは避妊具だった。

彼女は本当は大変心配だったのだ。それでも僭越なことは言わない性格から直接文句は言えなかったのだろう。しかし、やはりどうしても安心出来なかったらしい。

(そうか。彼女は心配だったんだ。ここまでさせ悪かったなぁ。恥ずかしかっただろうに)

反省してその箱を手に取ると、それは封が開いていた……。

刹那、空想の前カレが、片手でその箱を開けて、もう片方の手で彼女を弄んでいる姿が見えてしまった。

「……そうだね、やっぱり俺の方が準備しないとダメだった。ごめんごめん」「なんか、今日は帰る事にするよ。この次これを使おう」などと言ったのだと思う。

（前カレとの使い残しを俺にも使えってことか。いや、もしかしたら前カレでは無く変な男を連れ込んだ時の残りか。それでいつもしまっておいてたのか。結局こいつも小娘と同じお試し好きの女だったのか⁉）

もの凄く心の小さい私は、なんでそんなモノいつまで持っていた？　ＤＶ男が嫌だったは嘘なのか？　それとも他との良い思い出なのか？　と、十二歳年上の男性とは到底思えない不寛容で不誠実な思いを貯め込んで帰るのだ。途中、橋の上からそれを投げ捨てた。

（バカにするな！　不安だと言えばいいじゃないか）


翌日電話があった。

「昨日のやつ捨ててちょうだい。大事にしてた訳じゃないの。あったことを思い出したの」

今思えば無口な彼女の捨て身のお願いだったと理解出来るのだが。まったくもって、私は自分でも情けなくなるほど女性のことには未熟で自信が持てない男なのだった。

思い直そうとするが、いじけた性分がまたも顔も知らない前カレを頭に巡らせてしまう。

やっと出会えたハズだったのに。顔を見ているだけで幸せだったのに。

別れる前に彼女は、私が彼女の為に買ったバドミントンラケットを思い出に欲しいと言ってくれた。冷静になると、理不尽な目にあった彼女が可哀そうで堪らなかった。理不尽男の勝手な切ない思いをラケットに託し、彼女の部屋に向かった。顔を会わせないようにと部屋の前に置いたら電話で知らせることにした。

もう再び来ることの無い、思い出になってしまったいつもの道。彼女の部屋のドアにラケットを掛けると、彼女のアパートの向かい側に建つ家々の反対側に回った。外壁の間から彼女の部屋の玄関を見ながら電話をした。

間もなく彼女はドアを開けた。顔だけ出して左右をキョロキョロ見渡しラケットを掴んで、そしてまた部屋に消えた。

『別れた彼へあげたプレゼントのローンを払う女ってテレビで観たことあるけど、私がそうなるとは思ってもみなかった』

十二歳年下の彼女に言わせてしまったこの言葉と、ドアから私が居ないかと見渡していた私が大好きだった彼女の顔。心の中で『本当にゴメンな』と言って壁の間から見つめていた彼女の最後の顔は、ずーっと今でもハッキリと心に刻まれている。

（……どうしてこうなる）

寝耳に水①

体力のある企業が弱って来た企業に目を付けた。

元々の会社の業績が市場の伸びに追いつかず、ならばと、最初の合併があった。製品サイズの大・中・小によって販売体制も変えたが明らかな効果は無かった――貧乏ゆすりや同い年後輩がマネージャーなどしていてはそれも当然だと思えた――。

そして今度は世界的製薬企業が我々と同業のやはり外資系のもう一社を完全に買収し合併させ新会社を設立し、新たに診断薬事業を手掛けることとなった。

今回の合併先は社名を聞いてもピンと来なかった。彼らも既に同業他社を取り込んでおり、取り込まれた大型機械部門の方でたまに競合する程度の分野が違う企業だった。

胴元の世界的製薬会社とすれば、ある程度の収益見込みをもって買収に踏み切るのであろうが、投資の元本は出来るだけ少なく抑えたい。ゆえに、胴元の希望する予算に合わせるためのスリム化が行われる。それには社員の早期退職が主たる手段になる。

当時を五、六年遡った頃からマスコミで騒がれ出した《リストラ》。企業の合理化見直しの大義の下に、生産性の低いお荷物社員を解雇することによる組織の再構築。

常にのほほんとした社風であった我社では、最初の合併では社員の誰もが《リストラ》の現実味が持てなかった。だが、二度目の今回は違っていた。

会社が買収されて社名が全く変わってしまうことで、『本当にリストラがあるらしい』と、ほとんどの社員が一応の危機感を持っていた。しかし、全員が会社の言いなりの模範社員であり会社に不利益を及ぼしている自覚が無いために、誰もが自分は大丈夫だと思っていた。

もちろん私もそう思っていた。

会社から全社員へ通達があった。全国一斉に全社員に対して上司より面談がある。それは今回の合併後の新たな役割を提示するものである、と言う内容だった。

我々部下連中は『おぉー、とうとう言われるのだねぇ』『買収先に一応やりましたって、ポーズを取る形だろうけどね』などと、前代未聞の通達も未だに希望的に捉えていた。


そして当日。上司との面談の日。我々は会社の近くの喫茶店で貧乏ゆすりとの話に臨んだ。

私はどんなものなのかと冗談半分の心持ちで向かった。

たまにしか顔を合わせない彼は相変わらずの貧乏ゆすりだった。私が椅子に着こうとすると彼のゆすり加減が激しくなった。私の顔を正面に捉えては薄ら笑いのような表情を造り、視線を外し、そしてゆすり加減が弱くなって彼は話し出した。

「小浜、合併後の組織で、君のポジションは無いんだ」

私はまさかと思いつつ、一方で、まだ私の役割が決まっていない――大型機械営業は合併先との調整がまだ取れていない――と言う意味だと解釈しようとした。

「まだ細かいことは決まっていないんですか？」

「いや違うんだ。最終の構想が決まった中でお前のポジションは無いんだ」

「……!?　……！」


札幌の時には突然の降って湧いた宣告で直ぐにはピンと来なかったが、今回は冗談半分と思いながらも本気半分で、もしかしたらと予め想定していた事態だ。

（これってもう冗談じゃないよなぁ。本当にリストラがあったんだ。それも俺なのか。貧乏ゆすりとは相性が悪かったし当然のご指名か。やられたのか……）

「分かるか？　これからあとのことは本社の係からサポートがあるから。会社としてもお前を丸っきり突き放す訳じゃないんだ」

（……分かるかと言われても、分かるしかないのか……。で、私を突き放したいから言われているんだよな）

「……はい、分かりました」茫然自失のままに椅子から立ち上がった。

――これからどうなるのだ？

──新製品立ち上げばかりで個人の売り上げは確かに少なかったからなぁ。いい理由にされたのか？

──転職って言っても、もう四十だし本当にあるのか？

──実家のローンと光熱費払ってんだよなぁ。払えなくなったらお袋どこに住めばいいんだ。飯も食えなくなるし。会社分かってんのかぁ⁉

──その前にどの面下げて会社に戻ればいいんだ⁉　言われたこと、みんなに言わなきゃダメか？


「小浜さん、どうだったの？　何て言われた？」

同い年後輩とは異質だが、やはり他人にズケズケと言う事が出来る、前回の合併先の出身である大型機械営業の同僚が言って来た。私は皆の前では、《ジョーカーを引いたダメ男》を自ら晒すような気持ちになり嘘をついた。

「うん、特に大したことは言われなかったよ」

「そう。えーっ⁉　じゃぁ、俺が言われるのか⁉」

（大丈夫だよ。あんたは言われないよ、俺が言われたんだから）

退社時間になり、私は独りじっくり考える時間が欲しかった。選定の正当性はあるのか。

この選定をチャラにする方法は何なのだ。

全員の面接が終わっても大型機械営業のグループに該当者が居ないことに、合併先出身のズケズケが疑問を抱いていた。彼は全国の仲間に状況を確認し、各地区で続々と出てきているリストラ対象者にあって、仙台に該当者が無いのはおかしくないか、と独り言の様に皆に言っていた。

（おい、余計なことはするな！）

ズケズケの疑問のままにグループ全員が集まることとなった。どうする俺？　どうする！

それからは時間の問題だった。彼が主導して、他の皆も興味があったのだろう、一人ひとり貧乏ゆすりから言われた文言をリピートし始めた。

「俺は、リストラとは言われなかったけど、『新しいポジションがまだ決まってない』ってことだった」と精いっぱいの『まだ』と言う嘘を言った。だが、瞬殺だった。

「なんだぁ、それでしょ。小浜さんビンゴって分かんなかった？」

「えっー？　そう言う事だったの!?　本当？」言われたことを隠してはいなかった、本当にビンゴと理解していなかった。と、その表情にしようとした。

空しい抗いも効せず裸にされ、隠していた恥ずかしい事実を暴かれた。屈辱感でめげそうになる気持ちを堪えて表情を繕った。言葉を続けると涙声になるのが分かったからだ。

いつまでも隠せないだろうし、傷が深くなる前に知られたのは却って良かったかも知れない。と、思うことにした。

無事な連中とビンゴの自分。皆の眼が憐れんでいるようにも思えた。

ズケズケも何が目的でここまで追求したのか。しかしそれは、ただの興味本位のようだ。ビンゴの人間に味方して救いの方策を授けようなどと言った気遣いは微塵も感じられない。言われた人間が判明すると気が済んだのか、それっきり大人しくなった。

騒ぎが落ち着き、私は改めてこの選定の妥当性を考えてみた。

少なくとも自分としては会社に不利益になるようなことは全くしていないと言う自覚がある。そして何より貧乏ゆすりの全くの贔屓による人選であると言う確信があった。

気持ちが整理され、晒された恥ずかしさに私は逆襲を心に誓った。

絶対におかしい！　絶対にこれをひっくり返してやる！

寝耳に水②

どうすれば良いのだ？　どうすれば覆せるのだ。

このような事態は勿論初めてだった。札幌の時のようなこぢんまりによる個人的な宣告では無く、今回は会社として進めている会社の方策なのだ。社員はすべからく従うべき会社命令なのだ。誰に何を言えば良いのだ？

恐らく今回の方策は法務や人事の分野だ。雇用契約やら解雇と言う文言が付いて回っているハズだ。とりあえずは人事部長宛の文書、上申書的な形式か？　いや、大上段に構えると会社も弁護士とかの騒ぎになるか。だったら一発目として《質問書》として会社へ私に対する人事評価を確認してみよう。会社からの回答があまりに違っていたら、私の自信過剰か会社の恣意的回答であるからそこで諦めるしかないか。

でもそうなったら、母子共々ひもじい思いをすることになる。いや、母親にはそんな思いはさせられない。絶対にさせられない。だから頑張ろう。たった今私のやるべき仕事はこれだ。営業活動では無い。これに集中しよう！

会社への私の評価を確認するにあたっては、漫然とどんな評価ですか？　では向こうの思うツボだ。私は自身のこれまでの会社への貢献と思える事柄を列記してみた――自分のことをアピールするのが、私は一番苦手なのだったが――。

・新人で新製品立ち上げメンバー‥販売額が少ないために貢献にはならないか。メンバーとしての活動のみ。

・エリア営業で新規販売が順調だった‥他のエリア営業マンとの相対的評価はどうか。特段目立たないレベルか。

・二回目の新製品立ち上げメンバー‥これは全営業所と比較しても良かった方だ。販売額は少ないが。

この位のことしか会社に訴えられない。営業マンの評価は第一に売り上げ額だ。会社の主力製品を担当しているエリア営業マンは累計販売額が新製品ばかりの私とは違う。新製品立ち上げメンバーを自ら希望していた訳では無いのだが、いまさら言っても始まらない。やはり、やられても仕方がないのか。

それなら次に、会社への不利益は起こしていなかったことから、私が対象にされる正当な理由が無いと言う論拠を軸に、私の行動実績を抽出してみた。

・経費―交際費は今まで使っておらず出張費も極力抑えて営業活動をしていた。独身だから扶養給もこれまで受給していない。

・勤務態度―直行直帰のシステムでは無遅刻はアピールしづらいが、有給休暇は年一桁だった。無理してでも会社の仕事を優先して行動していた。
・協調性―お客様からのクレームが無かったのはもちろん、関わる同僚とも問題なく活動して来た。
・その他―二回の新製品立ち上げメンバーとして会社の新規事業への挑戦の先鋒として活動していた。
これらも弱いが、カットラインの僅かでも上にいたと会社に思わせるにはこれしかないようだ。しかしながら、こっちの切り口でも新製品立ち上げメンバーだ。結局、私には良くも悪くもこれを理由にするしかないようだ。これが私のこの会社での実績なのだ。

これまでの私の行動実績を列記して、少なくともリストラ対象にされるような不利益は起こしていないと思っているが、対して会社の私への評価とはどのようなものなのか教えて欲しいと質問の形にした。通常は上司を飛ばしてやり取りができない決まりではあるが、この際は、人事部長に直接訴えることにした。貧乏ゆすりに検められるのも不穏であるし。

その日の夕方、書留で質問書を人事部長宛てに送った。賽は投げられたのだ。毎月の息子の給料で生活している母子の運命が、唯一の脱出手段であるこれで決まるのだ。

営業所のもう一つの営業部隊――中型機械の部署――に所属している営業マンの一人がやはりリストラ対象となっていた。当然私のことも知られていた。

まだ三十代の彼は、細い目つきが爬虫類を連想させ――あくまで連想――、気持ち悪くてあまり普段は接していなかったが、同類相憐れむの通りこの際急に近しくなった。

「小浜さん、どうすんですか？」

「俺は会社に一度は文句言うよ。黙って終われないじゃない」

「凄いですね。私はもういいかも知れません。こんなことする会社だったと分かったし、いつかこの次も苦しくなれば、またやられると思います。もういいですよ」

凄くも何とも無いと思うが、彼のプライドは思ってもみなかった会社の仕打ちに大変傷つけられた様だった。彼の方から会社に愛想を尽かしたような話しぶりだった。

彼は主力製品のグループであるし、エリア営業マンとして販売実績もそれなりにあるのだ。私よりは販売実績はあるハズだ。もったいない。

私もこれまで周りよりはキチンと仕事をして来た自負があり、ゆえに大変傷付けられた思いはあった。だが、彼の真似は私には無理だ。放り出された立場の四十過ぎが同等の会社に転職など出来そうにもない。母子共々野垂れ死にしてしまうのだ。

見栄っ張りで小心者の私は、ともかく会社の判断は正しいのか、会社の思惑なのか、貧乏ゆすりの思惑なのか、誰が間違っているのか、と白黒付けたい気持ちで燃えていた。

万が一にもレッテルを貼られたままで会社を去ることなど絶対に出来ないのだった。

「どうなるか分かんないが、俺はやれるところまで頑張ってみるよ、恥ずかしいけど」


人事部長宛てに質問書を送ってから十日程経過し、貧乏ゆすりから電話があった。この十日間の会社の動きは私には分からない。営業所では営業マンが浮つきながらもいつものように動いていた。例の爬虫類後輩は、やはり顔を見せなくなっていた。

私は質問状を送って以降は尚更日々の営業活動に余念がなく、客先を真面目に訪問していた。まさしく土壇場にあって、都合よくリストラの理由を付け加えられる様な、やましい行動は避けなければならないと己を律していた。

「お前、人事部長に嘆願書送ったんだって？　何かその甲斐あったみたいよ」

「会社から、今回の通達は取り消します、だと。良かったじゃん」

この結論にまず安堵すべきだが、貧乏ゆすりの話し方に私は怒りを覚えた。他人事のように『良かったじゃん』ってどういうことだ。それにその前に一言あるべきだろう。こっちはあなたに選定されて、あなたから言い渡されて、ずーっと苦しんでいたのだ。

あの日から今日まで、私たち母子はずーっと崖っぷちにいた。必死の起死回生の作戦を敢行し、それからも毎日案じていた。やっと聞けた言葉が私たちを土壇場から戻してくれる唯一の結論だったのだ。だが、安堵した当然の結論がすぐに怒りに替わってしまったのだ。

「あぁそうですか。正しく判断して頂きましたか。良かったです」私は淡々と返答した。彼に向かってしまう、『ありがとう』の言葉は使わなかったハズだ。

「まぁ、これでこれから普通に出来るから。合併したらまた新しい部署の所属になるから。じゃ、健康に気を付けろよ」

あの日心に誓った『絶対にひっくり返してやる！』は達成できた。母子の野垂れ死も避けられたようだ。同時に自分の考えたことが成功して大変嬉しかった。今日からは皆にも会社は間違いを認めたことを話せるし、貼られたレッテルもきれいに剥がしてもらおう。

それにしてもさっきの会話を思い出してみると、『みたいよ』や『取り消します、だと』やら果ては『良かったじゃん』と、まるで他人事だ。あんたが決めたことによって私は大変な窮地に立たされたのだ。それをすべて会社のせいにするなんて、

「卑怯だぞ‼　貧乏ゆすり‼」

自分の関与を全く認めようとしない。むしろ他人事に話すことで果たせなかった悔しさを隠しているようにも感じられた。このような場面での常套句である『仕事とはいえ悪かった』を言わなかったことに、あながち私の妄想とも言い切れないと考えた。

私は崖っぷちからようやく戻ることが出来た。没から生還まで二週間位の臨死体験だった。他の同僚たちはこの結末に、『往生際が悪いぞ』から『小浜さんが言われる理由は無かったですよ』まで様々な反応を示した。だがいずれも深い思慮は無く、彼らの一番の関心事は合併後の自分の職務のことであるようだった。私の生還も彼らには他人事なのだ。

後日、この二回目の合併後の辞令一覧に私の名前を無事見つけることが出来た。これで本当に私の戦いは終えることが出来たのだった。

私の新しい職務はエリアの営業マンだった。奇しくもあのあっさり辞めた爬虫類後輩の担当エリアだった。私が担当していた大型機械の営業には、たまにライバル関係だった、合併先で大型機械担当をしていた営業マンが就いた。

買収が伴った今回の合併では爬虫類後輩以外にも全国には辞めさせられた社員が多数いた。先の合併のようにすんなりと組織変更だけでは収まらずに多くの犠牲を招いたのだ。

そしていずれも業績のパッとしない二社が結合し、行き先不明の船出をしたのであった。

後日談なのだが、東京時代の先輩と顔を合わせる機会があり、今回のリストラの話になった。リストラの仕組みをまずはマネジャーの立場から教えてくれたのだ。

買収されるにあたってのスリム化のために、会社全体での退職者数が割り当てられた——

合併相手の会社も事情は同じ――。それが社内各課の割り当て数に落とされ、上司が具体的に選定して言い渡し役になる。

図星だったのは、言われる人間の素行や成績などに客観的な基準は無いこと。しかしただ一つ、言われる人間の条件は、『言われて素直に辞めそうな人間』であると言う事。リストラ支援会社から提言された絶対的な条件だったそうだ。

なるほど爬虫類後輩はすんなりと辞めた。一方で、上司にとって簡単にその思惑が把握出来ない予測不能で面倒な部下である私は、今回もその本領を発揮した結果となった。

加えて先輩は発せられた。『あいつのことは許してやれよ。あいつも仕方なくて、お前を本当に辞めさせたいと思ってやった訳じゃないんだから』

いつの日からか私の座右の銘に《本当の悲しみはその人にしか分からない――分かったような慰めは却って怒りを買うことになる――》と言う言葉が加わった。

何かの悲劇があった時、反射的にその人をフォローしようとする場面が見られる。心の底から心配して慰めている場合から、場の雰囲気を早く元に戻したいやら、自己陶酔によって善良な人間に見られたいとか、本当は茶化して面白がっている、など、様々な思惑を備えてその場面に踏み込む他人がいる。

心の底からの心配以外は言うに及ばず、心の底から心配してくれたにしても、残念ながらその悲しみの本当の根源や度合いはその本人にしか分からない。

そのため、他人からの安易な慰めは、言われたその本人にはテキトーな言葉となって耳に入ってしまうことがあり、却って余計な怒りを買ってしまうと言う事だ。これは言われて来た人間としてつくづく感じてしまった思いなのだ。

そして先輩のこの言葉だ。通り魔犯罪に遭遇したような、謂《いわ》れのない被害の記憶が私にはいつまでも消せないのだ。そこへ先輩のこの不用意で軽はずみな『許してやれよ』の言葉だ。私を慰めたのでは無いが、悲劇の人間へ対する安易な言葉としては同罪以上だ。

日頃から真面目に勤めてきた私が貧乏ゆすりから言われてどれ程傷付いたかを彼は分かろうとしない。

質問書一枚でやはりそれは取り消します。などと、事実には基づかない軽薄な選定だった。会社の再建を担うべき方策が標的にしたのは、再建には見当違いである『素直な社員』であった。それは、会社の本分を完全に見失った最悪に不条理な選定だったのだ。

心の傷となるであろうこの大惨事の被害者である私が、『許してやれよ』と言われて何と答えると思ったのか。歳ばかりを重ねてそんなことも分からないとは、私以上に情けない。

枕元のポケットベル

二回目の合併も、合併作業開始時のまるで火山の爆発のような修羅場の事態から、合併完了後の溶岩が冷めてゆらゆらと様変わりしたごとくに様相は変化をしながら定着し、会社としての日常を回復した。

私は爬虫類後輩が担当していたエリアの一般営業担当になり、上司も相手会社の人間になっていた。所属部署が大型機械グループから中型機械グループになり、扱う製品には相手会社の主力製品も加わっていた。

この中型機械グループは両社の売れ筋製品をラインナップしているグループで、営業マンの数が全体の七割近くを占めているグループである。すなわち、合併後のこのグループの勢いがそのまま新会社の勢いになり合併成功のカギとなるのである。

会社としては混成チームのこの中型機械グループで、お互いが新たに扱う製品において新たな顧客獲得を実現することでの販売拡大を期待している。早くシナジーを発揮して売り上げの伸びを求めているのだ。

その為には、全社員がいかに早くお互いが新たな製品の販売に順応してくれるかが、会社が重視するところであり、営業マンにはそのプレッシャーがかかるのだった。

私の信念の一つが、経験に勝る教科書は無い、だ。考えてばかりで出来ないでいるよりやってみることが一番大切だと思っている。ゆえに、新たな製品は全くの分野違いの知識や流儀の修得が必要だったのだが、避けられない職務であり、始めるのは時間の問題であると考え臆せず着手した。潔いことが非常に大切な合併成功への心掛けだと思っていた。

ところが、全国的には踏み切らない同僚たちが多かった。勢力争いを気にする合併先との反目が起こっているのだと聞いた。バカ正直はいつも私だけか。

「小浜さんがうちらの製品をスグにやってくれて良かったよ。他の所はなかなか進まないみたいだし」

合併先出身の新しい上司はすんなりと私を認めてくれる優しい人物だった。生粋の東北人で訛も板についており温厚でどっしりしている。やたら目を瞬かせたり貧乏ゆすりなどもしない。まだ私はお客さん扱いされているのは分かるが、今回は上司とうまくやれそうだと前向きな気持ちになった。

「小浜さん、うちの人間と同行してうちの製品を学んでくださいね」

こうして私はあの日のリストラ宣告を記憶の底の底に仕舞い込んで、合併後の新たな自分が、新たな会社で、新たなエリアを、新たな製品によってスタートを切ったのだ。

だが、その新たな製品に必要な新たな仕事の流儀は、これまでテレビのドキュメント番組でしか見たことの無かった画面の向こうの異次元な世界であった。

「そろそろ小浜さんにも待機当番お願いしますね」

新たな製品をやり始めて二ヶ月程経過した。今まで手掛けたことが無かった機械のメンテナンスや、これまで担当したことの無かった手術室内《オペ》での立ち合い――手術の間、自社製品の操作フォローをすること――を経験していた。手術が始まれば嗅いでしまう電気メスが人の皮膚を焼く臭いにも慣れて来た頃、温厚上司から発せられたのだ。

新たな製品は血液中の酸素・二酸化炭素・ペーハーを測定する機械である。手術時の呼吸管理の他にも事故や重篤な疾病などによって自発的な呼吸が困難になり生命が危ぶまれる状況において、それらの項目を測定し的確に生命維持の対処をする為の検査機械なのだ。

テレビの特番で取り上げられることも良くあるが、この救急医療に昼も夜も無い。休みも無い。二十四時間三百六十五日いつでも患者対応が必要になる。付随して受け入れ体制や設備も絶えず万全でなければならない。

現場では受け入れた患者の血液の状態を最初に知ることが、一秒を争うその後の処置にまずは必要なのだ。ゆえに新たな製品が救急の現場で二十四時間三百六十五日いつでも測定出来る状態であることが当然となる。不調は許されないのだ。

温厚上司の話す待機当番とは、新たな製品の夜間休日サポート体制であり、機械のトラブルが発生した際のお客様からの訪問要請に対応するものである。平日昼間のトラブルには技術者やそれぞれの地区の営業マンが対応するが、夜間休日にあっては該当の五名の営業所員が交代で対応することになり一週間が当番の単位になっていた。

新しい体制になり、救急外来、手術室、ＩＣＵ、新生児室など以前の営業活動では経験の無かった医療の最前線に、ある種の使命感を携えて足を踏み入れていた。そして今回、新たな流儀を受け入れるべく夜間休日の待機当番を始めると言う事だ。

機械に不調が起こると、まずはお客様が会社の留守電に連絡を入れ、電話が来たことを知らせるポケベルが鳴り、その留守電内容を聞いて訪問すると言う仕組みだ。

決められた一週間の間は、夜間、休日いつでもお客様へ駆けつける状態にしておく生活が必要になる。

そしていよいよ私の待機当番の一週間がやって来た。その日私はポケベルを受け取って帰宅した。いつ鳴るのか分からないが常に携行するポケベル。いつ鳴るのかが分からないから常に気にしなければならない。好きなビールも飲めない。普段と違うビール抜きの夕食に余計に待機当番のプレッシャーを感じてしまう。

真面目な私は、新たな製品が一刻でも止まってしまったら患者様やお客様に大変なご迷惑を掛けてしまう。場合によっては救える命も失ってしまうのでは。もしそうなったら私にも何か責任が負わされるだろうか。色々考えてしまい一日目の夜はまんじりともせずに朝になってしまった。

「昨夜何もなかったでしょ？」

「はい。でも不安で眠れませんでした」

「そうでしたか、分かるけどそのうち慣れますよ」

私に新たな製品を教えてくれた合併先の営業マンは、初日の私の待機状態を心配していた。私は私で今夜も気が張って眠れないのではと心配だった。

（本当に慣れるのだろうか？）

元々の会社の製品は生活習慣病に関連する検査であり、疾患の早期発見の為の検査であった。医療としては初期レベルの症状に対応していた。だが、今回の新たな製品の検査目的は対極にあった。病気・事故による終末レベルに近い症状における検査であった。

医療の大きな使命である命を救う診療に間接的にでも関われることで、仕事の新たな意欲も生まれていた。この新たな製品を扱うことに私は悪い感情を抱いてはいかなかった。

この日の夜も、いつ鳴るのだろう、の心配は消えなかった。布団の中でウトウトして来ては鳴ってもいないポケベルが気になってしまう。誰しもが最初はこんな感じで、やがては慣れて来るのかと思っていた四日目の夜。

［ビビビッ！　ビビビッ！　ビビビッ！　ビビ……］

寝入った後本物のポケベルの音がした。本物の威力は違っていた。

けたたましく鳴る音に一瞬は何事かが分からなかったが、間もなく状況を理解した私は（よし出番だ！）と身構えた。顔を洗って眠気を覚まして会社の留守電を巻き戻した。

『あのー、すいません、◎◎市民病院救急外来の◆◆と言います。機械が動かないのでお願いします』

やっぱり出番だ。果たして自分に直せるのか。行ったは良いが原因が分からなかったらどうする。部品あったかな。いや、もうこの期に及んでそれではダメだ。頼られているのだ、自分なんかでも。

深夜でも車で三十分のところにある◎◎市民病院に着いて救急外来を目指す。案内された先にはまだ馴染みの浅い新たな製品が私を待っていた。状況を看護師から聞き、原因となっていそうな部分をバラしていく。

（ここが血液で詰まっているのならむしろ簡単に直せる）

もしそこでは無かったら試薬・血液の全流路のどこか。或いは動力が原因であればまったく未知の作業になる。

血液詰まりを除去するために、外した疑わしい部品に専用のシリンジで祈りながら水を流し込んでいく。しかし流れない。抵抗が大きい。今度は反対から流し込む。やはりシリンジの内筒が動かない。頼む。もう一度力を入れると、スッと抵抗が無くなり部品の先端から血餅が流れ出た。

（良し！　これで直るだろう）

洗浄を繰り返し、一つ一つ部品を戻していく。そして再び祈りながらスイッチを入れる。初期画面が映され流路を試薬が流れていく。流れる試薬の先端を目で追っていく。問題無いようだ。やがて画面も通常のスタンバイになった。祈りが通じたらしい。正常に動き出していつもの画面が確認出来たのだ。

（これで直ったな。良かったぁ）

「血液詰まりでしたか、すみませんでした。気を付けているんですけど」

「いえいえ、ヘパリンの混ざりがたまたま良くなかったみたいですね」

初仕事を無事に終えて私は大変ホッとした。夜の一人はたまらなく心細かったのだ。満足感にありながら社宅へ戻っていたが、初仕事の興奮が収まると今度は新たな現実をどうしようも無く受け入れることとなった。やはり呼び出しはあるのだ。いつなのかは分からないが当番の時は客から呼ばれて行くことになるのだ。

有るのか無いのか半信半疑で当番の夜を過ごしていたが、今夜実際に呼び出しがあった。これで疑う必要は無くなった。呼び出しはあるのだ。当番の週はいつ呼ばれても良いようにいつも準備をしていなければならないのだ。もしかしたら今からだって部屋に戻った途端、またどこからか呼ばれるかも知れない。或いは、ひと眠りした明け方に呼ばれるのかも知れない。すぐに行かないと患者が死ぬかも知れない。寝ていても良いのか⁉

そしてこの日以降、これまで以上にポケベルを気にするようになった。常に、もし今ベルが鳴ったらどうするのだ、と、妄想とも思えるほどポケベルの呼び出しに心は奪われてしまうようになった。当番の週は留守電が始まる夕方から朝まで、全く心が休まらなかった。

真面目の末路

待機当番は今考えると非常にブラックなのだが、それがこの業界で勝ち続けるための仕事の流儀なのだ、と私は思っていた。わざわざ買って頂いたお客様に不便をかけることは一秒たりとも出来ない。お客様以前に苦しんでいる患者様のためだ。一秒たりとも。と、真面目さと勘違いの潔さが自分を追い込んで行った。何時とも分からない無限の時間が少しも心に逃げ場を与えない。そのプレッシャーに次第に心は潰されて行ったのだ。

今週また当番が来た。仕事が終わり、夕方スーパーに夕飯を買いに向かう。何にしようかと考えている間にもふとポケベルに手が伸びる。スーパーのアナウンスで聞こえなかったのでは？　大丈夫、呼び出しは来ていない。部屋に戻ったらすぐに確認。シャワーを浴びたら、トイレから戻ったら、テレビの音楽の最中に、と、神経は常にポケベルに縛られていた。

同じ東北エリアの営業所に元々の会社の後輩がいた。十歳は若い。角刈りがしっくりと来る体力系の営業マンだ。彼も最近新たな製品の待機当番を始めたと知ったため、彼なりの状況を聞いてみた。

「いやぁ、特に何ともないですよ。当番だって酒は飲んでますし、普段と変わらないですよ」「寝る前にベル見たら来てた、ってこともありましたよ」

お客様は困ってないのか？　その時患者様はどうなった？　躊躇なく言っているから問題とは思っていないようだし、今のところ問題にもなっていないのだろう。

「小浜さんはどんな感じですか？」

「いやぁ、毎晩が恐怖だよ、いつ呼ばれるかって」

「小浜さん真面目ですからね。あまり無理しない方が良いですよ」

後輩に励まされたのか。真面目云々じゃ無い。お客様が困っているのにほっといていいハズが無いだろうって言いたいんだ。

しかし、このシステムが今まで問題無く踏襲されているということは、この角刈り後輩の心構えの方が現実にマッチしており、加えてお客様からもその心構えにクレームは無いのだ。

私の独り善がりだと言う事か。

このシステムに私の生き方を変えなければならない。しかし、それには到底順応出来ない。

だがこのままでは、潰されてしまう。角刈り後輩に教えられたように、大らかな気持ちで過ごしてみようと試みた。酒までは飲めなかったが、少しは精神が解放されるように彼の行動を真似てみようとした。ベルの存在を時々だけ思い出すことだ。

だが性根は都合良く変えられない。たとえ一秒であっても返答時間を疎かにすることに不快感を覚えるのだ。隣の部屋にポケベルを置いてみたが却って気になってしまうのだ。

加えて、この製品は人の命を左右しかねない機械であるのに、修理のど素人がプロの技術者と肩を並べて、平然と作業にあたって良いのか？　と言う新たな疑問まで感じていた。

その後も何一つ変わりは無く、結局一年以上も怯えながらこの当番は続いた。その間に折を見ては上司や周りにも不安を漏らしていたが、一向に解決策は見つからなかった。そして自分の精神の限界を感じた私はついにある決断をした。

私の心にはポケベル菌や待機ウイルスがべっとりとまとわりついていて、それらに侵されていた。早く退治しないと本当に手遅れになり、心の芯まで侵されて立ち直れなくなる。だから、もうこれ以上同じ環境にいるわけにはいかない。

合併により、そして過去の上司との折り合いの悪さにより身近に相談出来る相手もいない。不安を漏らす程度では会社が対処しないのも仕方ない。だが、自身に危険な状況は差し迫っていると感じる。ならば、自分でこの環境から抜け出す方法を講じるしかない。

転職するしかない。私は逃げる決断を下したのだ。

合併が二度あったことにより、例の爬虫類後輩のように会社の将来性に疑問を感じる社員も少なく無く、生活習慣病の関連製品である小型機械グループの仲間は、ある競合会社へ転職する例がいくつか出ていた。その競合会社もまだ受け入れを続けていた。

生活習慣病関連の小型機械の営業は函館時代に経験していた。職務経歴的にはウソは無い。前例の仲間と同じように競合会社も検討してくれるハズだ。

「どうしてウチに入りたいと思っているんですか？」

「はい。この小型機の業界では御社の開発力に大変魅力がありまして、是非、御社で力を発揮したく思っております」

ある競合会社の人事部長が仙台まで来ていた。人事部長は私の取って付けたような志望理由に笑顔も見せず、やがて経歴や活動実績などの質問をし始めた。そして、それらが終えると同席していた仙台エリアの営業マネージャーと目で確認しあった。

「分かりました。一度持ち帰らせて頂きますが、入って頂く方向で検討致します」

「ご存じとは思いますが、最近御社からウチに来て頂くケースが多くて、ウチも経験者の即戦力の確保が出来て助かっているところなんです。後日お電話差し上げますので宜しくお願い致します」

よし！　何とか逃げ道は確保出来そうだ。手遅れになる前に転職は出来そうな感じだ。リストラで頑張って抗ったが結局転職するのか。でも今の心境に何ら迷いは無かった。

善は急げ。善とは言い切れないが、逃げるが勝ちと思い立ったが吉日とで、急いで逃げるが吉日、と言う気持ちだ。翌日私は温厚上司の上司である営業所長――合併先出身で私より二歳若い、温厚さと理論で勝負の切れモノタイプ――に競合会社への転職を打ち明けた。

「分かりました。小浜さんがそういう気持ちなら無理に引き留めはしません。しかし、あの会社に行って将来がありますか？　あそこの小型機部門もそう続きませんよ」

「あの会社の最先端の遺伝子の分野なら、おめでとうございますと言えますけど」

なるほどその通りである。さらにその説得力を増す、営業マンなら教え込まれる、最初から相手を否定せずに一旦相手に同調することで相手の心を開かせる、YES. but, の応酬話法。気持ちはぐらつきかけた。しかし逃げ道潰しの営業トークのようだとも思った。

今の私の気持ちは、これ以上このまま同じ状況では自分は本当に狂い死にしてしまう。死にたく無いから、給料が貰えればとりあえずどこでも良い。早く決めたい。早く自分を安心させたい。と言う事なのだ。そして、そのままを彼にも訴えた。

「小浜さん、あと二ヶ月待ってもらえますか。期が変わるタイミングで小浜さんが以前やっていた大型機械のグループに異動してもらいます。それで解決しますよね」

「それに、小浜さんを出したくないんです」

むむむーっ。気持ちはもう完全に競合会社で再スタートだったのに。

私はこの提案に二つの猜疑心が渦巻いていた。一つ目は、二ヶ月後は確かに期が変わるのだが、そこまで引っ張れば競合会社の採用も取り消しになり、結局行くところが無くなるのを狙っているのではないか、と言う事。二つ目は、私を出したくないとは、これも営業トークだな。いや、退職者を出したら上司の評価が悪くなるためか？　でもこのように面と向かって言われると嬉しい気分だ。考え直そうかな……、の気分にはなる。

この営業所長も朴訥な感じがする東北訛を隠さない安心させる話し方だ。温厚さだけでは説得力が足りない。切れモノだけでは心に届かない。この二つが両立して初めて人の心を動かすのだ。出来るものなら真似をしたい。

ともあれ私は、少し考えさせて欲しいと伝えた。本来は、今日は会社に一方的に通知してやるハズが、切れモノ所長の引き留めに会い、早く逃げたいのベクトルは逆向きにされそうになっていた。

後日、彼《か》の人事部長から催促の電話が来た。給与面で再確認したところ納得できない不明瞭な部分が出て来た。それは、最低年俸の算出方法だった。

この会社は理論年俸と言うシステムなのだそうだが、理論上は当初の取り決め金額の七十パーセントに落ちる可能性があるが、現実的にはそれは無いだろうと言う。疑心暗鬼はもはや得意になっており、言葉だけの『それは無いだろう』では信じられない。

逃げたいのだが、賃金レベルも大きくは落とせない。住んでない実家の住宅ローンと光熱費を私が支払っているのだ。それに、少なくとも現在の収入を確保出来ないと、切れモノ所長に笑われてしまう。移りたいが給与がハッキリと担保出来ていない。

競合会社の人事部長と合併先出身の営業所長。どちらと心中出来る⁉


二ヶ月後、私は再び大型機械の営業を担当することで、この会社での再スタートを切ることとなった。直の上司は切れモノ所長が兼任していた。

「小浜さん、我がまま聞いたんだから、今度は数字お願いしますよ」

私は『小浜さんを出したくないんです』で思い留まったに等しいのだが、それが『我がまま聞いたんだから』に変わるのは、彼にとっては息をするが如く至極自然であるようだ。

元上司の温厚上司は私の訴えに他の営業マンの手前もあったのか対応出来なかった。それで仕方なく私は競合他社へ逃げようとした。しかしその途端、切れモノ所長が甘言を熟《こな》し、私はそれを受け容れた。

「残ってもらって良かったです。部署は違いますがまた元気な顔を見せてくださいね」

自分の力では解決出来なかった温厚上司は、どんな気持ちで成り行きを見ていたのか。

結局、私は救われたのか弄されたのか。

いつものどんでん返し

切れモノ所長が約束を守り、私は再び大型機械販売の所属になった。待機当番から無事逃げられて安堵していた。同時に彼に対して約束を守ってもらったお返しを私は心掛けていた。新規採用を取るのが一番のお返しだが、予算の関係で大型機械には売れる時期が限られている。他に出来ることは採用のファーストステップとなる新規案件の発掘や、せめてもの、部下としての基本である、《報連相》の徹底ということになる。

大型機械グループの営業マンは二人しかいない。合併時にリストラ未遂の末に席を譲った合併先の営業マンと私だ。ゆえに後輩の指導やらチームワークの向上などは無用だった。

「小浜さん、この次からマネージャー月報を小浜さんにお願いしようと思います」

大型機械グループで営業活動を再開し健康を取り戻して、予算の時期では無い近頃は時間を持て余し気味になっていた。

切れモノ所長の本業は営業所長だ。大型機械グループのマネージャーは兼任職であり、彼の本音では余分な負担になっているのだ。特に月報と言った本社への月毎の報告書は、毎月の見込み販売額の他、ターゲット先の進捗報告や戦略とそのレビュー及び問題点・要望と言った文字の羅列が多く面倒な作業なのだ。

「それで、次期から小浜さんをマネージャーとして本社に推薦しますので」

おっと、マネージャー職かぁ。本社の追及が直接及んで来るが、誰もが目指すポジションではある。

私はやはり切れモノ所長に期待されているのか？　良く分からないが、切れモノ所長には借りが出来ているため、私が取るべき選択はそれを引き受けることだけだ。月報？　もちろん良いですよ。マネージャー云々に付いては、私には何も出来ないので気にしないことにした。


「今日所長から、三ケ月後にマネージャーにするって言われたんだ」

気にしていなかったハズだが、約束を守ってくれた切れモノ所長に信頼を置いた私は、母親にたまらず話していた。切れモノ所長が言ったんだから間違いないのだろう。

喜ばせたい気持ちで私は放ったが、母親は『へぇー』と言ったきりだった。先のリストラのことは母親には漏らしていた。質問書がうまく行かなかった場合を想定すると、予め言っておいた方が良いと考えたためだ。私は息子へ無用なプレッシャーを掛けないよう、母親なりの気遣いから来る『へぇー』なのだと受け止めた。

月報作成の時期が来た。私は営業所を代表する気持ちでその作成に励んだ。二人しかいない所属部署の、ネタに乏しい活動内容を必死になって飾って報告した。

「そんなの本社は細かく見ていないよ。数字だけだよ、見てるのは」

久々登場の同い年後輩だ。相変わらずハの字で細目で肌色が悪い。要注意。

私が月報を代行していると聞いてわざわざそれを言いに来たらしい。リストラ騒ぎの前は同じ大型機械のグループで私の上司だった。合併後は小型機械のグループに移っていた。小型機械のグループは勢いに乏しいが、百パーセント元々の会社のメンバー構成であり、混成グループにあるような勢力やら水面下の動きなど気にしなくて良い。冒険せず後れを取らずの彼の信条にピッタリ合っている業務環境なのだ。

ついでに言えば、貧乏ゆすりは別の医療関連会社に転職していた。一営業マンとしてやっているようだった。元上司の何人かは同様のようだった。彼らのけじめのつもりらしい。同い年後輩はこの月報の作成について、自分は経験していることだからとわざわざ言いに来たようだ。不吉なヤツなのだが少し懐かしくなり、その分心が少し傾いた。

合併直後も今度の大型機も馴染みのメンバーが周りに居なくなり、替わりに合併先の人間ばかりになっていた。それが刺激的で心地良くもあったが、やはり反面寂しくもあったのだ。

一方で、所詮ヤツはヤツであって素性は疫病神であると思ってはいるのだが、懐かしくなって心が解けたのかその認識が甘くなった。さらに、その時のヤツとは直接の利害関係が無いことも手伝ってか、キャッチーなその言葉はすんなりと心に沁みて行った。

心の隙に付け込まれた、とも言う。寂しさが間違いを犯す仕組みは時代や場所や男女を問わない人の性《さが》であるようだ。

それから私の月報の戦略・レビュー欄は、内容が稚拙になり前月とのつながりも希薄になっていった。加えて、報告する販売見込み額も特段のそれではない。結局は取るに足りない報告書に成り下がったのだ。そんな報告書に後ろめたさも感じなくなっていた。どうせ細かくは見てないのだから。それに代行だし。


次期マネージャーの発表があった。月報は稚拙になっても切れモノ所長の言質は重んじていた。出来レースとは言え待ち遠しく、ドキドキして社内メールを開いていった。

スクロールして《仙台営業所大型機械グループマネージャー》が出て来た。そして、もう一段落としたそこには……、私の名前は無かった。

替わりに合併で札幌に異動になった、あのズケズケ同僚――リストラされたのは誰だ――の名前があった。

私は切れモノ所長からマネージャーの約束をされてその気になっていたが、いざフタを開けたらあろうことかズケズケ同僚の部下なのだ。その気にさせられ月報まで書いて、その果てがズケズケの部下と言う事か？　私の宿命を改めて痛烈に感じさせる苛酷な宣告だった。

（チャンと従っていても結局俺はいつも最後にはこうして裏切られるのだ……）

「私も粘り強く推したんですが、決定する営業部長が小浜さんの月報をかなりいい加減だと酷評していまして。私も最近そんな感じはしていたんですが、それでマネージャーの資格無しだと……」

月報でダメだった⁉　そこだったたのかぁ……。でも……、あっ、ヤツだ⁉　貧乏神のヤツの『細かく見ていないよ』に躍らされたのだ。またしてもヤツの一言にハマってしまったのだ。俺は何回同じ失敗をすれば良いのだ⁉　俺はなんでそんなにバカなのだ？　ヤツはなんで俺に絡んで来るのだ？　いつもいつも一番肝心な時に。

母親には、『合併がまだ落ち着いて無くて所長がもう少し待って欲しいと言っていた』と、言い訳をした。リストラで心配を掛けた分安心させたかったのだが、またダメだった。

私を一番知る人間である母親には私の社内での立場が分かっていたのか。あの時の母親の気の無い『へえー』は、この結末を見越しての『へえー』だったのかも知れない。

潔さの代償

大変心外なズケズケ同僚の部下がいつまで続くのかと思うと気が重くなり、しかし毎度の人事騒動に、すでにストレスは感じなくなっていた。サラリーマンとして安定した給料をもらえてローンも光熱費も払える安心感に呆けた感覚で毎日が過ぎていた。

ズケズケはそれなりの配慮をしてくれていた。だが、彼の副業であるスナック経営の一助として、部署の集まり後の飲み会にそこに連れていかれるのには閉口した。ただでさえ女性との会話に苦労するのに、金を払ってまで苦労しなければならない。しかもその金の行き先はズケズケだ。しかし、それも部下としての大事な職務なのだと思うこととした。

切れモノ所長から呼ばれた。大阪で欠員が生じて仙台の大型機械グループの営業マン二人の内どちらかが異動になること。そして相方を出すことで調整していると聞かされた。

それは最後の『誰にも言わないでくださいね』の一言により、特別な秘密を私には教えてくれているという気持ちになった。或いは、私の昇格を実現できなかったことへのお詫びの意味で、相方を出す方向で社内調整をしてくれているものと思っていた。話の合間の『これでまた小浜さんに負担を掛けることは出来ないですよ』と言う言葉が尚更そう思わせた。

東北訛りで教えられたこの話が、またまた切れモノ所長の切れモノたる話法だったのかと後になって私は気が付くのだった。

そうして一週間経った頃、再び切れモノ所長に呼ばれた。

「小浜さん、大変申し訳ないんですが、大阪に行くのは小浜さんになりました。相方の方に言ったんですが、奥さんから転勤も単身も絶対受けられないと凄く怒って言われて、収集が付かないくらいなんだそうです。ですので、小浜さん、申し訳ないですがお願いします」

はい、最後はこれだ。私のいつもの宿命だ。

確かに私は独身で身軽ではある。しかし、病身の父の面倒を常々看ている母親のフォローも必要で――この時私は実家に戻っていた――私にも離れられない事情はあるのだ。

転勤はサラリーマンの義務であり、応じてその地で力を発揮すべき責任がある。サラリーマンであれば絶対服従の原理原則であるのだ。加えて、身内を説得できない営業マンがお客様を説得できるハズがない。と、営業マン格言の類でもよく説かれる教えもある。

会社も不都合な辞令への我がままをいちいち聞いていて良いのか⁉　だったら私が最初に言われたら転勤を断れたのか？　それなら最初に私に言って欲しかったのだ。

だが私は、切れモノ所長が特別に秘密を教えてくれたと思い込み彼と同志の気持ちになっていた。そして同志である切れモノ所長が困っていることで、尚更『お返し』の気持ちにとらわれていた。さらに潔さを身上とする私は、相方の往生際の悪さへの当て付けのつもりで、彼の目を意識しながら大阪行きを潔く広い心で了承した。

切れモノ所長の『小浜さん、助かります』は心の底からの言葉に思えた。

ともかく私は大阪に行くのだ。長いサラリーマン人生、遠い地に行かずに済む保証は無いのだ。いずれの大阪転勤なのだ。と、思うこととした。そう言えば、新人の時にあの大どんでん返しが無ければ、私は大阪行きだったのだ。今回の結末はあの時の罪をあがなうということか。彼《か》の本命新人君は二回目の合併騒ぎで辞めていた。

「俺、年明けから大阪に行くことになった」

「ほーぅ、お前が行くの？　大変でないの？」

本人にしか分からない部分も確かにあるが、ある部分では本人以上に母親には子供のことが分かっているようだ。この息子は子供の頃からの要領の悪さ、バカ正直さ、度胸の無さ、口の重さ、人の良さ、が変わらずそのまま大きくなり社会人になった。バカ正直で人が良いばかりの性格を本人は潔いと完全に勘違いしているが、それによる会社での処遇を母親には簡単に予想出来ていたように思えた。だから、大阪の話にも特に驚きを示さなかった。

「大阪どうなんだろう。俺も分からねえけど行ってみる」

「そうだな。引っ越しの荷物まとめねぇとな」

その年の春から実家に戻り、子供時代以来の母親との暮らしをしていた。

リストラ未遂はすぐに話していた。マネージャー未遂は丁度実家に戻った頃だったが先走って漏らしてダメだった。そして今回は飛ばされる話をしなければならなかった。

母親も普通に見栄っ張りの性格で、友人や姉妹に子供を自慢したい気質なのだ。ただでさえいつまで経っても結婚しない四十過ぎの息子。仕事でも肩書も無く今更仙台から大阪に飛ばされる息子。これまで実家のローンや光熱費を払っていたことが唯一まともな人間の証になってはいるかも知れないが、自慢の出来る息子であるかは自信が無い。

（こんな息子で本当にすまないです……）

しかし、そんな大阪行きに私は一つだけ明るい希望を持つことにした。

相川七瀬だと思い込んだ若い女性――ナナ――との痛恨の別れの後もお見合いパーティーに通っていた。後ろめたい気持ちも相まったのか、なかなか良いと思える女性がいなかった。

大阪はどうだろう。大阪の人や街に馴染める自信は無いが、ここを離れて大阪でのお見合いパーティーは人生の新たなページをめくることになるかも知れない。

よしっ、大阪に行こう！　行かないと始まらないのだ。どんな女性と出会えるのだろう⁉

大阪のオバちゃん

カーテンも無くガランとした部屋。ガラスブロックがパーテーションになっている十畳+キッチン・バストイレのフローリングの部屋。

年明け三日に豊中市の小型マンションの一室で引っ越しの荷物を待っていた。馴染めない大阪弁はテレビだけのことと思っていたが、今日からその大阪弁の中で生活するのだ。一歩外は大阪弁。テレビ以上の何かがあるかも知れない。自分の部屋なのに緊張感があった。

そんな思いに耽っていると引っ越し業者の到着が知らされた。荷物が手際よく運ばれ部屋がそれらで満たされると、いよいよ私はここで生活を始めるのだと言う心持ちになった。

新人の市川の時は大都会の生活に不安とワクワクをしていた。札幌の時は営業所のメンバーと上手くやっていけるかが心配だった。仙台の時は二度目の新製品立ち上げメンバーとして、正念場を迎えた危機感があった。ここでは正体の分からない不安があった。初めての文化への要領を得ない不安なのだと思った。

荷解きを始めて布団を取り出した時だ。出て来たそれは見覚えの無い柄のものだった。母親は取って置きの布団を入れてくれたのだ。初めての馴染みのない大阪で、少しでもぐっすり眠れるようにと、家の一番高級な分厚い布団を入れてくれたようだ。母親の心配する気持ちが分厚い布団に現われていた。嬉しくて済まなくて素直に涙ぐんでしまった。

大阪営業所の初出社日。私はもう二十年選手なのだが、合併相手ばかりのここでは見事に誰も知らない。見慣れているパンフレットが無ければ違う会社のようだった。

だが奇跡的に一人だけ同期がいた。二回目の合併でマネージャーに昇格して同時に東京からこちらに来ているとのことだった。しかし、昨年末に降格し今年からその座を元部下に譲り、これからは逆の立場で相対するそうだ。これが大阪方式なのか。『エゲツなっ』テレビで聞く大阪弁が思わず口に出た。

時間になり上司に挨拶した。私のやや年上で五厘刈りに額の際だけチョット伸ばしている、大阪ヤンキーカット？　のいかにも営業マン、いかにも大阪人と言った濃いキャラのオッサンだ。

「みんな聞ぃてぇ、今日からこっちに来た小浜君や。優秀らしいからみんなよろしくな」

切れモノ所長からはどんな申し送りだったのか分からないが、嫌味を言いなれているあたりも会社違い生活圏の違いによる文化の違いを感じた。

グループの営業マン三人に直接あいさつした。すると、あれっ、見知った顔だ。札幌時代に新製品立ち上げメンバーがクビになり、エリア営業で道央地区を担当していた頃、客先で顔見知りになった他社の営業マンだった。競合はしておらず、話し好きな客の所で長居する羽目になり、何回か一緒に時間を過ごすことになり彼を知っていた。

思わずお互い奇遇を口にした。彼は合併の直前に合併先へ転職していて、彼の場合も事情があって北海道からはるばる大阪に流れ着いたのだった。私は、奇跡的同期ともう一人の知っている社員の登場に少し余裕を持つことが出来たのだ。

早速引き継ぎの外回りになった。当然だが行く先行く先大阪弁。テレビからしかそれは聞かなかったし、生にしても函館時代のケチ営業マンぐらいからだった大阪弁が至る所から発せられている。タダで生の漫才を観ているようで得した気分にもなった。

仕事が終わり社宅に帰った。部屋に入っても地に足が着かない感じがした。自分の居るべき場所では無い感じがするからだ。これまで同じく人生初めての地だった市川や札幌や函館でも感じなかった、その根拠が見つからない疎外感。

大阪は西の中心地で日本を支えている大経済都市であり、何に付けても活性的で日本を代表する一大文化圏でもある大変すばらしい大都市なのである。本当は住まわせて頂いているにもかかわらず文句を言っては大バチ当たりなのである。しかし、神経が細い人間にはそのような余計なことをついつい感じてしまう。

次の日からはスーパーに寄って、これもテレビでしか見たことの無かった明石のたこや瀬戸内海の刺身を買って帰るのだった。食べることが好きな私は、それが大阪のメリットなのだと、毎日の生活の中に大阪の良いところを探すことに心掛けた。

そして最初の土曜日。休みである土曜日はワイシャツをクリーニングに出す日と昔から決めていて、ここでも踏襲したい生活のリズムなのだ。

マンションのオーナーに聞いた社宅の近くにあるクリーニング屋に向かう。いつもと違う風景に目を遣りながらその店に着いた。大阪と言っても普通に店名をドアにプリントしただけの店だった。店の前でクリーニング人形が太鼓叩いていたり、クリーニング張りぼてがあったり、ネオンサインや吉本の芸人イラストが窓一面に貼ってある訳ではない。

「いらっしゃいませぇ‼」

普通のオバさんが元気良く迎えてくれる。気持ち良い。

「ワイシャツ五枚お願いしたいのですが、初めてなんです」

「お名前！　教えてもらえますかぁ!!!」

元気がさらに良くなった。元気良過ぎて威圧的にも感じる。こんなクリーニング屋のオバちゃん今まで無かった。接客が素人のオバさんが面倒くさそうに恥ずかしそうに『いらっしゃいませ……』と言うのが常だった。しかしこのオバちゃんは、ヤンキー上司よりパワーが段違いに大きい。最初の「いらっしゃいませぇ!!」から、最後の「ありがとうございました!!」まで、声の大きさが変わらず威圧的を維持しているのだ。店の前で人形が太鼓を叩いていなくてもこれが大阪なのだ。そして私は今、間違いなく大阪にいるのだ。

その後も毎週土曜日はこの店に通った。目が合うとこのオバちゃんは『お名前は!!!!』と容赦なく言葉を刺して来る。訪れるたびの元気の良さが恐怖に替わり、その恐怖が増して来た。根っからの田舎モノの東北人はいつまで経ってもこの大阪のオバちゃんの超元気の良さに少しも慣れない。訪れる度に心の中でお赦し下さいと念じていた。

そして実家を発つ時に、『どんな女性と出会えるのだろう!?』と楽しみにした答えがこれでは無いことを心から祈った。

意外な原因

この大阪での最初の女性と話した最初の土曜日の午後。越したばかりで掃除・洗濯も無く、スポーツクラブの気分でも無い。と、自身への言い訳にしてパチンコに行った。

近場の小さなパチンコ屋は店の外観がやや派手というかコテコテ感があった。しかし店内の様相は、パチンコ台を含めて仙台や実家のそれとあまり変わらなかった。店内アナウンスも大阪弁では無く標準語的な話し方だ。見慣れたパチンコ台に挟まれながら歩を進めるとホッとした。実家に帰ったような気分になった。

割と迷わずに台を選んだ。人気の《海物語》もあったのだが、あまり周りに人が居なく回転数が多い台を選んだ。人を気にせず時間が過ごせて、且つ大当たりの希望が持てる台と言う事だ。しかしそうそう上手く大当たりとは行かないのもいつものことだ。

台に座って千円札を入れボタンを押す。パラパラパラパラと玉が上皿に流れて来る。ハンドルを回し始めるとカチャカチャと玉とガラスのぶつかるいつもの音が耳に入る。いつものこの音で体の力が抜けてボーッとリラックス出来た――ギャンブル依存症ではない――。

（みんな何してんのかなぁ……）

　しかしボーッとしていたのも束の間だった。この日はいつもと違っていた。最初の千円を使い切らないうちに大当たりが来た。（おーっ、俺は実は大阪と相性良いのかも⁉）引っ越すとやはり運も変わるのか⁉　途端に明るい気分になった。

　大当たりが無事終了しドル箱がほぼ一杯になった。最初のリラックスの気持ちが興奮の気持ちに替わっていた。次の大当たりはいつ来る？　連チャンしろよ！　と、今度は欲望の気持ちにシフトした。そしてその気持ちを満たすように本当に連チャンが来た。

　それからは何と、その後もその後もほぼ連チャンが途切れずに七、八回大当たりが続いた。椅子の周りにたちまちドル箱が六箱ほど積まれた。

（なんじゃこれ……）

　猜疑心の強くなった私は、いつもと全く違った強運展開にこの先の結末を疑い始めた。近くの客が振り向いてしきりに友人らしき客に『ほらここ』と手でアピールしている。私は四百回程回っていて大当たり無しの台を選んだのだが、どうやら四百回転の一部或いは全部をアピールされている彼が回したらしい。

　その客からまさかクレームを付けられないだろうな。台の近くに何か紙が置いてあったりして大阪ルールとか言われて没収されるのか。私がすんなりと幸運にあり付けるとはにわかには信じがたい。慎重なのかマイナス思考なのか妄想癖なのか。しかし当然、妄想したような事態は発生せず、しかも大当たりはその後も続いていた。

結局十箱以上の球が出て大当たりの波は終了した。最後は嬉しいより疲れた感が大きかったが、大阪は良いところなのかも知れないと景品をマジマジと眺めて思っていた。

景品を換金して手にしたお金を見て、私はある衝動に駆られていた。


「明日そっちに帰るから」

「何で?」

「パチンコで勝ったから」

母親に電話をしていた。

引っ越してまだ一週間なのに実家に帰ることにしたのだ。どうにもこうにも寂しかったのだ。大学で寮生活になって実家を離れた直後もホームシックになったが、その寮生活に慣れて以来一人暮らしが途切れたことが無かったためか、その後の二十五年の間、一人の生活に寂しさなど感じたことは無かった。だが、実家に戻って再び母親との暮らしに慣れてしまったせいで、唐突な一人暮らしに日々寂しさを感じていたのだった。

大阪での不慣れもあったが、日々の不安の原因は実はホームシックだったようだ。

今日の戦利金は神様からの贈りモノに違いない。私のいつもの宿命ではこんな恵まれていたことは無かった。だが、特別な日もあるのだ。

次の日。大阪に来てからの不安な気持ちの根拠を解した私は、取り敢えずは大阪には恨みも無く、神様からの恩恵を受け実家へ急いだのだ。


「ただいまーっ」

子供時代からこれまでで、一番楽しみな帰宅のように思えた。

「大阪どうなんだぁ？　やっていげんのがぁ？」

（もしかして……やっぱり母親にはもうバレているのか？）

「うん。大阪は大阪で楽しいトコみたい。都会だし、食い物も見た事ないモノもスーパーにあるし」

それから新しい職場のことやクリーニング屋のことなど、一週間ぶりの母親の晩飯を食べながら、私にしては珍しくベラベラと話して過ごした。次の日は次の日で、いつもは朝飯を食べたら夕方まで外出しているのだが、今回はずーっと、気持ち悪いくらいずーっと実家で過ごしていた。

そうやって実家も飽きるくらいに過ごして、ようやく以前のように親離れの心境が整ったように思えて来た。自分の住処がある大阪に戻りたい気持ちになっていた。

堪らず実家に帰ってから三日目の朝早く、私は大阪に戻った。

「じゃぁ、行くから」

「はいよぉ。風邪引くんで無えよぉ」

「うん」

お互いのいつものセリフだ。これまでの帰省の度どこへ戻って行くにも、全く変わらない決まり文句なのだ。

つい十日程前の初めて大阪に向かった朝も同じセリフを言った。だがその時、すでに心のどこかでは感じていたのだ。

あの日の朝のこのセリフ。心の底では本当は言いたくなかったセリフだったのだ。

四十三歳にして人生二度目のホームシックだった。

大阪の女性

私のこれまでのプライベートの過ごし方は、①スポーツクラブ――出来ればバドミントンもしたい　②ギャンブル――パチンコ、パチスロ、競馬　③マッサージの類――類とは、本当のマッサージ以外にも心身の健康を維持するための特別な店を含む　そして、④お見合いパーティー　となる。

仙台では、ナナに対してはかなりの器の小ささをぶつけてしまい、今でも相当に悔やんでいる――もちろん顔デカや小娘にはそう思わない――。その悲しい思い出を乗り越えてでも女性と出会うことは、成さねばならない男の務めだと思っている。そして今回も、新しく暮らす先に旧来の友人知人がいない私は、やはり、お見合いパーティーに頼るしかなかった。私は大阪でも心の赴くまま自動的にお見合いパーティーに参加した。

大阪も仙台と形式的な差は無いが、参加者の数は大阪の方がやはり多い。しかし、質は似たり寄ったりだった。と言う事は結果にも大差は無く、ほとんど毎回最後に番号を呼ばれることは無かった。たまにカップルになったとしても、食事を一度しただけでその後は音信不通になるのだった。

思いがけないショートメールが来た。憶えがなかったが開いてみた。それは、二ヶ月位前に一度カップルになり、すぐに音信不通になった女性からだった。また会ってみたいと言う趣旨だった。

その女性は十歳下、小顔で長身ゆえにスタイルが良い。浅黒い肌は好みの分かれるところだが、エキゾチックと捉えれば魅力的なのであった。もとはと言えばお互いの印象が良かったから一度はカップルになったのだが、その後ありがちな自然消滅となったのだ。

私は嬉しかった。期せず女性から連絡をもらったことと、その相手がその後も気になっていた彼女からだったからだ。思い返せば、彼女とは何を話しても後が続かずに気まずい雰囲気が支配的だった記憶がある。しかし、その後パーティーで出会える女性は彼女よりドキドキはしなかったため、私は無用な警戒をせずＯＫの返信をすぐに返した。

再会のための店は、滋味で歯ごたえのある焼き鶏が看板メニューの北陸が本店の全国的焼き鳥店だった。大阪らしい店では無かったのだが、それには理由があったようだ。

待ち合わせの梅田の改札口を遠くから彼女を探した。見分けが付かないのだが気持ちが逸ってしまい、かなり手前の距離から探し続けた。近くまで行っても見つからない。まだ来ていないのか、気変わりしてしまったか、と焦ったが、少し視点をずらしてみると、改札から離れた人気のない柱の陰に彼女は佇んでいた。

二ヶ月ぶりなのだから大して変化は無い。相変わらず浅黒い。そして、少なくとも最近目にしている女性の中では一番可愛い。お互い顔を見るなり微笑んだ。

店に入り乾杯の直後から彼女は話し始めた。彼女の呼び出しの主旨は、その後彼女もお見合いパーティーに行ってカップルにはなるのだが上手く行かなかった。大阪のしつこい気質の男は苦手だ。自分は東京の大学を出ておりコテコテの大阪の女でもない。だから大阪人ではない小浜さんにも合うハズだ。と言うものだった。

話している内容はともかく、その姿を見ていると、変わらない彼女には変わらない可愛さを再度感じてしまった。もちろん断る理由は何も無くお付き合いが始まるのだった。

私はお付き合いが始まると今度こそは変えなければならない、と、自らに言い聞かせ思い描いた振る舞いがある。だが、それはいつも実行が出来なかった。

その思い描いている振る舞いとは女性をいざなうことだった。


男女が行きつくルーチンワークは、楽しみとして残して置きたい行為でもあるのだが、いつまでも残し過ぎて相手が業を煮やしてしまうのだ。小娘にしてもナナにしても結局は彼女の部屋に導かれてしまっていたのだ。

それでは情けないとは分かっている。四十半ばにもなっては尚更だ。しかしキッカケが分からない。日頃のボディータッチから予兆作りは始まるのか。部屋に誘うセリフが分からない。自宅住まいの女性から『これは小浜さんの部屋で食べましょ』と言われて、その言葉のままに自然と部屋に招き入れる流れになった——食べ終えたら部屋を出たのだが——。しかしそのセリフを今度は自分がサラっと言えるのか。

そもそも大して素性も分かっていないのに許して良いのか。他に男がいたりして取り返しの付かないことになったらどうするのだ。などといつも言い訳をしてしまう。土台、本気で利用し続けているお見合いパーティーの本質がそれと変わり無いのに。

そこで今回の再会にはその情けなさへの反省点も踏まえて、ストーリーを作っていた。食事を終えて店を出たら、あまり時間を空けずに適当なスペースを見つけて彼女を止める。そして肩を抱き寄せ、『再び君に会えて本当にうれしいんだ。二人の記念にしよう』と言って、無理にでも唇を合わせる。完璧なのだ。これで絶対間違い無いのだ。

彼女のお勧めの大阪らしくないお店の焼き鳥も美味しく食べ終わり、彼女の話してくれた思いに感謝を示し、いよいよ店を出た。ここからだぞ。このシチュエーション何回目だ。がんばれ四十半ばの独身男。果たして。

店から出た時間が悪かったのか人通りが多かった。あても無く歩くことにした。人通りが徐々に少なくなって来た。よし、ここからだ。前を向いたまま肩に手を回そう。あれっ？

んっ⁉　自分の腕に力は入れているが、彼女の肩まで手が届かない。うぅーっ。やっぱりダメだ。あれっ⁉　これは、中学の運動会の時と同じだ。両手ダランの口半開きでアホづら写真が脳裏に蘇った。

おい俺……、またか？　まだそんなことしているのか⁉

なんでお前はそんなにも女性に勇気が無いのだ⁉

そうして四十半ばの妄想中学生の考えた速攻作戦は、案の定、不発に終わった。後日にチャンスを狙うもキッカケが分からない。さらに、会って私が行き先を決めた途端に、『焼肉の方が好きなん？』『今映画観たいの？』と行き先を咎められるようになった。再会の時にそれらが好きだと聞いたから私はその様な選択をしていたのだが。

気まぐれだなと思ったのだが、それは本当に彼女の気まぐれだったのか。言わずもがなのいざないが出来無かったからなのか。それは妄想なのか。……分からない。

どうやら私の女性に求める満足とは、女性と出会うことで完結するらしい。

思い出の大阪

確かに大阪は慣れれば東北の田舎モノでも楽しめるところだった。まずは食い物が美味しかった。街の居酒屋でも手の込んだ調理をして供してくれる。うどんやイカ焼きたこ焼きも本場はかなり美味しい。娯楽や買い物も都会らしく優れている。電車で十五分の梅田に行けば充分用が足りた。京都にも近く観光も手軽だ。実物の太陽の塔を見た時は感動した。やはり大阪は良いところだ。

でも、私は慣れなかった。

クリーニング店のオバちゃんの恐怖が心に沁み付いてしまっていた。土曜日の度に客の私はオバちゃんの「いらっしゃいませ!!!!」に万全の準備を整えるのだ。店に入る前に深呼吸をしてロールプレイをしてからドアを開くのだった。

ヤンキー上司からは、返品された製品を同じお客様に再度採用させよ、と言う常軌を逸した命令を下された。とにかく無茶苦茶なプレッシャーの挟み撃ちの生活なのだった。

大阪に移っての最初がそのような状況だったために、私は早々と転職先を探していた。仙台にいた頃に知り合いになった同業者に聞いてみたり、たまたま募集していた新参の小型機械の競合会社を受けてみたりと、すぐには見つからなかったが折を見てチャンスを探って動いていた。

するとそこへ、何故なのだ？　またまた久しぶりにあの疫病神が電話をして来たのだ。

「あなたが前にやっていた救急の製品、ウチでもやり始めるんだって。人も募集してるみたいよ」

唐突で話の真意がすぐには掴め無かったが、今の私に対して『人も募集してるみたいよ』とは、ヤツは遠くから常に私を監視していようだ。本当にタイミング抜群だ。

その同い年後輩のヤツは、私が大阪に転勤になる数か月前に転職していた。転職先はこれも因縁ともいえる、私が行けなかったあの競合会社の同じ小型機械グループだった。

ヤツが転職して私が転職し損ねた先は業界一、二を争うグローバル医療企業の小型機械部門だ。会社自体は大変好調で、私の会社環境とは比べ物にならない程優良のようだ。転職が出来ていたら大阪に来なくて済んだのか。今更ながら悔やむ気持ちになった。

私はすぐに飛びつきたかったが、ここは一旦引いて考えよう。何か魂胆があるに違いない。女性に対しての進歩はまるで無いが、ヤツへの対処法は万全になって来ている。

「へぇー、R社で救急分野新しくやるんだ」素っ気なく言ってみた。

「あなた新規事業が得意だったじゃない、成功したかは別にして」

一言余計なのだ。やはり相変わらずだ。

「何かね、そういった救急製品を扱ってた会社に俺がいたからって、今度会議に出てアドバイスくれって言われてんのよ」

やはり自分が困っていたのだ。行った先の会社からアドバイスを求められるのだが何も答えられない状況だったために、私にヒントを求めてきたのだ。いつものように利用されるだけの私だったが、一方で、その時の私への旬なネタをぶら下げて来るタイミングには、やはりこいつは何かの神なのか？　と妄想してしまう。

「まぁ、そうだったら、救急モノは特にアフター面でお客さんは判断するから、そう答えたら」

離れず気を許さずだ。小出しにすればまた何らかの連絡は来るハズだ。同時に募集のことも逆手に取られ無いよう、あくまで競合会社として探りを入れる体で聞き出そう。このネタは今の私には充分に価値がある。

それから何日経ってもヤツから電話が来ない。せめて、この前は教えてくれてありがとう、ぐらいは言えないのか。いや、言われるほどのアドバイスもしていないし、それを言える人格では無いことなどとっくに分かっている。

「もうアドバイスの会議終わった？」

「あぁ、あれね。出たけど話す機会無かった」

「本当に救急製品導入するみたい？」

「なに、気になるの？」

『気になるの？』って、何か教えてくれって言って来たのはお前の方だ。

「いやいや、そっちは大きいトコだし。本当に募集までしてやるのかなって思ってさ」

我慢が出来ずに警戒している体で聞いてみた。

「そうみたいよ。まぁウチにとっては全くの新分野だから、誰も出来る人いないんだよ」

「そう言えば大阪にいるって聞いたけど、あなたも大変だね。分かるよ」

おっとこれ以上は危険だ。ハマってしまうかも知れない。

「でも大阪は大阪で楽しいとこだよ、パチンコも出るし」

「パチンコ？　相変わらずだねぇ」

相変わらずはそっちだろ。それだけはお前には言われたくない。ともかく人を募集していることは確認できた。後は直接R社に連絡を取る方が無難だ。

R社に電話をして募集を確認した。外部サイトに掲載する前だったらしく、担当者は不思議がっていたが上手くごまかせた。もちろんヤツの名前は出さなかった。

その後、応募の書類を送り確認のやり取りをして採用のステップは進んで行き、二回目の面接も危な気なくこなすことが出来た。

何日かして、帰宅した私は大型封筒が届いているのを確認した。R社からだ。早速開封して中の書類を取り出した。《採用通知書》とあった。よしっ！　これで抜け出すことが出来るのだ、大阪から、そして何でも有りの訳の分からなくなったこの会社から。


しかし考えてみると、合併で新しく担当した救急製品の待機当番による過度のストレスに侵されて救済措置で大型機械のグループに移った。その後マネージャー見習中の月報を疫病神のヤツの言葉を信じたばかりにマネージャーどころか大阪転勤になってしまった。その大阪でも窮地にいたが、期せずしてヤツからの情報とあの待機当番の経験が強みになってより良い会社に転職が出来た。

結局何が幸いするのか分からない。ピンチなのか本当はチャンスなのか。敵と味方がいつの間にか入れ替わって、そしてまた入れ替わるのか。

ヤツとは部署違いでも結局今回また同じ会社になった。ヤツとは腐れ縁なのだろうか。いや、そんなヤワな結びつきには思えなくなった。ヤツは本当は疫病神では無いのか。この先も何かあるのだろうか。

先んずれば人を制す

転職をヤンキー上司に告げたところ、競合相手のR社への転職と言う事から、担当していた製品の情報を持ち出す懸念を相当に示された。こちらの情報など、格上のR社にすれば尻拭きの役にも立たない。今度の会社のライバルはやはり一、二を争っているグローバル企業のD社であり、その二社がお互いをライバルと認めるのみで、他社は眼中には無いのだ。この会社は相手にされていないのだが、相手にしたがっている。

それでもヤンキーは送別会をしてくれた。大型機械グループの仲間、同じ担当エリアの中型機械――以前仙台で待機当番した製品のグループ――の同僚が集まってくれた。緊張して過ごしていた大阪であまり腹を割って話も出来なかったが、いざ別れる段になると小さな思い出も寂しく感じる。だから彼らに心から密かに言葉を送った。

『この会社、おかしいと思わないのか。オマエら、本当に勇気が無いんだな』

駅のホームには赤いシャツの軍団がいた。

大阪から浦和に引っ越したのだ。浦和で記憶に残っている最初の風景だった。

遠くからでも高揚感が感じられて、一目では宗教系なのかと思ったのも憶えている。そして、都会はどこにでも自由で無遠慮で自己陶酔な人たちがいるのだなとも思った。

そのような意外な風景にも出くわしたが、さすがに埼玉だ。東北に近いだけあって疎らで質素な景色が私には安心出来るのだった——駅前のパルコはまだ更地だった——。

私を成している根源の部分との違和感が無く安心して街を歩ける。呼吸も自然に出来る。マンションの管理人のおばさんも田舎の訛り掛かった標準語ですごく穏やかに話してくれる。相手に対して意味無く威圧的では無い、あくまで穏やかだ。仙台までは戻れなかったが私は充分に戻って来たことを感じた。


私の新しい会社での所属は埼玉支店だった。埼玉支店は大宮にあり東京都と神奈川県を除く関東一円が管轄エリアになる。

新しい会社埼玉支店の初出社の日。経験者の私はそれらしい重みのある振る舞いが必須になる。早めに行ってこれから出社して来る先輩社員を出迎え挨拶しようと思い、三十分早くビルに着いた。エレベーターのボタンを押す手がやや震える。到着した新しい会社の前で今からのことをイメージした。支店長にまず挨拶し、続いて事務員にお土産を渡して、その後支店の皆さんを迎えて挨拶して、と経験者としてあるべき所作を確認した。

インターホン越しに到着を告げ、エントランスからさらにその奥へと進んだ。案の定、机はがらんとしていた。事務員が私を認めると、間もなく支店長が表れ会議室に招かれた。私の座る場所が無いためにそれまでの待機なのかと思いきや、招かれた会議室内はすでに支店員で一杯だった。熱気さえ感じられた。

この月曜日は一週間の打ち合わせとして、通常の八時半の始業時間より三十分早く全支店員が集まるのだった。前の会社では月曜日であろうが週末であろうが九時出社でダラダラと始まり、昼飯を皆で食ってダラダラと外勤を開始していた。外勤が終わればほとんどが直帰だった。

この会社は、業界一、二を争う企業で製品力もある。しかし、製品力のみでの一、二では無いのだ。営業力を支える学術・保守と言ったサポートチームとの密な連携による説得力のあるトータル戦略によって実績を伸ばしているのだ。と、八時からの定期打ち合わせを目の当たりにして、前の会社との違いを明確に感じたのだ。私は、朝早くから既に会議室一杯の支店員の姿に超優良な会社に入れた実感が沸いたのだった。

学生生活最後の年末の時期。あてにしていたコネ会社からのまさかの不採用通知。それからやっと探し当てた元々の会社。しかし一番希望していなかった営業職。想像を超えた大都会でのワクワクの新社会人生活。同時に新製品立ち上げと言う稀な職務でのソワソワ感の毎日。東京を後にして札幌、函館、仙台の転勤先で平和なサラリーマン人生。会社の崩壊と再建。それに伴って謂れなき標的にされ疑心暗鬼にもなった。乗り越えて気分一新と思ったら今度は異文化な人間による異常業務の押し付けによるノイローゼ。業務変更になり今度こその希望が見えたとたんに罠にハマってもがいた末に、とうとうギブアップし転職した。

同じ会社で職務を継続し経験を重ね深めることが美徳であり目指すべき姿と信じていた私だが、同業他社への転職は大変良かった。同じお客様を相手に同様な製品を扱っているのだが、こんなにも違いがあるのは、つまり会社の質と業績に差が出て来るのは、このような社内における有機的な連携に歴然とした差があるからなのだと思った。

それを直に学べたことはその後の人生に応用が出来そうだった。或いはその一員としての経歴に誇りが持てそうで嬉しいのだった。

前の会社も合併の度に同業他社との交わりではあったのだが、吹き溜まりに集まった者同志の交わりでは学びにも誇りにも成らない。吹き溜まりとは言い過ぎだが、派閥争いではなく営業スキルで競い合えるような交わりであって欲しかったと強く思っていた。

この会社の社風も元々の会社と似たような温和で紳士的なそれだ。同じ業界、同じお客様、同じような製品数、同じような黎明期を過ごして来た、同じ外資系の診断薬メーカーのこの会社。グローバル本社の合併により日本でも競合他社との合併を経験しているところも同じだ。では何故元々の会社と違った歩みだったのだろうか。
一、二を争う会社への成長の基盤は質の高い製品を造ることだった。その源になっているのが質の高い製造力を有する日本メーカーとのタイアップであった。家電メーカーとしても知られ、医療機器メーカーとして業界トップクラスの日本メーカーとのタイアップをスイスのグローバル本社が英断し、その数年後には日本の高度なノウハウが詰め込まれた新製品により、全世界でのシェアをそれまでの中堅クラスからトップクラスへと押し上げるに至ったのだ。
一方、元々の会社にも同様なチャンスがあった。生活習慣病関連の小型機械分野においては国内トップメーカーだった元々の会社に、同じように家電メーカーとして国内トップ企業の医療機器部門から、革新的で全く新しい測定ノウハウを搭載した小型機械の提携販売の申し出があった。

そのノウハウとはそれまでお客様が待ち望んでいたとても便利な測定方法であった。トップメーカーの実績と相まって新製品として爆売れ必至だった。しかし、当時の部門責任者が門前払いをしたと聞いた。そのノウハウが無くても売れ続けると思ったのか、提携販売が面倒だったのか、宝の山の権利をミスミス逃したのだ。

申し出を断られたその企業は、その後当然、国内第二位のメーカーに持ち掛けた。そして当然それは受け入れられ、その先は言うに及ばずだった。たちまち一位と二位は逆転しその差も拡がるばかりだった。元々の会社は宝の山を逃しただけではなく、業績悪化による合併騒ぎの連続に陥り、斜陽企業の凋落ぶりを見せてしまうに至ったのだ。おまけに元々の会社のグローバル本社は、日本のこの元二位のメーカーと画期的新製品の売買契約を結び日本以外の全世界で販売すると言うオチまでついた。

元々の会社の当時の部門責任者が一人で判断してしまうような会社のシステムが元凶であり、この会社とは根本の体質が違っていたのだ。

この転職は私の社会人人生に非常に大きな教えをもたらしてくれた。それは、企業は従業員同士の連携の質が一番大切であると言うことだ。付随的に従業員各々が高度な連携に対応できる自己研鑽にさらに取り組む。その結果、連携の質はさらに高まるのである。

企業には従業員が沢山いる。それぞれ考え方も違う。それはお客様にしても同じだ。多様なお客様ニーズの受け入れ方に対して、一人だけで考え行動していてはチャンスを狭めてしまうのだ。基本となる戦略や機先を制するアプローチの策定には有機的に多角的で慎重な見極めが必須なのだと強く思われた。

元々の会社は、グローバル企業と国内最大手の製薬会社との合資会社であった。競合の緩い検査項目におけるパイオニアとして間違った自尊心で安心しきり、のほほんと流れだけに任せていたらまんまと他社に足をすくわれてどん底に転落してしまったのだ。

そんな勘違い人間ばかりと同類項になることも私は嫌だった。

たまたまこの会社に転職出来たのだが、この会社が業界トップに飛躍した要因を観察してみると、真の会社人としてのあるべき姿を目の当たりにすることが出来た。

サラリーマン人生の折り返しにあたって、自分がこれまでの会社人として丁寧に真面目に行動して来たことや心掛けて来たことと、そのあるべき姿との間には本質的な差が無なかったことを確認出来たのでもあった。

そしてそれは、これまでいくつもの逆風を不条理に感じていた私には、本当は私の方が正しかったのだと反論するに充分であり大変救われた感があった。

思いがけない再会

本社にて転職新人の研修が始まった。この本社ビルには採用面接のために二回来ていた。時間調整のために入った向かいの喫茶店も懐かしい。あの喫茶店にいる時から緊張してポーっとなっていたことを思い出す。

部屋には既に数名の新人がいた。渋い人相ばかりだ。二十一年前の本当の新人同士の顔合わせとは当然だが全く様相が異なる。皆、何かを捨て何かを背負って来ているのだ。

定刻になると、新製品部門の責任者が現れた。

違う。一目見ただけで全く違っている。先月までいた会社の上司たちと顔立ちが全く違う。輝く瞳が放つ鋭い目線。健康的な顔艶。利発そうな唇の締り。髪形もサラリーマンに相応しい。話し方も落ち着いていて、見るからにザ・聡明と言う感じがみなぎっている。

濁った眼差しで部下を自席に呼びつけて机の上のプリントを読ませたり、いつも貧乏ゆすりをしたり、髪形がパンチやオオカミなどでは決して無い。気まぐれに無実の部下に対して顔を真っ赤にして会社を辞めろとも言わないだろう。しかし、その問題は私にも非のある場合がある。言動には今度こそ気を付けなければ。

かくして、雲上人の責任者と流転者の同僚たちと共に、私は本当の新人の時以上に希望に満ちて再スタートを切ったのだ。唯一、ノイローゼになった待機当番と同じ製品類を再び扱うことに心のモヤモヤはあったのだが、この会社なら知力・財力で再びの悪夢は無いだろうと勝手に確信した。

営業の実践的な討議に移った。やはり皆、救急の中型機械販売の本格的な経験者ばかりで、それも生粋の機械屋であった――機械モノの営業は販売金額の大きさと一度購入するとその後十年は買い替えが無いことから、狩猟的であり営業の醍醐味が大きい――。各自が機械屋独特の自負を持っている。販売戦略では十年を超える経験者たちがここぞとばかりにそれぞれの持論をぶって来るのだ。

私には二年弱の経験しか無く、しかも待機当番で潰れてしまっているのだ。自信を持って言える中味など何もない。万が一聞かれれば、せいぜい『お客様第一です』としか答えられない。どうすれば売れるのかのテーマに移っては、真剣な顔つきを保って時間が過ぎるのを待つばかりだった。

今回集まった立ち上げメンバーは全部で五名だった。全国の八エリアを全部カバーできる頭数は揃っておらず、日を追うごとにポツポツとメンバーが追加された。

研修も一週間を過ぎた頃、私はザ・聡明責任者から意外にもあの切れモノ所長のことを聞かれた。彼の実態を知りたがっていた。採用を考えているのだ。

前の会社を辞める時には、既に仙台の切れモノ元所長も会社を辞めていたことを知ってはいた。その後のことはまったく耳にしなかったが、彼のことだから上手く立ち回って収まるところに収まっているのだろうと考えていた。

私は切れモノ元所長に会いたくもあったが、胸の内は穏やかでは無かった。あの待機当番によるノイローゼでこの会社の小型機械グループに転職しようとした際に、『あの会社に行って将来がありますか？』とまで彼は言い切ったのだ。その本人が応募したのか。

あれはやはり私の引き留めであって本当はこの会社の将来性を悪くは考えていなかったのか。もしここで私と顔を合わせるのなら、どんな顔を彼はするのだろうか。

ザ・聡明責任者には『あの人は、力はあると思いますよ』とだけ答えた。

それから一週間程経過して、やはり切れモノ元所長は現われた。今回の立ち上げメンバーとしては最後の採用であった。

彼には支店長職などの職務経歴があり、我々一般営業マンとは際立ってキャリアが違っている。採用する側としても見込める人材なのだ。そして、そのような別格な経歴の彼の登場は、新製品立ち上げメンバーとしては真打登場の感もあった。

皆への自己紹介に続いて、彼は仙台エリアの担当と知らされた。

そうか、入社が遅かったなら仙台にまで戻れたのか。そこまでを見通した応募のタイミングでは無いだろうが、仙台にまで戻れるには運が違っているようだ。私らしい宿命だ。いや、首都圏を舞台に出来る誇りを持つことにしよう。


「小浜さん、いたんですね⁉」

休憩になり真っ先にやって来た彼は、意外だと言う表情を露骨にして見せた。あの待機ノイローゼと同じ救急の中型機械。よもや二度とその領域に私は近づかないだろうと思っても不思議は無い。

彼は自分の言ったことを覚えており、懐かしい訛り口調で話を始めた。

「いや、私はあの時にこの会社の小型機械部門は将来性に乏しいと言いましたが、今回の中型機械はまだ見込みはあると思って応募したんですよ」

彼にしてもやはり私とのここでの再会は全くの想定外らしく、本当にバツ悪そうに焦って言い訳するのが分かった。だがそんな必要は無い。前の会社で荒波に押し潰された者同士だ。ここで力を合わせて盛り返そう！　でも、この人には注意が少し必要だ。

三度目の立ち上げメンバー

この会社に転職したのは十一月であり、本社での研修期間を終了してもうすぐ十二月。年明けからはいよいよ新規事業のスタートだ。立ち上げメンバーのそれぞれが競って各エリアで採用第一号を目指すことになる。本格的に支店での活動が始まる。私のサラリーマン人生の第二章が始まるのだ。

月曜日朝。私は再び全支店員に紹介され、皆からの視線を捉えた。それは元々の会社の新人配属の時のスーパー新人君への視線とやや似ていた。しかし今回は、外様のベテラン営業マンの実力に興味津々であったのだ。彼らがこれまで扱うことが無かった製品ジャンルが私の担当であり、営業力を測るモノサシとして異なってしまうのだが、経験者としてのトータル力に興味があるようだと妄想した。

でも、私にはその期待に応える自信はあまり無かった。トータル力は言うに及ばず、専門的経験にしても待機当番でギブアップした人間なのだ。だからいずれ化けの皮は剝がれるだろうが、唯一のいつもの戦法である協調性、迎合力で乗り切ろうと思い巡らせながら皆へ微笑みを返していた。

肝心の事務員は二名いた。一名は正社員で三十歳前後の細身で首から下に魅力を感じる女性。入社前の社宅を決める際に、賃貸情報の雑誌をわざわざ大阪に送ってくれており、電話の可愛らしい声と共に優しい心も魅力だとその時は思っていた。もう一名は派遣の女性で二十歳台後半のようだ。やはりスタイルが良く、ボブカットで美形だ。クールビューティだ。派遣とクールとが相まってか近づきにくい雰囲気がある。

そう言えば前の大阪の事務員はどうだったけ？　三名だった。一人は二十歳台だが、例のクリーニング屋のオバちゃんの予備軍みたいで、常にビシビシ言ってくるので怖かった。二人目は三十歳台で真逆のおっとりの美形だ。全くの美形で、かつ天然的おっとりであるため対処しづらく、結果としてこれも近づきづらかった。そして三人目はパートの三十歳台の女性でシングルマザーらしかった。何故か私の送別会に参加してくれたのだ。三人三様で容易には溶け込めなかった。そして今は、大阪はもう思い出なのだ。

本核的な新製品販売開始にあたって、これまでのようにエリア営業マンとの同行を順次行った。エリア営業マンは九名いた。同行での日常会話でも話の内容と話し方に気品が皆に感じられた。

大方の営業マンは、私の分かる話題で気遣って話してくれた。中にはウイットを取り込むことに怠りが無く常に笑わせてくれる営業マンもいて、ザ・聡明責任者はもとより、ここの社員の質は高いのだと改めて感じさせられたのだ。

そのような中で、身近に感じる営業マンがいた。私と同じ転職組でこの業界一、二を争うライバル会社から来たのだった。私より数歳下で四角い輪郭にギョロ眼に太い眉はインパクトが強く、あるアニメのキャラを彷彿とさせた。話し方に沖縄を思わせる訛がある。出身もその手前らしい。こちらの話が終わらないうちに話し出してしまう品の悪さは、昔の仲間を思い出させた。話題も芸能界のスキャンダルが好きなようだ。

生え抜きの質の高い社員との気を遣う会話ばかりでは疲れてしまうため、この営業マンとの同行は息抜きになると思った。彼の素の雰囲気は、そのまま彼の営業スタイルでもあった。相手とは境を作らない営業スタイルをポリシーにしているらしかった。

私は外様社員であり、生え抜き社員のほとんどからはまだまだ檻の中の動物扱いされていた。同様に新製品へ対しても、ここでも尻込みしている営業マンが多く見られる中で、沖縄訛りの彼はこの新製品に対して大変意欲を示していた。

全エリア担当者との同行も終え、次は案件の出現が待たれる段になった。それからしばらくして、彼は見込み先への同行を依頼してきた。

この沖縄君の担当エリアは千葉県であり、その中でも外房にある、かなり大規模で常に先進的経営で有名な病院を担当していた。この会社の主戦場は臨床検査室なのだが、このかなりの大規模病院の臨床検査室は超お得意様だった。キーマンとの関係が良く、臨床検査室向けのこれまでの新製品はほとんど採用されていた。

前の会社では買い換えのための既存顧客への定期訪問だけでも多くを占めていたのだが、今回は顧客ゼロから始めなければならない。需要の多い緊急性の高い医療現場をも直接訪問することが必須なのだ。我々は病院の新たな分野への展開が求められていたのだ。

その点、この外房のかなりの大規模病院は絶好のターゲットであった。単にかなり大規模であるだけでは無い。この超お得意様である臨床検査室を足掛かりにして医療現場へと展開をする価値が充分にあると思われたのだった。

救急の中型機械は、血液検査の専門部署である臨床検査室の他にも文字通りの救急外来や手術室、集中治療室（ＩＣＵ）、などで使用されている。

沖縄君が懇意にしてもらっている臨床検査技師によると、この病院では規模が大きいことから新生児や心臓疾患専門の集中治療室や呼吸器系の病棟でもニーズがあることが分かった。また、現在使用している検査機械は全部が前の会社の製品だと言う。加えて、救急の中型機械の選定はこの臨床検査室では行われないことも分かった。

選定は、心臓外科の手術で人工心肺を操作する臨床工学技士（Medical Engineer＝ＭＥ或るいはClinical Engineer）が担当をするとのことだった。臨床工学技士は手術室や透析室など臨床の現場で患者様へ装着する機械を制御し医師のサポートをするのが役割だ。

選定を担当するこの臨床工学技士は、大変デリケートである人口心肺を使用する手術のサポートをしている。彼らが救急の中型機械で患者様の状態を確認しながら手術は進められるのだ。他人には選定を任せられないのは至極当然であった。

我社の超お得意様の臨床検査技師が選定するのだったら出来レースに持ち込めるのだが、残念なことにそのストーリーは望めないことになった。と、沖縄君は嘆いていた。

しかし、臨床検査技師が選定したとしてもこちらは全く無名の機械だ。出来レースなどあり得ないだろう。この規模の病院で選定キーマンに早々と辿り着けただけでも超お得意様のおかげだと思った方が良いのだ。

早速、懇意の臨床検査技師さんに仲介して頂き、担当の臨床工学技士さんへ製品紹介と状況の確認に向かった。この領域への訪問は前の会社時代でも立ち合いの手術室や開業医の分娩室などとあまり経験は無かった。だが、初めてでビビる沖縄君の目を意識しながら、私は経験者として自信ありげに廊下を進み目的の臨床工学技士さんのもとへと向かった。

「そろそろ更新検討を考えていたんです」「何社か候補に挙がりますがよろしいですか?」

臨床工学技士の方々には我々は無名のメーカーであり、門前払いもあるかと思っていたが検討をして頂けることになった。臨床検査技師からの紹介もさることながら沖縄君の飾らない熱心さが、この責任者の心を開いたのだと思った。そして、たまたま更新を意識する時期に差し掛かっていたことが運命的な巡り合わせであればと願った。

結局、この機種選定は、①我社＝ここの臨床検査室では絶対の実績があるメーカー　②現行の会社＝前の会社、使用中のアドバンテージはあるハズ　③A社＝この救急の中型機械ではシェアが一番大きい元祖的、伝説的、憧れ的メーカー、でもコストがバカ高　の三社によって行われることとなった。

具体的検討の最初にランニングコストの検討を行った結果、A社は早々と落ちてしまった。この病院は先進的経営に努める企業なのだ。先進的経営とは高品質省コストの実現のための手段を常に模索していることである。その経営理念からすれば同一の使用目的で同格な測定仕様の製品同士にあって突出したコストは許されないのだ。通常、コストの検討は最後なのだが、この病院では最初に行うことがその徹底した経営理念を窺わせた。

実機を導入して前の会社との闘いが始まった。懐かしい機械を見ると、あのゴタゴタした当時が再び蘇って来た。私は戦火を逃れて亡命して、そして生まれ変わったのだ。

二社の検討は一ヶ月間の予定で穏やかに進捗していた。細かな質疑はあったものの、半ばを過ぎても特にクレームも変なデーターも出ていない。一方の前の会社に検討すべき製品は無かった。新製品は無く既存の現行機種のみであったために実機検討は無かった。未知数も期待値も無いのだ。機種決定の要因は我々の出来次第と言うことになる。

我々のアピールポイントとしては、煩雑なメンテナンスが不要と言うことで、インパクトはそれほど強烈ではなかった。ゆえに臨床工学技士さんの反応もしみじみとしていたのだ。改めて感想を聞いてみても『良さそうな感じはするけどね』と言った程度だった。憧れのA社だったらもっと感情はあったのかも知れない。病院の経営理念に基づいて彼らも選定作業を粛々と進めているのだった。

実機による一通りの検討が無事に終了した。ある程度の結論を示される段だ。

「そうですね、どちらかのメーカーをいずれかの時期に導入することになりますが、ご縁があったらということで。使わせて頂いてありがとうございました」

（えっ、それだけ？　これって、ダメだと言う事か……）一瞬、沖縄君と顔を見合わせた。

「楽しみにしておりますので、是非ともよろしくお願い申し上げます！」渾身の最後のお願いのつもりだ。でも、渾身のお願いに対する結論らしい結論は最後まで聞けなかった。

いつもの活動

仙台で覚えた《公開ナンパシステム》であるお見合いパーティーに溺れていた私は、その後の大阪でも没頭し、そして浦和に移った後も同じく没頭しようとしていた。

没頭するには時間とお金が必要だが、時間の方は問題無かった。お金の方もギャンブルと違って一回で約五千円とサラリーマンが没頭できる設定になっていた――でも計算してみると後々の参加も含めて生涯の投資金額は新車一台分にはなっていた――。

仙台や大阪では、タウン誌を購入して開催のスケジュールを確認していたが、浦和では携帯で確認出来た。そして、常連客と認められると電話がかかって来るのだ。今日は参加女性が多くてチャンスですよ⁉　とお誘いの電話が来るのだ。それではと、勇んで向かってみるも案の定いつものように女性は少なかった。主催者の言い訳は、予約は多かったがドタキャンが相次いだ、と言うのが毎回だった。

悲しいかな私を始めとする毛穴から既によからぬ液体が出ていそうな常連の男性連中は、ここで騒いで印象を悪くし本当に女性が多い時に誘われないことを恐れ、この見え透いた言い訳に何も抗弁せず、そそくさと席に着いて大人しく女性の到着を待つのだった。

浦和に住んでいたが、銀座の雑居ビルで開催するパーティーが私の主な活動の場だった。

浦和や大宮での開催もあるのだが、日程がぽつぽつであることと参加女性の第一印象がぼやけていた記憶がある——年齢層が広めでクスぶっている感が強かった——。

この銀座のパーティーでは参加者数が多く女性も割と揃っていることもあり、カップル成立の期待が持てるのだった。

私は今度こそ自ら男にならなくては。

大阪の彼女は最後、『今度、友達と沖縄に行くの』とメールが来て、その出発の前夜に会った。普通に食事をして、食事の後は普通に街を流していた。やはりあぐねていた私はそっと彼女の横顔を窺った。彼女はしょんぼりと思い詰めた眼をしていた。私は、旅行の前日は無難に早めに睡眠をとるべきだと考えていた。以降連絡がつかなくなった。

お見合いパーティーは現在が独身者であれば誰でも参加出来る。進行の最初は回転ずし形式の一対一の自己紹介で、その後フリータイムの時間になる。意中の異性との再度のお話をトライする時間だ。

この時間ではことごとく未婚者と結婚経験者では異性への態度・対応に明確な差が出る。バツ有りの男性は、私が良いなぁなどと目の前の女性にモジモジとしていると、横から一気にその女性に話し掛けてさらって行く。反対に、綺麗な女性が堂々と話しかけて来たなと思い左手薬指を見てみると、そこには絆創膏が巻かれていたりする。恐らく彼女は結婚指輪の跡を隠して参加している既婚者なのだ。独身の友人の付き合いで参加したと思われた。危険を察知して、変な男に来られるより安全そうな私へ逃げて来たのだろう。

結婚したから壁が無いのか。壁が無いから結婚出来るのか。それはどちらでも良い。私も勇気を持って積極的に行かなければ。カップルになっただけで満足していたのではずーっと中学生のままなのだ。

浦和に移って最初にカップルになった女性と台場に出かけた。台場のとある大型娯楽施設に行ってお化け屋敷に入ろうと決めた。ここからスキンシップは始まるはずだ。でもいきなりお化け屋敷では彼女も心構えが出来ていないだろうと考え、ショップなどを見て回ってからにした。

いわゆる、お台場。とある大型娯楽施設。

元々の会社の新人時代に、造っている最中の東京ディズニーランドのお城が湾岸の高速道路から見えていた。あそこに行く人達って恵まれた人達なんだろうな、と苦学生だった私は別世界観で見ていた。それから約二十年が経過した現在、ディズニーランドでは無いが幸せそうな人たちが集う大型娯楽施設に来ることが出来たのだ。私の生活レベルも人並になったのだなぁ、などと片方の脳では思いに耽っていた。

傍らの彼女に合わせて歩いて行く。すると、あるフード店で彼女は急に立ち止まった。そして、小銭入れを出している。

(最初のデートでロクに話もせずに一人で何か食うのか？)

そしてやはり、彼女は何も言わずにフランクフルトを買って、それを食べ始めた。

(えっ⁉　やっぱり食い始めた。好きなんだろうけど、今食うかぁ⁉)

「おいしそうですね。好きなんですね」

「私、これ見るとつい買っちゃうんです」

(だから太るのだ⁉)

三歳年下でＯＬの彼女はポッチャリでは無いが、それを予感させる体つきではあった。

私は太っている女性にトラウマがあり苦手意識がさらに働くのだ。それは、元々の会社の札幌時代に起こったススキノのある夜の娯楽施設での出来事だった。

相手をしてくれたのはポッチャリの嬢だった。ルール説明を終え、着ていたナース服を脱ぎ終えると彼女は小部屋の灯りを消した。それが始まりの合図だとススキノ初心者にも分かった。真っ暗ということは客も恥ずかしさを捨てて楽しむことと思い、この際はまずは嬢の背後に回って勤しむこととした。すると途端に嬢は声にならない声を発し始めた。『……◇%#……ぇ……ぁ……えっ……』店もなかなか良い出来た教育をしているではないかなどと思っていたら、急に嬢が灯りを付けたのだ。

その時の私の手の位置は、嬢のお腹の部分だった。経験の少ない私は要領が分からず、実物の女性相手でも半分妄想状態になっていた。そのふくらみと思って背後から一生懸命手を動かしていたのは、嬢のお腹のぜい肉部分だったのだ。私はお金を払って暗闇で懸命に嬢のダイエットマッサージをしていたのだ。それで嬢は、あなたが手をやっているところはチョッと違うわよと、何か言おうと声を発したのだ。

あれから約二十年が経過し、こちらの方も動作的には人並になった自分を確認するために同じ舞台に身を置く手もあるのだが、もはや思い出したくない過去なのであった。

ベンチに座り、食べ終わる彼女を待って再び歩き始めた。気を取り直してそろそろお化け屋敷方面に進まねば。

「ここって、お化け屋敷が有名ですよね。行ってみますか？」

「えー、怖そう。わたし苦手かも知れないけど、行ってみますぅ？」

（……）

この彼女の返事は字面的には見事私の思惑に嵌っている。では何が（……）かと言うと、最初の「えー、怖そう」で、もの凄く臭い息が私に襲い掛かったのだ。あの食べ物にありがちなニンニクエキスなどいろんな物が混じった匂いが私の魂をショゲさせた。平気でそんな息を吐いている彼女にガッカリしたのだ。

（だから言っただろう――言ってはいないが――、デートで最初からそんなもん食ってんじゃねえって！）

私は、相手に配慮した言動でお互いを思い遣ることが、非常に大切だと常々思っている。自分でも出来るだけ意識して行動しているつもりだ。だから全く配慮が無い人間は相手を思い遣る気持ちが無いのか、気配りの必要が無い環境で生きて来た人間であると考える。そのいずれであろうと私とは別の世界の人間だと思っている。

相変わらず心の小さい私は、彼女の心外な行動に不満を抱いたがもちろん何も言えず、かと言って寛容にもなれず鬱積するばかりで、すでに彼女との距離を置いて歩いていた。

（スキンシップはもう無くて良い。早く帰りたいのだ）

明鏡止水

支店で内勤をしていると、事務の女性が私に電話を告げた。電話の約束をしていた憶《おぼ》えがないため故障クレームかと思って相手を聞いたら、あの外房のかなりの大規模病院の彼の臨床工学技士さんからだった。

『お久しぶりです。この前の件でお話ししたいことがありまして、今度こっちに来られますか？』

あの渾身のお願いから約半年。忘れてはいなかったが、あてにもしていなかった。これはご縁なのか、改めての不採用通知なのか。

少し懐かしい感じの、外房のかなりの大規模病院の臨床工学技士さんの部屋の前。沖縄君と並んで約束の時間を待っていた。我々は業界一、二を争う会社の従業員である。お客様に言われる間でも無く、改めての検討お礼は必要だったのかも、と反省していた。

時計を確認して部屋をノックした。

髪を切って若返った感のある責任者。雑談もそこそこに彼は本題を切り出した。

「いろいろな面で検討したんですけど」

（はい、当時はご検討ありがとうございました）

「おたくに決めました」

「えーっ！　本当ですか？」「ありがとうございます！」

私がびっくりしている間に営業マンである沖縄君はお礼を言って固めていた。あてにはしていなかったが、もしやと思い続けていたこの案件が時間を置いて結実したのだ。

選定した理由を話して頂いた。それは、本来は機械の維持管理の為に必要である、定期的で煩雑なメンテナンスが我々では要らないこと、と、リーフ通りの答えが返ってきた。また、測定結果の確からしさを毎日確認するのだが、それも我々の機械では自動で確認できるシステムが搭載されているのが利点である、と、これもお手本のような答えだった。

しかし、もう一つの欠かせない大事な事柄をその理由として彼は付け加えた。それは、両社の営業姿勢や意気込みが違っていたとのことだった。我々は純粋にそして懸命に彼の要望・疑問に対応したが、現行メーカーの担当者は緊張感や意欲が見て取れずマンネリな態度で不安があったと彼は言った。

現行メーカーとは私の前の会社だ。普通であれば少なくとも機種検討の段階では誰しもがそのような態度は絶対に見せない。それはあり得ないのだ。往時私がゴタゴタな理不尽に巻き込まれて戦意喪失だったように、あれから時が過ぎた今でも、まだここにも同じ境地に立たされている社員がいたようだ。

前の会社はまるで別の会社になっているが、まだ昔の仲間は残っている。教えて頂いた営業マンの姿に前の会社の衰退ぶりが窺えて悲しい気持ちにもなった。

しかしそんな気持ちも一瞬だった。我々はこの勝負に勝ったのだ。このかなりの大規模病院での新規採用を決めたのだ。とにかく凄くうれしい！　頑張って良かった！

この時間差の大変うれしい通知は新規採用の知らせの他に、前の会社の衰退、と言うこの勝利の遠因と私の転職の動機とが合致していて、あなたは辞めて大正解でしたという通知でもあったようで二重に満たされた気持ちになった。


この外房にあるかなりの大規模病院は、常々患者さん第一の診療体制及び検査運用を旨としている。今回の救急の中型機械も、検査結果を速く知ることで患者さんへの対応が速く出来ると言う事から、――臨床検査室まで血液を運ばなくて済むよう――機械台数を増やして、よりベッドサイドでの測定に傾注するようになったと知らされた。

病院全体でこれまでは六台で稼働していたが、倍の十二台に増やす予定であると言う。これまでの六台と言う台数も、前職時も含めてそれまで目の当たりにしたことが無かった大きな台数だが、その倍とはどうなるのか想像が付かないくらい大きな数字だ。

流通代理店との契約も済ませ、具体的な納品が始まることとなった。病院側もやはり慎重になり様子を見ながら順次機種交換・増設をして行くと言う。まずは六台を納品し、さらに様子を見て二台、四台と追加すると言う事だ。

今回の十二台の運用は、その主旨から病院の経営にも結び付くプロジェクト的な検査運用になるのだと独り合点した。我々がこの新しい運用に関われるのは、彼の臨床工学技士さんに検討期間中の我々の対応を評価して頂き、我々に任せて頂いたからなのだ。採用後も同質な対応により、無事に十二台納品を達成しよう、彼の期待に二百パーセントの達成度で応えよう、と心に誓った。

でも一つだけとても心配なことがある。それは寄せ集まった我々メーカーの誰もこの新製品の本当の動作特性を把握していないことだ。

実機を持ち込みある程度の血液測定は行った。その結果が合格点だったから採用に至ったのだが、果たして本番はどうなのか。臨床工学技士さん以外の特に看護師さんや医師が操作する部署もあるのだ。操作が基本に忠実であるとは本番では限らない。

かくして、最初の六台が納品され臨床現場での稼働が開始された矢先のことだった。残念ながらその心配は現実となったのだ。ある診療科の集中治療室では、医師が直接機械を操作して測定結果を出すことになっている。その集中治療室では測定結果が出ない事象が頻発した。患者様の貴重な血液を頂いたが肝心の結果が出ないのだ。

早速私は現場に立ち合った。患者様が横たわり緊張感のみなぎる部屋の片隅で、私は測定する医師の手技を一つ一つ確認するのだ。

この集中治療室では患者様の特性上血管からの採血が出来ず、かかとに針を刺して表面に出て来た血液を採取することになる。そのため、通常の注射器ではキチンと血液を採取出来ない。その対策として微量の採血ができる毛細管と呼ばれる特殊な器具で血液を採り、それをそのまま機械にセットして測定するのだ。

毛細管とはストローをごく小さくしてガラス製にしたようなものだ。液体が文字通り毛細管現象でその極細の管の中に吸い込まれるため、血液の微量採取に使用される。

立ち合いを始めて間もなく分かった意外な原因は、毛細管を使用して測定する場合は我社の専用の毛細管の使用を推奨しているのだが、実際はそうでは無かったことだ。周知不足による、機械の良し悪し以前の原因だ。ゆえに解決はすぐに出来るように思われた。

ところが一方で、医師側にすれば血液の微量採取は非常にデリケートな作業なのである。使い慣れた毛細管でなければ患者様に不要な身体的負担を掛けてしまう危険がある。そのために、毛細管の変更は出来ないと言う反発があった。

それに今までの機械では専用でなくても結果が出た。この新しくなった機械でも全く結果が出ない訳でも無いのだから対応は出来るハズだと言うのだ。

　このご意見を頂いた以上は、専用毛細管への変更はかなり困難だ。彼の臨床工学技士さんからも『なんとかならないの？』と言う希望的プレッシャーを頂いた。

　それに、お客様のご意見も合理性があり道理でもある。わざわざ用具を替えて患者様へのリスクが発生することは避けるべきだし、推奨方法では無いが禁忌でも無い使用方法の可能性を追求せずに諦めることに納得がいかないのだ。

　厳しいご意見も結局は病院の使命である患者様の為なのだ。そしてこの使命に沿えなければ、メーカーとしては失格であるのだ。

　その後検討した結果、お客様の言うように現行の毛細管でも使用できるコツはあったのだ。機械にセットするコツだ。早速この集中治療室での新しい機械の新しい操作方法を操作者全員に直接伝えることにした。

　チャートを作成し、それを各自が参照しながら測定して行く方法もあるが、直接伝える方が着実なのである。それに臨床工学技士さんや臨床検査技師さんにも受けが良さそうだし。

　そうして、操作者全員への説明は一週間で終えることが出来た。その後、クレームは発生しなくなった。ただ一人、ある女医さんを除いてだが。

天災は必ずやって来る

私が入社して三年目を迎えるが、この会社では組織の見直しが毎年行われている。組織変更が毎年どこかの部署でなされている。それは経営理念である利益の追求を模索し、捻り出された結論なのである。

しかしその結果から鑑みると、この行為は新たに利益を生み出すというより、日本がグローバル本社に対して目標未達への対応策をアピールするに等しく、その度に社員は毎度毎度この効果的新組織のアピールに付き合わされ被害を受けるのだ。

今年は埼玉支店だった。私の所属する埼玉支店は大宮にある。毎週月曜日の朝会議の出席など支店への出社に関しては、浦和からの通勤ということで不便は無かった。東京や千葉から来ている支店員もいたため三十分という通勤時間は恵まれていたのだった。

本社は港区にあり元々は医薬品部門と一つのビルを共用していた。ところが私が入社する直前からその医薬品部門が部署単位でそのビルから抜けて行き、最後まで残っていた部署もついに出て行ったために、一年前から我々診断薬部門の専用となった。

専用となって医薬品の連中に気を使わなくても済むようになったのだが、ビルの維持費も丸ごと我が診断薬部門の負担となった。港区の首都高速と東京タワーが近くにある十二階建ての賃貸ビルの維持費だ。例年並みの営業利益では取り戻すことは出来ない。

そこで経費節約のために大宮にある埼玉支店を本社に移すこととなったのだ。埼玉支店の施設維持費は無くなるのだろうが、本社ビルの維持費と比べたら遠く及ばず、穴埋めには無理があると思われるのだが。

そうして本社ビルに新しい埼玉支店は誕生した。久しぶりの東京でのサラリーマン生活だと感慨に耽ることは無かった。浦和から芝公園への朝の移動には一時間半以上は掛かってしまう。月曜日は六時に車を出さなければ時間には間に合わない。

これまでは、市川時代は電車で四十分、札幌と仙台は車で三十分、大阪もせいぜい四十分、そして最近までは三十分だった。顧客訪問の面でも、千葉へは近くなったがその他埼玉以北の大部分の関東エリアへは大分遠くなってしまい営業効率も落ちてしまった。

社長には必要だったのだろうが、我々社員には何のメリットがあるのだ。支店への通勤時間が大幅に増えて生活リズムも大幅に変わってしまったことに、大部分の支店員はストレスが週を追うごとに高まって行った。

そして今回のこの社長の愚行により、私は更なるストレスに遭遇する羽目になった。

「あら、しばらくぶりだねぇ。ウチに入ったとは聞いたけど、元気だった？」

いつか目にすると覚悟はしていた。そもそもこの会社へ入社するキッカケでもあったのだから、因縁ではあったのだ。忘れた頃に必ず現れて悪さする疫病神のヤツだ。同い年の後輩だ。ハの字眉は薄くなって細目の周りにしわが目立ってきたようだ。

札幌の時から二十年が経過する。その当時出会っている同僚や先輩は数多くいたが、今またこうやって再会する人間は他にはいない。

今回の組織変更に併せて、小型機械の部署もこちらに取り込むこととなったのだ。

「ああ、久しぶりだね。その節はどうも。凝りもせずにまた救急の中型機械やってるよ」

「あの時ずいぶん騒いでいたけど、結局好きなんじゃないの？」

決して好きでこの機械をやっているのでは無い。あくまでこの会社に移る手段なのだがそれを言ってしまうとさらに嫌らしく突っ込まれそうだ。

「なんか、この分野には縁があるみたい」

（で、もう話終わりな！）

「知ってる？　こっちに昔の連中かなりいるよ。完全にこの会社は受け入れ先になってるんだよね」

（それは当然俺も知っているよ。同じ話を繰り返すのも終わりな！）

「それと仙台の時のあの所長もそっちに行ったんだって？」

「良く知ってるね」「でね、今から出なきゃダメなんだよ。これからは機会もあるし、じゃ、またね」

ヤツと話していると勝手なことを押し付けられたり、余計なことを言われて不快になるのが常だ。とは言っても、無理に切り上げようとするとそれはそれで察してしまい変な探りを入れてくる。頃合いを見て自然な流れを作ることが肝心だ。どっちにしても関わると非常にめんどくさい奴なのだ。

この日はすんなりと終わったが、後日、ヤツは本領全開の史上最低の中傷を皆の前で私にぶつけた。やはりヤツは平然と他人が嫌がることをしないと気が済まない、病的な人間なのかも知れない。


芝公園での埼玉支店も四か月が過ぎ、各支店員が諦めと新たな生活リズムを身に着けた頃、遅れ馳せながらの新支店発足お祝い飲み会があった。

引っ越した直後は、支店員の多数を占める埼玉在住の連中は、異常に早い朝の出勤と首都高のべったりとした渋滞に辟易してしまい、皆朝から蒼い顔色をしていたが、この頃になると飲み会に参加する元気も回復していた。

『久々の飲み会だねぇ』『港区だと飲み会もなんか違うね!?』『通勤、慣れた?』

会社近くにある宮崎の地鶏を看板にした大型居酒屋に四十名以上が参集した。久しぶりの全支店員の顔合わせに、一様に気分が高揚している様子があった。そしてその一角には小型機械グループの面々も顔をそろえていた。もちろんヤツもいた。

私はヤツを認めるや目礼した。ヤツはサッとこちらを一瞥して、また周りとの会話に集中していた。

飲み会が始まり歓談に入った。一時間ぐらい過ぎて私と小型機械のグループが話を始めた。

「小浜さん、救急の中型機械ってどうなんですか？　ウチは出来そうなんですか？」

「そう言えば、小浜さん、前の時も立ち上げでしたよね。やっぱり専門家なんですね」

小型機械のグループは同じ支店の所属でも別会社のように扱われているところがあり、真正面からこちらのグループに話し掛けるには少し抵抗があったようだ。私と彼らの中の何人かは前の会社が同じでお互いに知っていた。それで、見知っていて話しやすい私へまず話し掛けたようだ。

私と話し掛けて来た彼とは、互いに背中越しに振り返りながら話していたため、向きを変えようと一旦体を戻した。その話を中断した合間にすかさずヤツが割り込んで来た。

「こいつは仕事出来ないいんだよ。前も新規事業潰してんだよ。本当だよ」

向き直ったと同時に、今まで話していた彼や周りの連中が黙り込んでしまった。

「えーっ、そんなことを言うんだね」

この居酒屋に入る時から言ってやろう言ってやろうと気を揉んでいたのか。私の顔を見た途端に言いたくて堪らなくなったのか。『やっぱり専門家なんですね』と言う高評価なワードがヤツの気に障ったのか。

何れにしても尋常なことではない。ここぞのタイミングで誰もが憚るような悪態を彼は平然と吐《っ》いた。私に何かの不満が言いたくてその前振りのようでも無かった。今の悪態で気が済んだのか、それきりヤツはこちらを見ていなかった。


確かに前の会社では新製品立ち上げメンバーを二度担当し、二度とも結局は軌道に乗らなかった。でも、この会社では結果はまだ分からない。しかし、それ以前にこれは他部署のオマエには全く関係の無いことだ。オマエには利害が無いことだ。何かオマエの気に障る言動を俺はしたのか⁉　何もして無いだろっ！　何でいつも俺に突っかかる！

そんなことを心で叫びながら私はまた正面に向き直った。彼らとの話より自分のグループに今の話がどの位聞かれているのかが心配になった。

「小浜さん、気にしなくて良いですよ」

この会社に入社して以来、何かにつけて私のフォローをしてくれている、やはり途中入社の五歳年下の私の上司だ。

この日も私の近くにいてこの顛末を耳にしていたようだ。この会社は、入社最初に現れたザ・聡明責任者がそうだったように抜かりない社員があちこちにいる。やはり前の会社とは人間の質が断然に違っている。

「しかし今のことは、支店長に報告する必要があると思っています」


それから二ヶ月後の秋の定期異動でヤツは飛ばされた。

ヤツは仙台からの単身赴任だった。以前、『家族をこっちに呼んでも良いと思ってんだよね。学校も良いところあるだろうし、妻だって実家から離れていることではどこに住んでも変わらないし。むしろこっちからの方が札幌便も多いし』などと勝手に気持ち良さそうに陶酔した顔をして話していた。だが思いは叶わずに仙台に戻されたのだ。

あの飲み会でのヤツの悪態の後日、私の上司はわざわざ私の前で支店長へ進言していた。『あの小型機械の彼は、仙台にしょっちゅう帰っているみたいですし、こっちに居なくても良いんじゃないですか⁉』詳細な経緯は別に話していたのだと思う。

ただただ、上司のこの言葉でのみ私は溜飲を下げることが出来たのだ。被告人不在のいわゆる欠席裁判をしてまで私の気持ちを汲んでくれたのだ。そう言うことだ。

この会社は正しくて強い会社である。正義の会社なのである。だから悪は滅びて当然なのだ。もう金輪際ヤツとは顔を合わせることが無いように心の底から願いたい！

（オマエやっぱりバカだったんだねぇ。家族呼べなくなったねぇ。札幌帰らせるのもまた大変だねぇ。それでねぇ、今からもまだ先が長いことだし教えてやるよ。自分がやったことは必ず報いとなって自分に跳ね返って来るのだよ。これからは『因果応報』と言う言葉を覚えておいた方が良いと思うよ）

たまたまだったが、入社面接の際に現支店長は、当時営業の責任者として私を審査してくれていた。自分が推した人間が一介の社員により支店員の面前でケチを付けられたことになる。

それ以上にそのようなモラルに反する行き過ぎの行為はこの会社では御法度なのだ。モラハラ取り締まりの走りだったのか、その方面に敏感な対処をしてもらった。ただしもう片方の本能に基づくハラスメントの方はこの会社はいつまでも噂が絶えなかった。

大きなご褒美

外房のかなりの大規模病院での救急の中型機械の更新検討で、前の会社に勝利し取り敢えずの新規設置が進んで行ったが、ある集中治療室では採血器具の原因により測定エラーが頻発した。しかし、その原因と対処方法が早期に判明し操作者全員にその手技対応を着々と進めたが最後の一人が残っていた。

「言われるとおりにやっています。この機械がハズレなんじゃないんですか⁉」

この部屋の長ではないが、ベテランの域にある女性の医師だ。この機械ではチャンと結果が出る時と出ない時がある。だが、原因となる毛細管の操作の良し悪しの自覚が本人には無いようだ。以前の機械では同じ毛細管でも問題無かったことも相まっている。

他の十人近い若い医師はコツを既に習得しており、取り残されている形でもあり焦っているのも分かる。

「本当にややこしい機械で申し訳ありません。でもこれに決まったものですから、これからもよろしければフォローさせて頂きたいです」

前の会社なら、もう返品はされないしこれ以上は構わないで他所の営業に行け、で終わっただろうがこの会社には余裕がある。当分掛かり切りでも許される。この女医のスケジュールで立ち会ってコツを何とか掴ませたいと思った。

それからは手技の確認のために週に数日のペースで三週間程通うこととした。間の休日に、やっぱりおかしいと呼ばれて駆けつけたこともあった。

クレーム対応のためと言っても診療行為の真っ最中であるため、すぐ横で確認することは出来ない。測定している斜め後ろから、毛細管が機械の血液の注入口にあたっている角度や場所を見るのだ。そして、改善すべきポイントを『先ほどの注入ですが』と、あとから診療の合間を見て伝える。

最初の時点で毛細管が機械の注入口にあたっている角度などにそれらしき原因があったため伝えた。改善ポイントはそれ位であり問題の無い注入手技に思えたが、やはりその後もちゃんと結果が出ないと後日訴えて来る。休日の対応もそれだ——呼ばれて駆けつけるが状況はウヤムヤではっきりしない——。

三週間目のある日、いつもの立ち会いを始めた私を女医さんが部屋の外に導いた。（まずい！　もう止めろか!?）しかし私は、医局——医師の控え室——に連れて行かれたのだ。そして彼女は小袋を私に差し出した。その日はバレンタインデーだと気が付いた。

「えっ、私にですか？　いつもご迷惑をおかけしているのに済みませんです。よろしいんですか？　うれしいです！」

　彼女は私に渡したら何も言わずにさっさと医局から出て行った。

（さすが医者は風情がある。悪くは言っていても決まり事は踏襲するのだな。ホワイトデーは高くつくなぁ、経費は使えるのだろうか）などと思いながら背中を見送っていた。

　そして三週間が過ぎて改めて女医さんに測定結果の状況を確認した。

「あまり変わりが無いけど、工夫してやってみるわ」

　私は釈然としなかった。斜め後ろから見ていても問題は無く、これまで実際に結果が出ないと測定直後に言われたのも一回だけで、原因を伝えてからは直後の結果無しのクレームは無かった。だからてっきり手技が改善されたと暗に言ってくるのではと期待したのだが、『あまり変わりが無い』とは、素直ではない。だが、クレームは収まったのだ。

　彼の臨床工学技士さんには、三週間測定現場に立ち会ったこと、その後クレームは収まったこと、女医さんも『やってみる』と言って頂き新しい機械を使用する気になって頂いていることを伝えた。彼からは三週間を労って頂き、自らも女医さんや他の医師に状況を確認してみるとの返答が加えられた。

　その後臨床検査部も加わり我々の新しい機械には総じて問題が無いとの結論を頂いた。

　あの女医さんも許容したようだ。その後追加の機械も順次納品され、伴って現場の看護師さんや医師への操作説明もなされ、納品・操作説明作業は全部署において滞りなく進んで行った。毛細管を使用する部署は他には無かったために大きな障害も無く進捗した。

最初の納品から半年を掛けて計画通りに十二台が稼働を始めたのだ。


プロジェクト的設置台数を聞かされた時に、病院の決断に相応の二百パーセントのフォローアップをして、無事達成しようと誓った想いが形となって目の前にあった。

この病院はかなりの大規模病院で病棟や集中治療室が他の大規模病院の倍以上はある。新製品を販売開始してから四年目に入ろうとしていたが、全国を見ても一病院で十二台を納品しているお客様は他には無かった。

納品後のフォローで臨床現場の各部署を回っていても、行くとこ行くとこに同じ機械があるのだ。これまでに無かった非常に大きな達成感があった。

この外房のかなりの大規模病院は我社の特上のお客様である。会社がこれまでと勝手の違う《救急の中型機械》を開始してその新製品の採用が懸念されていた。だが、この特上のお客様にも無事に、しかも全国に類を見ない台数が採用になり、勝手の違う製品においても我社の強みを上手く活かせた形となったのだ。

このような大きな達成に対して会社からの嬉しいご褒美があった。マネージャーへの昇格だった。

肩書きのある名刺。サラリーマンの目標の一つだ。前職でも十年選手にペーパー試験で自動的に《主任》の肩書は付いたが、《課長》には重みがある。これからの名刺交換では胸を張って渡せるのだ。渡すのが楽しみになってニヤけない様に気を付けなければ。

そう言えば前職で、切れモノ元所長と疫病神とズケズケ同僚とで、それぞれの思惑が見事に私の人事にひしめいて、結局私のマネージャー昇格が消滅したのだったなぁ。

切れモノ元所長から言われてついつい母親にも言ってしまって、でもフタを開けたら大阪に飛ぶ破目になった。母親にはさりげなくでもいち早く報告しよう。


期せずして昇格した私は社内での待遇も変わった。横並びの机から間仕切りのある机になり袖机も二つになった。部下の経費承認のための上司サインを経理に登録した。経費計算書の上司承認欄にマネージャーはサインをするのが決まりだ。これは、元々の会社でエリア営業マンが提出する週報への上司の確認として、各上司が独自にイニシャルをデザインしたサインをしていたのだが、ESS出身の私はそこに興味が強く惹かれ、既にデザインは決まっていた。ボヤっとながらの憧れと共に予め考えていた案が実現したのだ。

強烈な手のひら返しだったのは女子事務員だった。急に彼女らからの接近が始まったのだ。

もちろん私を好きになったのでは無い。マネージャー経費が目当てだったのだ、
マネージャー経費など確固たる区分の経費は持たないのだが、先達のマネージャーの経費の使途にはその類と思われる領収書を彼女らは目にしていたのかも知れない。

特に派遣の女子事務員からは『小浜さん、課長さんになったんですってね。お祝いに今度食事に連れて行ってくださいよ』などと言う無茶苦茶なタカリのお誘いを受けるようになった。お隣の東京支店の彼女らも含め何名かに囁かれた。

それまでの私なぞは完璧にジイさん扱いで彼女らには全く相手にされていなかったのだが、手のひら返しとはまさしくこのことだ。百八十度ガラッと態度が変わるのだ。それに私の『お祝いに』食事に連れて『行け』とは、無茶にも程がある。それでもここでデレっとなって思い巡らすのが普通の男性社員なのだろう。

しかし君たち相手が悪いよ。たとえ経費が使えたとしても、私はそのようなふしだらなことには絶対に使わないのだ。増してや、真面目で女性が苦手な私は、プライベートのお見合いパーティーだけでも対応に精一杯なのだ。会社でまで余計な神経を使ってはいられないのだ。


（君たち、残念だったねぇ――ｂｙゆうさく）

晴天の霹靂

会社の新規事業である救急の中型機械は、販売を開始して五年目に入ったが一定の方向性を維持していた。

我が埼玉支店も前年専任営業マンが一名増えて二名になっていた。そして最近、彼は私の部下になった。やはり前の会社から来ており、東京エリアで活動していたと言う。ボーっとした眼付きで返事だけは元気が良いタイプだ。

新規事業はこれからまだまだ売り上げを伸ばさなければならない。小さい売り上げをコツコツ集めて行くか、時間が掛かるが第二第三の外房のかなりの大規模病院を獲得するか。どっちでも良いからトータルの結果が必要なのだ。

ところが、この私の部下はどちらの兆しも見せない。週報を見ても毎週毎週同じ内容の繰り返しのように見える。昼間に電話してもなかなか出ない。折り返しも夕方だったりする。同行で車に乗せると間もなく静かになる。寝ているのだ。自分でも悪く思っているのか、頭を振ったり、鼻毛を無理に抜いて目覚ましにしている――でも、抜いたモノを私の車内に捨てるのはやめて欲しい――。

この先どうなるのかと心配だったが、私以上に心配だったのは新しい支店長だった。この新しい支店長は、我々の新規事業の統括責任者——ザ・聡明責任者の上司——として事業開始時から我々を率いて来た。だが、活動が一応の軌道に乗ったことから、最近支店管轄に戻ったのだ。因みに私を推してくれた前支店長も営業本部長に戻った。

この新しい支店長は、新規事業のキーと考えているこの埼玉支店の売り上げを伸ばすために、専任営業マンの変更を考えているとの噂を聞いた。まさか変更されるは俺か。確かにポテンシャル通りの数字は出ていないが、あのボーッとした部下を最初に変更すべきだろう。あれだったら誰が組んでも結果は出せないぞ、ボーッとしてるだけなんだから。などと、もしもの時は嫌味でも言ってやろうと妄想していた。

それから少し経って、前年に中途入社した四十歳前後のエリア営業マンが暗い顔をしてやって来た。

「小浜さん、今度ウチに小浜さんと同じ仕事で私の知っている超ベテランオヤジが来るみたいなんです。それで、もし支店長に入社の良し悪しを聞かれたら、絶対にダメだと言ってくださいよぉ」

（……どういうこと？　なんで私より先にそんな情報を掴んでいるのだ？　その超ベテランオヤジって何モノだ？　一番私に関わることなのに、なんで君はそれを知ってるのだ？）

この中途入社の彼はここに来る前に三社経由している。前職の時に同僚だったその超ベテランオヤジからのウソやハッタリで非常に迷惑したのだと言う。超ベテランオヤジは問題があり幾度となく転職を繰り返しているらしい。今度は我社に来るとの情報を彼の元同僚から聞いたそうだ。ともかく私の部下としては良い人材では無さそうだ。

思いがけない情報を耳にした私は、支店長から何らかの打診があるのかと心待ちにしたのだが、『今度こういうのが来るから』と言う一方的な通達により我々の思惑は霧散した。

現れた超ベテランオヤジはサラリーマン然とした黒ぶちのメガネにジャケットと言った社会に自然に溶け込む出で立ちだった。中途入社の彼から聞いた情報でいろいろと風体の悪いさすらいの営業マンを描いたが、拍子抜けの対面だった。でも肝心なのは、結果を出せるかどうかだ。私も一営業マンとしてお手並み拝見の楽しみなところもある。

黒ぶちメガネにベージュのジャケットと紺のズボンの組み合わせと言う自然な風貌である超ベテランオヤジに最初に感じたクセは他愛のないモノだった。

昼飯を食べていると何か違和感があった。何だ⁉　と思って横で観察すると、まったく音を立てずに食べている。咀嚼音はもちろん食器の音も立てない様に注意深く食べている。そして異常に早い。他人があと三口と言う段階で食い終わっている。これは、多分、自宅での習性だと思った。転職が多い彼は無職の期間が珍しくなく、その間は看護師の奥さんに食わせてもらっている。そのため奥さんの気に障らない様に、急いで静かに何事も無かったかのように食事を済ませる必要があるのだ、と妄想した。

肝心の結果の方は、超ベテランオヤジは、やはりボーッとした部下より営業マンとしては優秀だった。入社五ヶ月後には第一号を出した。私は八か月、ボーッとした部下は一年掛かった。そのボーっとした部下はオヤジと入れ替わりで札幌へ異動になっていた。

販売見込み先の発掘は新規開業もしくは買い替えの情報から始まる。それら情報の効率的な収集手段の一つは代理店営業マンからの入手になる。特に救急の中型機械では対象施設が多岐にわたっているため自身だけでは追い付けず対応が遅れてしまう。

超ベテランオヤジは関東を転々として営業活動を重ねて来た。その際の戦友は関東各地に営業所を持つ機械代理店に籍を置く、やはり年季の入った営業マンだと明かされた。

その代理店の年季の入った営業マンを私は以前より知っていた。彼らの話しぶりから、その営業マンは超ベテランオヤジがこれまで行く先々で買い替え情報を彼に流していた様子が窺えた。これまでの行く先々で、とは、彼らの結びつきは固いようだ。しかし、お互いに何か良いことが無いとその結びつきは続かないだろう。お互いに、だ。

我々の会社は国内ではメーカーと言う立場であっても在庫管理の面では代理店と同じであった。外資系企業である我々の商品在庫においては、グローバル本社から商品を引いて在庫するのだが《過剰在庫》は厳禁だ。

商品を引いた時点でグローバル本社への支払いが確定する為、引いた商品が早くお金にならないことにはマイナス資産を抱え続けることになり、それは絶対に避けなければならない。そのため、全支店で毎週売り上げの見込みを更新して、その販売スケジュールに基づいてグローバル本社への商品発注をコントロールしている。

我々埼玉支店の救急の中型機械のグループでも毎週販売見込みを報告するのだ。私は部下の販売進捗を確認し、自分の販売見込みと合わせてそれらを上へ報告する。

私自身の進捗は部下が知っても応用が無いため、それまでは特段知らせていなかった。だが超ベテランオヤジは突然、特定の病院での私の営業活動の進捗を確認して来たのだ。

彼は胡散臭いが結果を出せる営業マンであり、我々のグループへの貢献を期待できるのだった。その分私自身も営業マンとしての資質を彼から問われることに、いずれなるだろうと覚悟していた。そしてその日が来たのかと思った。

でも、何故ピンポイトで北関東のあの病院なのだろう？　何故あの特殊なところで進捗している案件を知りたいのだろう？　と一旦は訝った。しかし、他に目立った案件は無かったし、この病院の案件は臨床工学技士さんへ飛び込み営業で掴んだ独自案件で結構うれしかったため、ついつい得意げに彼に話していたのか？　などと思い直していた。

それから私は、数字を共に達成すべく同僚の営業マンとして、彼に堂々と新規案件の概要を話し始めた。

「群馬の◇◇病院の腎臓内科がある三階病棟で今デモ中で、臨床工学技士室に飛び込みで行ってタイミング良かったんですよ。飛び込みやってますか？」

私は部下に対して案件獲得のチャンスを広げる方法としての飛び込み営業を勧めたかったまでなのだ。案件の詳細は、関連が無い彼の担当施設では役に立たないと考えていた。だが。

「◇◇病院って＊＊市のですよね？」「三階病棟の腎臓内科ですね？」「臨床工学技士だけですか会っているのは？」「コストとか厳しいんですか？」などと、飛び込み営業には気を留めずに、より具体的な内容を聞いて来るのだ。

私からすれば的外れな細かい質問をするなぁと思っていた。しかし、他に競合も無く秘密裡に地味に小さい病棟の片隅で順調にデモが進んでいることから、このまま受注したら改めて飛び込み営業も大事だと、結果を元にして彼に諭そうと考えていた。

しかし、翌日にまた超ベテランオヤジは私のところに来て、彼には関係のない事柄をまた聞き始めるのだ。

「あの◇◇病院っていつまでデモするんですか？」

（何でそんなことを聞くのだ、そこじゃないだろう⁉）

その質問が彼の営業スタイルに何かの役に立つのか、全然見当がつかなかった。だが、答えない理由も無いことから微笑みながら素直に答えた。

そして、この案件にプレッシャーを感じるようになりながら、臨床工学技士さんにデモの結論的なご意見など、今後の状況を前向きに確認するために訪れた。


「小浜さん、この機械は私としては良い評価で問題無いと思っていたのですが、任せると言っていた医者が突然ここに来て、こっちも検討しろって、これ渡されたんですよ。だったら最初から自分でやれば良いのに……、ですよ」

と、競合のA社のパンフレットを見せていた。

「えーっ、そうなんですか⁉　A社さんがいらしたんですか。よく嗅ぎつけましたね」

「いや、もちろん、私は誰にも話してないですよ」

疑われていると思わせたらまずい。

「いえいえ、A社さんも侮れないなと思いまして」

結局この日の結論としては、我社のデモは操作性や精度など良い結果だったという評価に留まってしまい仮受注もお預けになった。

結論は医者の勧めて来たA社の結果次第となってしまった。

（A社か、あの会社はこの救急の中型機のみで成り立っている会社だから必死なんだろうけど、それにしてもこんな誰も来ないような所でのデモを察知するなんて。こんなこと無かった。このエリアの営業マンって特に優秀なんだろうか）

ほぼ手中にしていた受注が思いもよらない事態で確実に遠のいてしまった。超ベテランオヤジに説教も出来なくなってしまう。

非常に悪い経過だが結論では無かった。十日位経ってまた臨床工学技士さんを訪れた。

「結局、＊＊先生が自分で検討するって言い出して、私の手を離れてしまったんですよ」

「えっ？　腎臓内科の先生自らデモ検討するんですか？」

「そうみたいですよ。私も小浜さんの検討が無駄になったようで、頭に来ていますよ」

これは非常にまずい流れだ。と言うか、これから仮に医師へ訪問してもこちらの機械の結論は臨床工学技士から聞いているから、で、相手にしてもらえないだろう。

これはもうダメなパターンだ。

「そうなったのですか。しかし何でウチがデモしているって分かったんですかね⁉」

「いやそれは分からないですよ。でも私じゃないですからね」

彼は『頭に来ていますよ』と私より先に心を乱していたのだ。私の余計な一言でますます怒らせてしまった。それだけではなく、今日の話でこれまでの『良い評価で問題無い』と言ってもらった関係も肝心の受注ももう無くなってしまうようだ。

ずーっと順調だった機械のデモと臨床工学技士さんとの関係が途中から割り込んで来た医師によって吹っ飛んでしまった。返す返すこんなこと今までに経験が無い。元凶はA社。結局A社が受注するのか。

代理店はどこだ？　A社だと北関東のあの機械代理店か？　超ベテランオヤジと仲が良い年季の入った営業マンがいるあの機械代理店だ。あの営業マンがここの担当だったか。

ああっ!?　超ベテランオヤジが連日私に色々聞いていたなぁ!?　……やられたのかぁ!?　あれは、そうか、あの年季の入った営業マンへリークしていたのか!?　病棟だ価格だとあんなに細かいことを聞きに来て、最後はデモ期間だった。そしてそっくりそのままあの年季の入った営業マンへ伝えてそのままA社の担当者へか……。

彼らの素性を勘ぐるにますます疑いは確信的になった。彼らの連絡しあっている証拠は無いが状況証拠によってリークは確定した。

今回は貸しを作ったのか借りを返したのか分からないが、場所を遠くしても奴らが繋がり合っている理由とは、言い換えるとお互いの何か良いこととは、こう言った非人道的なドラマもどきの他社への情報リークの応酬だったのだろう。

超ベテランオヤジは、同業の転職を重ねに重ねている。このような致命的な悪いクセが巡り巡って次は自分を追い詰め、辞めざるを得なくなる状況の繰り返しなのかも知れない。この件も私が追求すれば何らかの事実が明らかになったのだろう。


入社から一年半後に超ベテランオヤジは我社を辞めることとなった。支店先住者の心に波風を立たせながらやって来て噂どおりのクセを発揮したが、反面、肝心の数字の貢献はあった。だが退職勧告に素直に従って去って行った。辞めさせられることに慣れているように、一方的な勧告に対して何ら不満を口にせずに去って行った。

それは、あのリークや私が知らなかった同様の事件が原因での勧告では無かった。

この救急の中型機械の新規事業は六年を経過するが、最近は会社の期待していた販売実績を示せずに経過していた。一旦は人員や資本を投資してきたが、ここに来て新たな判断が下された。事業縮小の方向にシフトしたらしいのだ。

まぼろしのおわり

国内で救急の中型機械に参入しているメーカーは全部で六社ある。それぞれが自社の強みを活かした独自路線を取っている。

元祖でありブランド力を売りにするA社。それに追随しA社の足りない部分を補強するB社――前職――。独自の測定項目で臨床的意義を強調するC社。面倒なユーザーメンテナンスを最初に無くしたD社。臨床検査室での自社の検体システムとのセット販売で展開するE社。そして我社も臨床検査室で自社の大型機械との総合的な提案を目論んで来た。

我々は六年前に市場に新規参入し、これまで大規模病院の臨床検査室においてはある程度の実績を上げて来た。我々はこの市場で、主に元祖メーカー、追随メーカーと我々との三社で争っていた。歴史のある上位二社は我々に所々取りこぼすことはあっても総体的には安定していた。彼らが取りこぼす程度の売り上げでも新参者の我々には貴重だった。

そのような情勢にあって、E社の大胆な戦術転換は我社への影響が非常に大きかった。

E社の新たな戦術とは他社には真似の出来ない、利益を度外視した、医療機械プロモーションコードの抵触をも厭わないような、覚悟を決めた超低コスト作戦だったのだ。

特定の商品を希望しても予算が無いとそれは購入出来ない。院内予算は、患者様の直接関係する設備や医師・看護師の希望が優先され、その他は院内の力関係で決まって行く。特に患者様との接触が希薄な臨床検査室にはなかなか順番が来ないことが多かった。

満額の予算獲得を断念せざるを得ない局面では、【背に腹は替えられぬ】の例えのように、妥協と言う自己犠牲のもとに、希望では無いが同様の仕様で激安のE社を選ぶことになる。この現象が、中小病院市場において顕著に起こってしまった。

我が社のここ十年は数字の稼げる主力製品で大規模病院を最重視した戦略にあり、その戦略も相まって大規模病院では救急の中型機械もある程度の販売実績を上げて来た。

しかし、大規模病院市場で頭打ちになり次の中小病院市場に目を向けると、すでに超低コスト作戦のE社の躍進が目立っており、我々の救急の中型機械の新規採用は厳しくなっていたのだ。会社は大規模病院以外の市場には目を向けなかった。救急の中型機械では尚更だった。新たな策が無くE社のされるがままに時間が過ぎるばかりだった。

私は支店で机の移動をしていた。マネージャー職を解かれたのだった。それはまた、会社がこの救急の中型機械事業の方向性を完全にシフトしたことを社内に示していた。

パーテーションに囲まれた両袖机のマネージャーディスクから、対面横並びで全席の見通しが良い一般職ディスクに席を移した。

周りの視線に晒され、さらに増してくるこの屈辱感と喪失感。

パーテーションに囲まれて勘違いした訳では無かったハズだ。ここは形式上の居場所であって、自分はこれからも一人の営業マンとして地べたを這ってでも結果を求め続けるのだと、改めてあの時自分に誓ったハズだ。

そう覚悟して初めてマネージャーディスクに向かったあの日。手のひら返しの女子事務員からタカられたあの日。イニシャルサインを経理に登録して一人悦に入っていたあの日。そして、新しい名刺を東京バナナに添えて母親に送ったあの日。すべては終わったのだ。

「小浜さんとまた一緒に机並べられて良かったですよ」

すぐ隣の営業マンから励まされて我に返った。苦笑いで私に話し掛けてくれる彼のやさしさに感謝した。

「戻ってきました。またよろしくね！」

この会社では管理職のままで定年を迎えられる方が珍しいのだ。これが普通なのだ。前からそうであったかのように、この机での日常にじきに落ち着くのだ。

(俺はこれでもう終わってしまったのか？　いや、そうではいない、ハズだ……)

この規模縮小の動きに他の立ち上げメンバーはどう思っているのだろう。

やはり皆一様に不安を口にしていた。早々と会社のメイン商品の担当をすることを決めたメンバーもいた。彼には今まで未経験の分野だが身分の保障はされたと同じだ。

あの切れモノ元所長はこの事態を事前に想定していたのかのように、二年前から既に他部署の管理職に就いていた。この騒ぎにも対岸の火事の構えだ。さすが切れモノらしい。

この会社は元々の会社とは質が違う。こぢんまりのように、用無しになった途端に仕返しの宣告は無いだろうが、用無しの私の居場所が道義的にも大変気に掛かる。

自分では潔さと思っているバカ正直が直せない私は、ギクシャクしている私の今後のありようを、我慢できずに新しい支店長に聞いてみた。

「小浜さん、今のままで良いですよ。会社が何か決めたらその時はその仕事をしてもらうようになりますけど、とりあえず、しっかりお客さんをフォローしてください」

勘ぐりようではどうにでも取れる返答だった。だが、この年下の新しい支店長は、外見も性格もおおらかで、こぢんまりとはしていない。闇雲な考えはせず、今は彼を信じることにしよう。彼を信じて、行けるところまで私の矜持を貫こうと心に決めた。

我々は救急の中型機械において新規での販売は会社から禁止されていた。この事業をすぐに畳めるように身軽にして行くのだ。規模縮小と言うより事業撤退の方が正しい。

反面、新しい支店長の言うように、大規模病院を始めとして各支店で各々約三十施設前後の既存顧客がおり、そのアフターフォローをしっかり務める活動も我社の名を汚さぬために必要だった。

しかし、最後の力を振り絞り新規開拓に努めている古参の支店員からは、意地悪く『そんなんで金貰ってて、楽してると思わんのか』と常々嫌味を言われるのだった。こちらがもはや風前の灯であっても、死に体部隊に落ちぶれていても、憐れむのでは無くあくまで追及するのだ。彼ら古参連中も苦境にあるのだと解した。


我々は社内では真綿で首を絞めるがごとく追い込まれている。メイン商品にシフトした仲間もいる。そんな中で、私はあくまで救急の中型機械にこだわった。それは社内での負けを受け入れたく無い思いと、ある手段で復活の賭けをしたいと思っていたからだ。

その手段とは、一昨年からグローバルの数か国で新発売されていた《新型機械》を日本国内に導入することだった。《新型機械》は、我々の製品のメリットである機械のメンテナンス作業の簡素化――取り出したエアコンフィルターを丸ごと毎回交換するような作業――を、さらに完全にメンテナンス不要（メンテナンスフリー）の形――フィルターが収まっている躯体の部分ごとそのままワンタッチで交換するような造り——にして、この類の機械の弱点を克服した製品だった。省力化と言う最近の顧客志向にマッチしたコンセプトで開発された画期的製品であるのだ。

一昨年から我々には一部の国での販売は知らされていた。だが、その完成度が完璧主義の日本人が求めるレベルに達していないとされ、国内での発売は控えられていた。

本当に未完成の製品であるなら販売は憚られる。しかし噂の真偽は分からない。お客様に求められる機能を有した画期的製品を、日の目を見させずして隠し玉のままで終えるのは大変な後悔が残る。だからなんとしてもこの製品を世の中に出したかった。

救急の中型機械の新規販売は禁止だったが、そのような社内事情は対外的には知らされていなかった。そのため、我々の事情を知らないある代理店から新規の案件がためらい無く持ち掛けられた。そして私は、禁止されている新規の案件をためらい無く受け入れた。

その案件内容は、集中治療室と救急外来でメンテナンスが要らないタイプの中型機械を検討すると言う内容だった。ドンピシャの《新型機械》の条件であった。

救急の中型機械は撤退が決定した今、《新型機械》の販売は叶うハズもない。だがなんとしても日の目を見させたい《新型機械》には勝ち目があると気持ちは逸《はや》っていた。

それは測定項目の差だ。《新型機械》と同じタイプは他社にもあった。機械の動作特性にそれら製品間に大差は無い。だが、医師にとって必要とする測定項目の有無は大きい。その機械の絶対的な価値に繋がるのだ。今回競合となる元の会社の商品には、医師に必要とされるその項目がまだ無かった。そこを決め手にして私はすでに筋書きを描いていた。

代理店と同行して医師を訪ね仕様の確認をした。医師からは、メンテナンスフリーであることと項目の有無で念押しがあった。踏んでいたあの項目も必須であると言う。やはり狙い通りだ。勝てる気がして来た。

ここまでは想定通りに案件は進捗した。だが、最初から分かっていた高い壁が残っていた。《新型機械》に販売許可が下りるのか、だった。

支店長や直属の上司がよく替わる様に、営業本部の販売責任者も定期的に替わっていた。その頃の販売責任者はグローバル本社からの修業帰りで、現実を見るより理屈を尊ぶタイプの人間だった。

会社が救急の中型機械の規模縮小と言う事業撤退を決めた状況であり、それ以前に国内導入の計画が欠片も無かった《新型機械》に販売許可が下りるはずがない。しかし、医師と代理店への釈明も兼ねて、ダメ元の販売許可申請をその販売責任者に上げてみた。

二日後、結果を知らせるメールが来た。販売許可が難なく下りてしまったのだ。

しばらく日本を離れていた販売責任者は、救急事業の撤退と言う国内事情には疎かったように思えた。だから許可したのだと思った。

私にすれば『もう少し夢を見続けられるのだ』という期待と、『取り返しの付かない事態へ向かうのか』と言う不安が交錯して、何ともいえない高揚感に包まれるのであった。

販売責任者の予想外の販売許可により、自動的に《新型機械》やその専用試薬類の価格や商品コードといった流通向けの附帯設定も登録された。ここまでの間にデモも済ませており、もはや肚を括って医師のところへ最終クロージングを掛けに行った。

「こちらで良いと思いますよ。向こうのは項目が足りないですので今回はダメです」

筋書き通りの結果になってしまった。大変嬉しかったのだが後ろめたさも当然感じた。

だがやはりこの機械って受けが良い。会社よ、再開した方が良くないか⁉

自分はもう終わったのかと案じていた私だったが、タイミング良く湧いてきた案件で何故かこの《新型機械》の販売許可が降りてしまい、再び営業マンとしての喜びを味わい充足した気持ちになった。そしてこの案件の勝利に私は心の中で叫んだ。

（どうだ！　俺はまだまだ終わっちゃいないんだよ！）

それにしても今回の決裁が通るとは、あの販売責任者に巡り合ったことは幸運だった。

この生きるか死ぬかの危急的医療の分野は、それまでの我社の平和的なカラーに最初からマッチしていなかった。グローバル本社が決めた路線には開始当初から日本国内では違和感があったのだ。加えてその後の販売実績も将来を期待させる数字では無いために、社長を除く営業部門の中枢メンバーのみにより事実上の撤退が決定されたそうだ。

しかしグローバル本社は、この事業は全世界的にポテンシャルがまだまだ期待出来ると位置付けをしており、当然、全世界的には活動は継続されていた。にもかかわらず、中枢メンバーは社長には撤退の決定は伝えず自然消滅的に終息する腹積もりでいた。

だが、グローバル本社帰りの販売責任者にすれば生のグローバルの流れを鑑みて、当然のようにあの申請を決裁したと言う。グローバル本社に近い販売責任者と日本の中枢メンバーとの間で生じた、私にすれば、ゆがんだ幸運だったと思えた。

そして後々にはこの《新型機械》の販売は、中枢メンバーには都合の良い、社長への活動継続のアピール材料になってしまうのであった。

かくして、私の心残りを払拭してくれる、この《新型機械》のデビューを迎えることが出来るのだ。品質の噂は本当であったにせよ、この会社の開発力を信じていた私は、いずれ噂は消せるものと考えていた。

秘かな夢

「動線からするとこの辺に置いて良いですね」

「電源はそこですか」

「ＬＡＮポートも近くにありますね」

久々の納品作業で私には懐かしい達成感が蘇っていた。

電子レンジを縦にしたようなデザインの《新型機械》。前面の上半分がディスプレイでタッチパネル仕様であるため凸凹が無くすっきりと清潔な体つきだ。日の目を見るに相応しい新製品。そして私の秘かな夢。

国内では事業撤退の決定に伴い新規販売を中止していたのであるが、偶然の社内外の巡り合うべく巡り合わせにより受注に結び付いた《新型機械》の国内一、二号機だ。逆境を押しのけての納品に余計に達成感が大きかった。

設置・動作確認、施設情報システム室へのＩＰアドレス申請及び電子カルテとの通信確認、テスト測定、操作者への取り扱い説明、消耗品の在庫管理、施設側の一次対応ルール、などお客様との具体的な確認を進めながら本格稼働に近づいて行った。

「我々が検討した訳ではないですし。まぁ消耗品ぐらいは在庫しても良いですけど」

この《新型機械》に関して維持管理の打ち合わせがされていなかった。医師にしても、同類の機械の維持管理をしている臨床検査技師が請けてくれるものと思っていたようだ。

「これって、メンテナンスフリーで消耗品の交換も二、三週間ごとなんだったら、おたくが時間見て出来るでしょ？」

消耗品ぐらいは在庫してくれる臨床検査室の責任者からの最終譲歩案だ。この責任者をこじらせると、我社の主力製品のライトユーザーからヘビーユーザーへの昇格も、肝心の消耗品の在庫すら覚束なくなる。私はこの茨城の大規模病院に通い続けることにした。

私は消耗品のことよりも噂に上がるトラブルの方を危惧していた。だがその後、この二台の《新型機械》の動作状況は期待通りに順調であった。噂は噂だったのだろうか。

看護師に随所でサポートを受けている医師までが最近はメンテナンス不要を口にする。人手の問題は切迫しており、お客様の志向は省力化であるのだ。そのためのメンテナンスフリーであるのだ。《新型機械》はこれからさらに強みを発揮するハズだ。

私は次の案件にも密かに且つ積極的に心が傾いていた。来年に予定されている新潟のある大規模病院の臨床検査室での機種更新案件がそれだ。

この新潟の大規模病院の臨床検査室では既に我々の旧型の中型機械をご採用頂いている。

採用から五年間が過ぎており、満六年となる来年の春に機種更新となるのだ。

前回の検討時には、それまで使用していた元祖的メーカーの高飛車な営業姿勢に臨床検査室の責任者が激怒し、当て付け気味に新参者の我々を採用して頂いた経緯がある。

次回の機種検討では、今度はこれまでの我々の営業姿勢に評価が下されることは言うまでも無い。加えて、このご時世に沿った新型機械もチャンと出来ていますと、顧客のニーズに対応出来ているメーカーとしてのアピールをすることも、救急の中型機械のみならず主力製品の採用拡大を狙う上で大変重要なアクションであると考えていた。

先の二台の《新型機械》の導入後の稼働が順調であることにより、私は戸惑うことなくこの新潟の大規模病院への営業活動を開始した。

臨床検査室のキーマンを前にして製品訴求のプレゼンテーションを行った。私は迷いなく自信を持ってメンテナンスフリーの重要性を訴求した。省力化と言うキーワードにしきりに彼らは肯いていた。懸念したこれまでの営業姿勢に苦情は出ず、今までよりさらに手のかからない《新型機械》が自動的に次期機種の一番手候補に挙げられた。

それに伴って、機械の性能検討に入り正確性と操作性が試された。二週間の実機での性能検討も問題なく終えた。《新型機械》で進めて行くという結論が下されたのだ。

購入決定には入札方式が取られた。お客様の希望する機械の仕様――処理能力や測定項目、メンテナンス方式など――が告示され、それに適合した機種――通常はお客様の希望する機種――を一番安い価格で提示した代理店が落札出来る仕組みだ。

さらに、今回の機種検討では救急の中型機械以外にもこの臨床検査室で使用しているほぼすべての検査機械についても同時に検討が進められていた。検討したそれら全部をまとめていくらで代理店三社が提示するのだ。

我々の《新型機械》は二社に組み込んでもらっている。一社はこれまで流通していた地場の代理店で今回も最有力候補になる。もちろん営業マンとも顔なじみで彼は常日頃からお客様からの些細な情報も的確に吸い上げてくれて頼りになる。今回も事前の打ち合わせはバッチリだった。

もう一社は現場との付き合い云々より低価格を前面にして案件を獲得する特徴のある全国的な代理店だ。こちらとは見積書と製品資料を送付し電話確認のみだったが仕様書に問題は無いようだ。そして残る一社には、どうやら遺恨の元祖的メーカーの機種が組み込まれているようだった。

いよいよ入札の日。午前に入札し午後から開札される。その午後になったのだが、いつまで経っても彼《か》の営業マンから連絡が無い。待ちきれずに仲間のエリア営業マンに確認してみた。結果は低価格の代理店が落札したと言う事だった。

この臨床検査室への流通実績が全く無く現場とも馴染みの薄い代理店だったのだが、得意の低価格作戦でふんだくってしまったのだ。我々の《新型機械》が採用されたのだからまずは良かったのではあるが、今までのようなお客様の情報収集に今後の不安が残る。ビジネスと言っても後味が悪い。と言うか不穏だ。不穏な余韻を残したのだ。

ビジネスに徹した新しい代理店から発注があり、《新型機械》はまたもや国内での販売がなされた。先の二台が問題の無い状況から稟議の必要も無く、さらに——後日談だが——社長への継続アピールにも都合が良かったことで、これも特例だが販売は許可されたのだ。

この大規模病院ではこれまでの五台から七台の設置になった。救急外来、集中治療室、手術室、臨床検査室に設置する。これまで毎週定期的に手間を掛けて実施していたいくつかのメンテナンスが、これからは数週間毎の簡単な消耗品交換で済んでしまう。

既にお客様も以前より随分と楽なったと喜んでいた。それを見ていた私は、この機械で新規事業を再開出来るのだと秘かに、そしてさらにハッキリと夢を抱いた。

「酸素分圧（＝酸素濃度）の結果が出ない時があるんです。この検査は測り直しが出来ないので本当に困るんですよ！　こんなことがあると私たちは必要無くなるんですよ！」

それは稼働開始から一か月後の、担当している臨床検査技師からのクレームだった。酸素濃度の結果が出ないエラーが発生する。画面のボタン操作で復帰はするのだが、それまでにしばらく時間が掛かってしまう。それがここ数日間に何度かあったと言う。

早速訪問して機械のログや履歴を確認した。やはり操作ミスではなく機械が勝手に測定不可になってしまうのだ。機械によるエラーのようだ。

外房の大規模病院の場合は、手技上の原因であるのが明白だったため余裕を持てた。しかし今回は原因が不明なのだ。機械本体の一過的な動作不良か、消耗品の不良か。先のあの二台では発生しなかった症状だ。訪問したは良いが全く原因が分からなかった。

「そうですね、今すぐ原因をお話しできるかと言うと、断定することは、それはそれで危険性がありますし……」お客様への言い訳もしどろもどろになる。

そして案の定、その後も同じ現象は続いた。特定出来ないが明確な原因があるということになる。この原因を探って解決するのは、本来は学術や技術の部門だ。だが、正式には認められていない製品であるために、彼らに全面的に任せることが出来ないのだ。

私は最前線でお客様の心情面と機械のエラーの両面の対応でフォローアップに当たることにした。そしてそれが果てしないトンネルの入り口であったとは全く気付けなかった。

分岐点

私の秘かな夢を叶える《新型機械》。だがその動作状況は先の二台とは異なっていた。稼働開始後一か月でエラーを発生し、その後も突然のエラーは続いていた。

問い合わせていたグローバル本社の担当者からは、当該症状は他の国からの同様な報告が無いため受け付けることは出来ないと突き放されてしまった。ゆえに、国内で出来る対応方法は、エラーが発生した際にはまずは原因と思しき消耗品を交換し続けると言った対症療法しかなかった。

消耗品とは血液と反応するセンサーの類で、プリンターに例えるとトナーのような役割のモノだ。これを交換すると一旦は正常な状態に復帰する状況から、原因はこれらの消耗品であると考えられた。

それが原因であることは明確と思われるが、国内では解決できない。解決すべきグローバル本社のQA部門は、製品の根本的な不具合であれば全世界から同様のクレームが上がって来るハズである。だが、このクレームは日本のその施設だけであるため、その施設特有の原因であるとの判断を下した。確かに先の茨城の大規模病院からは同様のクレームは来ていなかった。全世界的にも同様なエラーは発生していない。何故ここだけ起こってしまうのか。

やはり呪われたのか。

そして、一向に解決の目処を示さないメーカーの姿勢に対して、お客様のストレスは高まる一方だった。

「小浜さん、この機械に決めたのは、メンテナンスフリーが最大の特徴で数週間毎の消耗品の交換だけで他は何もしなくて良いと言ったからです。でも現実は、エラーが頻発して消耗品を早い段階で交換してばっかりですよ‼　仰ったこととだいぶ違いますし我々の負担が増えています。ですから、エラーが起こって消耗品の交換が必要になったら、小浜さんが来てやってくれますか⁉」

とうとう爆発させてしまった。エラーが頻発し始めてから三か月が過ぎた頃だった。遅くなったのだが、上司が謝罪するために同行訪問した時にお客様から発せられた。上司も私もそれを拒む道理は無かった。

私は、自分が約束したこの機械の効果が少なくとも現在守られていないことに尚更申し訳ない気持ちになってしまい、一も二もなくお客様からの対応要請を受け入れた。

前の会社で、やはりある新製品を販売したがエラーが頻発する状況になり、原因が分からない私は対応を技術者に丸投げした。しかし技術者は、操作の問題だとして対応はしなかったため、納品から四か月後に返品されてしまった。と言う、過去の大変苦い記憶がこのお客様の爆発により瞬時に蘇って来たのだ。

その時点で私は茨城の二台の消耗品交換の為に定期的に時間を取られていた。そして今度は新潟にも行くことになる。いつ呼ばれるか分からないと言う、前の会社でノイローゼになった待機当番のような生活になってしまうのか。

ここ最近は休みの日にも関連の直電があり、お見合いパーティーの彼女とのデートを白けさせたりしていた——もちろん街中の路上でのこと——。

しかし、矜持を持ってこの《新型機械》に日の目を見させようと決断した気持ちと、解決策が分かるまではお客様に余計な負担をさせない責任はイコールなのだ。決断の気持ちを以って個人の犠牲は望むところであり、正しい矜持の成せる業《わざ》であるのだ。と、思うこととした。それに、ここを乗り越えれば事業再開の夢にまた一歩近づけるのだし。

でも冷静になれば、やはり日本や特定の他国がこの《新型機械》に手を出そうとしなかった判断は正しかったようだ。会社としては正式な製品として認めてはいない。会社としては失敗をしていない。夢見る老兵が独りで勝手なことをしているだけなのだ。

そして、夢見る老兵のしでかしたことが、またまた自身の親不孝をもたらすのだった。

「母さん、悪いんだけど今からお客さんのところに行かないとダメなんだ」

東日本大震災によって母の実家が避難地区に指定され祖母を含む母の実家の家族全員が避難生活を始めた。祖母だけは途中から千葉にいる娘夫婦の家で過ごすことになった。しかし、田舎生活からの環境の変化は身体にも良くなかったのだろう。長生きだった祖母は避難生活を開始して十ヶ月後に亡くなってしまった。葬儀もそのまま千葉で執り行われた。

母親と妹たちが上京して来た。母親は覚悟していたとは言え気持ちの整理も必要だろう。前夜からの慣れない街歩きに疲れた様子も見える。息子としては親孝行のつもりでこちらの美味しいものでも食べに連れて、愚痴やら祖母の話でも聞いてあげたかったのだ。

こういう日は二度とは無いのだし。

だが、よりによって新潟の大規模病院から対応依頼が来てしまった。まさしくよりによってこんな時に。しかし、約束したからには行かないことは許されない。

何をおいても母親への出番が求められているこの状況で、目の前の疲れたままの母親を残して向かわなければならないとは。またしても役立たずの情けないバカ息子ではないのか。

「いいからいいから、お母さんは何とも無いから心配しないで早く仕事に行け」

葬儀の時とは違う涙が出てきた。

繰り返される悪夢

「おたくのような開発力がある会社ならこのぐらいのエラーはすぐ解決するでしょうよ」

臨床検査室の責任者は、担当技師がメーカーの道義的責任として有事の対応を押し付けたことに、いくらかの後ろめたさを感じたようだった。優秀とされる我が社の開発力をその必然性に転嫁するような言い方で、後ろめたさをボカそうとしていた。

しかし、後ろめたさなど感じなくて良いのだ。これは押し付けた担当技師が言っていた通りの約束違反、或いは入札仕様書に則れば契約違反である。ペナルティーは当然なのだ。加えて、この責任者の『すぐ解決する』と言う憶測はその時の私も同感であった。

この会社が販売するいずれの製品も、品質が他のメーカーに比べて非常に高いレベルにあると常々感じていた。前の会社の製品と比べても、デザインだけではなく構造的に安定するような高い完成度の製品を造っていた。

それゆえ、担当技師から対応依頼が起こった際も、結局グローバル本社も動き出してせいぜい一、二年で解消するものと当て込み、メーカーの道義を個人で果たそうと考えた。

しかし、憶測とは全く懸け離れた事態が続いており、それから二年が経過した後も一向にエラーは収まらなかった。

正確には、その後やはりグローバル本社も動き出し、あの一時的な測定不可は改良がなされ落ち着いたのだが、別の消耗品や機械的動作にもエラーが発生していた。一つが解決すると別の新しいエラーが発生する状況なのだ。《もぐらたたき》のように、退治しても退治しても別の穴から新しいエラーが顔を出すと言う状況が日常化してしまったのだ。いつも何かしらのエラーを抱えているという事態に陥ってしまっていたのだ。

今回のこれらのエラーの中には装置が突然に停止すると言った、致命的なエラー症状もあった。この大変致命的な事態をいち早く解決するには、さらに対応スピードを速めるしかなかった。ゆえに私は、浦和を離れてこの病院の近くに住居を移すことを決めた。

しかしそれ以前に、自他ともに認める製品力の高い我が社我がグローバル本社が、何故にいつまで経ってもモタモタしているのだ。と、腹立たしい思いは募るばかりだった。

推測されるモタモタの要因の一つは、使用している部品の契約先にも関係していると言う。機械本体や消耗品のデザインはグローバルのR&Dが行っているのだが、そのデザインに基づいた消耗品を構成する部品の方は下請け会社に調達させているのだ。

一から原材料を求めて部品を形成していては時間や設備投資に無駄が生じる。そのため外注により部品を調達しているのだ。さらに、それらを何社かに見積もらせているらしい。別の下請けに変更になったのを機に、或いは怪しい材料が用いられたり微妙な寸法違いが発生しエラーが発生するのではないか、と、国内では推測されているのである。

他にもエラーが散発してしまう要因は、この《新型機械》は新型であるがゆえにまだ実践での使用数や症例数が不足していることにあるのかも知れない。

例えあらゆる医療現場の様々な血液であっても、様々な電源事情であっても、様々な設置環境であっても、引っ切り無しに測るような過重な負荷が掛かる現場であっても、それらの条件における結果はラボ内での耐性テストの結果と、果たして同一なのだろうか。

先行の他社は同じタイプの装置がモデルチェンジを重ねて三代目のモデルになっているものもある。やはり初期モデルでは苦労していたと聞いた。彼らはそれら現場の結果から表に出ないモデルチェンジを重ねていることも考えられる。

臨床検査室の担当技師は、すべての《新型機械》が置いてある壁に、夜間と休日のエラー発生時の連絡先である私の携帯番号を貼って回った。それまでの案内書には外注しているコールセンターのフリーダイヤルが記されており、そこの担当者が一旦受けて私に連絡するシステムだった。また、訪問までの猶予時間は半日ほどあった。

だが、病院の近くに住み直電の番号も広く知らされ、それにもましてエラーが慢性的であることから、これからはすぐに訪問することが当然の対応と期待されるようになった。

壁に貼ってある私の携帯番号。これでエラーが発生する度にいつでも誰からでも呼び出しを受ける運命になった。これから私には本当の自由が無くなる予兆であった。

金曜や土曜の夜は翌日が休みであるために、録り貯めした番組を見ながらダラダラとビールを飲んでリラックスするのが常だった。浦和にいる頃からの習慣になっていて私の毎週の楽しみなのだ。

［ヴー、ヴー、ヴー……］

この日もいつものように、ダラダラと気持ち良く過ごしていたところに異音が耳に入って来た。耳にした刹那は何だ？　と思ったが、すぐに理解してボタンに触れた。

『あのぉ、すいません、機械が測定出来ないんです。今から来てもらえるんですか？』

これがまたしても陥った、気持ちの休まることのない二十四時間スタンバイ生活の始まりだった。

前職のポケベル当番は五週に一週の拘束だったが、今回の直電対応は二十四時間三六五日の拘束だった。私の他には替われる要員がいなかったのだ。私は夜間も休日も常に拘束され、いつ掛かってくるか分からない電話に備えるのだった。

稼働を開始して五年目に入ったが、エラーの発生状況は全く変わらなかった。呼ばれると私はすぐに駆け付けた。駆け付けて原因になっている消耗品を交換した。時には装置をバラして内部を清掃して、それでもダメなら機械を交換する。昼も夜も休みの日も。

旧型製品の保守のための他のお客様訪問も必要だった。定期的な訪問が必要なのだが、訪問の移動途中に連絡があり何も出来ずに戻ることもあった。本社での会議で移動の新幹線の車中で連絡を受け、改札を出ることなく東京駅でそのまま折り返したこともあった。

さらには帰省の時だった。なるべく新潟を離れないで夕食の時間に合わせて移動するのだが、それでも、実家へあと一時間という距離で連絡が来た。もちろん引き返すのだ。私はそれらエラーの連絡に、いちいち絶望感に陥って行ったのだ。

昼の時間や帰宅後の寛いでいる時間帯に急襲されるのも絶望感が大きかったが、真夜中のすでに寝ている時間帯に直電で起こされるのはさらにダメージが大きかった。身体的ダメージは当然だったが、作業後はタクシーも捕まらず誰も歩いていない通りをとぼとぼとひたすら歩かなければならないという、絶望的な孤立感に見舞われるのだった。

そしてさらにさらに精神のダメージが大きかったのは、布団に入り眠りに落ちる間際に、電話のバイブレーション音が聞こえてしまうことだった。真夜中の電話によってますます電話の着信に心が奪われてしまい、それ以来度々寝入りばなにバイブレーションの幻聴が聞こえて来るようになり、いちいちハッと目覚める。

まったくの幻聴の時もあれば救急車のピーポー音がそれに聞こえた時もあった。音のインターバルがバイブレーションのそれと丁度同じなのだ。

そうして私は、夜になると電話のバイブレーションに常に注意を払うようになり、テレビCMやドラマのバイブレーション音に慌てて身構えることもしばしばだった。


この五年の間に本社の営業本部長を始めとした様々な顔の社員が、『改善報告会』と称してお詫びのため定期的にこの病院を訪れた。また、日本とグローバル本社のやり取りも何回も繰り返された。グローバル本社の担当者がこの病院に直に訪れ環境調査も実施した。

だがいずれも明確な改善進捗は無かった。誰を引っぱり出しても解決出来なかった。

新規事業再開の夢は遠のくばかりで、絶望が頭をよぎるのだった。


「この年末調整の申告書には本当は意味が無いんですよ」

私はこの年の年末調整の申告書を指して、同じく駐在していて昼飯を一緒にした同僚にそのように言ったらしいのだ。覚えていないのだが。

　この申告書はそれにハンコを押すだけでお金が戻ってくる。本当はこの申告書には大変意味があるのだ。サラリーマン三十年選手である私は、むしろ毎年これを楽しみにして来た。この言葉を聞いた同僚は、小浜が変なことを言っていると思い上司に報告したらしい。

　一方で私は、その以前からマンションの隣室からの騒音がうるさく、特に真夜中にガンッと言う、恐らく戸を強く閉める音で目を覚ますことがあると、やはり上司に訴えていた。マンションで隣室の騒音って聞いたことがない。と、上司はそれまで半信半疑でいたが、思い返すと、同僚と昼飯を一緒にしてからほどなくして彼から連絡があった。

「小浜さん、本社の総務が社宅変更の件でそっち行きますから。現地調査と言う事です。それともう一人産業医の先生も同行しますから」

（……産業医が来る。何のために？）社宅変更で産業医は関係ないだろうに。まあ、社宅を変えて貰えるなら誰が来ようと構わないが。

　当日、総務の人間に加えてやはり産業医は来ていた。社宅近くのホテルで、これも思い返すと総務担当者ではなく産業医が主になって聞き取りをする面談だった。騒音がどうしても聞こえるのか、睡眠が取れているのか、普段あせったりしないかなどを聞かれた記憶がある。社宅の問題で聞き取り調査するのは社宅担当の総務の仕事のハズなのだが、と私は内心訝しがった。そうこうして聞き取りが終わり実際に社宅を確認する段に移った。

社宅に入って来た産業医は、壁を叩いてみて『なるほど薄そうですね』などと間抜けたことを言っていた、ように思えた。その後も産業医が各部屋を見回って調査終了と言う、不自然な調査だったが社宅変更に許可が出たのだから文句は無い。

翌日上司から確認の電話があった。

「小浜さん、何聞かれましたか？　本社もオーバーなんですよ」

（……オーバー？　産業医が来たことか？）構わず私は昨日の一部始終を話した。

「それと今度の社宅はあの病院から離れたところにして、なるべくあの病院を気にしないようにして欲しいですね」

とは言っても、あの病院から連絡が来たら行くのは私しかいない。それに、遅れたら叱られるのも私だ。離れたところを出発地にするのは私にとっては不都合なことは分かっているハズだ。この上司の提言も不自然に思いながら電話を終えた。

その後もその不自然さがどうしても気になった。だが、一つの仮定で合点が出来た。それは、今の私は鬱にある。私はメンタルを病んでいる。少なくとも周りはそのように捉えていると言うことだ。

そう考えると、あの産業医が来た必然性も理解出来る。私を刺激しないためにわざと間抜けたことを言っていたのか。調査とは社宅では無く私自身の調査だった。顔色や振る舞いだったり部屋の様子から私の生活状況を診断する目的だったのか。

後日には、他用で新潟に来ていた社長から、『小浜さん。小浜さんのご苦労は我々がきちんと理解していますから、あまり気を揉まずお過ごし願います』などと特段の気遣いの言葉を直々に掛けて頂いた。もはやあの一つの仮定は確定となったのだった。

その後引っ越しても、今度は恐らく下の部屋からだと思われたが、同じように寝入りばなにドンッと音が聞こえて目覚めるのだった。週に数回聞こえるのだ。このことを例の同僚に話すとたちまち彼は視線を外し、話題を逸らされたのだった。


私がメンタルを病んでいる騒ぎになった、「この年末調整の申告書には本当は意味が無いんですよ」発言。本当に伝えたかったメッセージは、たとえ自由に使えるお金が出来ても自由の時間が無ければ意味が無いのだ、と言うことだったのだと思う。

私にはそのようなことを言った記憶が無く、後に知らされ、憶測ではあるのだが。

トンネルの果て

私の秘かな夢だった《新型機械》による市場席巻。席巻まで行かなくとも市場への旋風。

だが、目の前の現実はそよ風も起こっていない。風に例えればクレームの嵐だ。

逃げて来たとは言え、他では無くこの会社に転職して受け持つことになった救急の中型機械。この新規事業を必ず成功させて、この会社の中軸の一つに位置付けさせる。それは拾ってもらったこの会社への恩返しであり、辞めた前の会社への意地でもあった。

事業撤退の窮地にあっても希望を捨てずに最後まで追求し続け、無理しても何かをきっかけに逆転したかった。仕事に携わる者として何かの結果を残したいと思う気持ちは当然であると思う。しかしそれは、会社の方針に反した私の勝手な意気込みだったのだ。

「お前は俺みたいだな……」

目の前の《新型機械》に向かって呟いた。意気込むとダメな奴。俺。

設置後八年を経過する今年は、私の定年退職の一年前だ。「お前どうするつもりだ？　このままダメなままなのか？」機械に問い掛けてみたが、それは自分に問い掛けているのだった。

相変わらずな生活で、容易には住処を離れられなかった。

全社員が一堂に会してしてその年の決起を誓う会合が年初にある。会社から社員へのもてなしの意味もあり、毎年豪華な食事と趣向を凝らした演出をしてくれる。

前回はクルーズ客船での集会だった。一晩のクルージングを楽しむ趣向だった。もちろん私は乗船出来ない。陸を離れて直電が来てしまったら戻れない。乗船の資格無しなのだ。

同じ社員なのに、私には年に一度の自由も許されないのだった。

日頃のメンテナンスのお礼だと埼玉のお客様から東京ドームのチケットを頂いた。当初は同僚に渡そうと考えた。だが、お客様の気持ちと私の気持ちに抗わずに、強行して出掛けてみた。だがどうしてなのだ、試合が始まる直前に電話が来た。

その電話、他の日でも良くないか⁉　昨日は無事だったぞ。何故に今来る⁉　しばらく無視して折り返さなかった。地元にいてもシャワーやトイレで出られない時もあり同じことだ。と、情けない自分の宿命に抗ってみた。その二十分の間に着信が二十六件あった。抗っている間にヤケで飲んだビールが最低に不味かった。本当に不味かった。

前年から着任していた外様の新しい支店長は私の定年退職に焦っていた。簡易機械の営業担当も兼ねていた私は住んでいるエリアから遠出が出来ない。そのため新たな営業活動を進められなかった。私は新規案件の望めない営業マンでもあるのだ。新しい支店長は私のような新規案件が獲得できない不採算な営業マンを私で終わりにしたかったのだ。

しかし、営業活動の妨げになっている《新型機械》のエラー対応を終わりにする方法は、当たり前だが彼にも見い出せなかった。

時に彼は『飛ぶ鳥跡を濁さず、と言いますから何とか決着してくださいね』などと空疎なセリフでプレッシャーを掛けて来る。そんな実態の無い都合良い言葉に分かりましたと言えるほど簡単なことだったら私は病まなかったのだ。

加えて、この八年間私と共にグローバル本社R&Dへ働きかけてきた本社スタッフの、今なお無念な思いがある。彼らも言われて出来るのだったらとうに出来ているのだ。それも分からずに『飛ぶ鳥……』などと軽薄で安易に追い込んで来るこの新しい支店長。

具体的手段も無く、日を追うごとに新たな軋轢が私と彼との間に沈着していった。

そんな何も出来ないままの、我々支店の難渋に手を差し伸べたのは本社だった。

『小浜のやってきた業務をどのように終息させるか』の会議が突然本社で開かれた。営業マンの首領《ドン》である営業部門トップの営業部門長が頭になり、マーケティング担当者及び学術部門の関係者、支店からは私の他に支店長と各エリアマネージャーが参集した。

私の稼ぎにならない仕事が良くも悪くも表沙汰にされたのだ。しかしやはり終息に妙案はなかった。機械が良くなることは望めないため、私のやっていた業務を次は本社と支店のどちらが引き継ぐのか、と言うニュアンスで話が進んだ。互いに暗に押し付け合い核心には触れられず、時間が過ぎるばかりで結論にはなかなか辿り着かない。

私が矜持を持って臨んでいた仕事が忌み嫌われているようで大変不愉快だった。


やがてそこへ、何ひとつ進展しないこの無駄な話に業を煮やした生え抜きでベテランのエリアマネージャーが、一喝気味に断じた。

「このような事態になった原因は製品の不具合であり、支店としてはこれまでその尻ぬぐいをして来たと言えます。これからは本来の責任部署に担当をお任せしたいです」


舌鋒鋭いこの営業部門長に睨まれたら終わりだと、支店長やエリアマネージャーは常々漏らしていた。支店長はもちろん支店長に倣うもう一人のエリアマネージャーも余計なことは一切言わなかった。そこへこのベテランのエリアマネージャーは一喝した。

予想しなかったこの勇気ある正論に、反射的に私は支店長の顔を見た。彼は常々恐れている営業部門長の顔色を口を歪めながら窺っていた。

そして、それまで状況を黙って見ていた営業部門長が口を開いた。

「確かにいつまでも支店に負担を掛ける事は出来ませんね。これからは我々の方で新たな担当者を決めて対処させる事にします」

想定していたかのようにすんなりと、このエリアマネージャーの意見を受け入れたのだ。


この八年間にエラーによる医療過誤は起こらなかった。だが、営業部門長そしてこのエリアマネージャー共に、エラーが日常的になっているこの問題への対応は、メーカーとして本来の正当な責任の果たし方が必至であると正しく理解していた。

正しく掘り下げればその結論は一つであり、下手な駆け引きは結論を遅くする無駄な行為であるとこの二人は明確に理解していた。そして生え抜きのベテランマネージャーは勇気の出しどころを知っていた。

人事権者の顔色を窺うことで成り上がってきた外様の支店長は老兵の私には何でも言えるが、営業トップには我が身の処遇を恐れて何も言わなかったのだ。

本社には何も言わず、しかし一社員の問題であると突き放すばかりで何らの策を持たず、それでも時間が解決するとでも考えたか。期待通りに年上の部下が解決の方向を示したのは読み通りなのか。年月が過ぎても、仕事の出来る人間と出世する人間は別であるようだ。

その後、この終息問題の解決を営業部門長に持ち掛けたのは、本社の学術部門だったと知った。学術とは言っても救急の中型機械においてはアフターサービスの部署になる。

私が高を括って自主的に始めた《新型機械》のアフター対応が、現状は二十四時間対応になってしまっている。

私が居なくなっても変わらず支店で対応してくれれば彼ら学術部門には問題無いのだが、外様支店長の考えが漏れ伝わり、万が一にも彼ら学術が待機当番の煽りを受けないようにと、営業トップへこの問題は営業部門の範疇を維持する根回しをしたというものだった。

問題の根源を営業トップに正しく認識させようとした学術担当者、あるべき正当な対処方法を営業トップに詰め寄るベテランマネージャー、自身の処遇を恐れて一社員に押し付けるばかりの外様支店長。立場や思惑によって、局面での気構えや品性も違うのだった。

させておき、これで今後の方向が決まった。決まってしまったのだ。とうとう終えてしまうのだ。

営業部門長の出した結論は自部門から新たな後任担当者を充てることだった。私はこの結論に感謝した。だが、ダメなままであの機械を後任に渡すのは大変残念だった。
この機械が稼働を開始して――ほぼイコールでエラー歴にして――八年六か月。私の定年退職まであと三か月。ドラマのように私の退職に合わせて劇的にエラーが収まってハッピーエンド、と言う事は無かった。

選ばれた後任担当者は以前から知っている元埼玉支店の営業マンだった。他支店ではエリアマネージャーも経験している、定年まであと四、五年のベテラン社員。

妄想して勝手に走り、終いには大きなお荷物を残していく定年社員とその後始末を指名されて生活が大きく変わるであろうベテラン社員。彼は一言の不満も漏らさず淡々と私との申し送りに臨んでいた。私の『すみませんね』にも笑顔を示しただけだった。

その後引継ぎOJTが始まった。機械に関しての測定原理や流路の図解、消耗品の交換、エラーの判断の仕方や対応方法、付随して院内各部署への挨拶や入室決め事なども必須だ。

製品の導入販売を管理するマーケティング担当者。営業部門長が慮ったメーカーの責任を果たすに完璧である後任担当者。ＯＪＴも完璧な引継ぎのために二か月間を要した。

その一方で、私の中では切ない気持ちが日に日に増していた。何気なく視線をやると、私だけの秘かな夢だった《新型機械》がすました顔をして後任担当者と向き合っている。

こいつも今どんな気持ちでいるのだろう。


無理して導入したのだが、それは、会社への責任を全うしたかったからだった。矜持を持って逃げずにこいつに向かい続けたのだ。いや、本当はこいつの相手をしていることで、叶わないと知りつつも私は夢を持ち続けることが出来ていたのだ。

しかしそれも終わりが来てしまう。もう私の勝手な夢もあと少しで終えなければならない。だが、こいつはこいつのままで残ってしまう。

（お前、色々あったけど、俺の秘かな夢でいてくれてありがとうな。でももう俺は終わりなんだ。俺にとってお前は夢だったけど、あいつにとっては夢でも何でもないんだ。だから、あいつにはチャンと言うことを聞いてやってくれないか。頼むから）

後任担当者には私のように犠牲を強いる訳にはいかない。こいつとの原点が違っているのだから。この期に及んでの勝手な思いだったが、本気で私は願った。

私の今までの役割を後任担当者が引き継ぐ案内を各部署に行う。まずは臨床検査室の責任者へ向かった。彼は無表情で名刺を受け取り後任担当者を一瞥しただけだった。

営業部門長には何も言えない支店長だが、本社会議の前にお客様にもプレッシャーを掛けていた。エラーが頻発している《新型機械》を買い替えて欲しいと訴えていた。論拠はメーカーの一般的な保証耐用年数である七年を超えていることだった。

だが、現在この病院では十年間は継続使用を方針としており、他のすべての検査機械はその方針に対応できるのだった。ゆえに、機械のエラーを完全に抑え込むか、客が使い終わるまで黙って今まで通りの体制を維持するか、が、まともなメーカーの選ぶべき道であるのだ。

この訴えに責任者は猛反発した。当然である。以降、彼との関係はさらに悪化していた。

ＯＪＴは一か月を経過した。未然防止のために問題となっている消耗品をエラーになる前に定期的に交換する作業が加わっていた。この時点でこの基本的な作業は任せられた。

二か月目に入った中頃、休日昼に手術室から連絡が来た。いつもの消耗品のエラーのようだ。後任担当者にすべてを任せてみた。待ち合わせて現場に急いだ。オペ着の着替えもスムーズになっている。彼は画面を操作して該当の消耗品を交換し無事復帰させた。

機械本体の交換作業も何度か行った。夜中のコールは無かったが、要領は何度も伝えた。

この業務の胆となるのは愚直に行うことだ。心乱さず、ひたすら愚直に向かうことだ。

そして最終日。

夜中や休日に何十回この廊下を急いだだろう。このドアは開ける前からお客様からの痛い視線を貫いていた。悪いことは続かないと空しく自分を励ましていた。お客様から何度も叱られて、でも最後には決めて良かったと言ってもらえる日が来ると愚かにも信じていた……。

私はこの日これでもう終わらなければならないと悟った。すると傍観者の気持ちになり、今までの苦しかった数々を冷徹に思い起こしていた。夢から覚めたのだった。

しかしこいつはどうだ。

無理に引っぱり出されて、完全ではないのに完全を求められて、私の夢に仕立て上げられたこいつだ。私はもう終わりなのだが、こいつはまだ終われないのだ。

『俺を置いてあんたは終わるんだな』

こいつは、そんなことでも言っているのだろう。今までは感じることが無かった寂しさがこみ上げて来た。そして、こいつを楽にしてやれなかったすまなさと悔悟の気持ちも沸いて来た。やはりこいつは私のために私の前に現れたのだ。

最後の日になって冷静になり振り返ってみると、悪いのはこいつに無理をさせた私だったのだ。こいつの方が苦しかったのだ。私の勝手な夢のためにこいつは苦しんでいたのだ。と、やっと私はこいつの心境に思い至ることが出来た。

（結局お前に無理させたのだな。でも本当に本当にありがとうな……）

もう会うことの無いこいつに最後のお別れを念じた。そして、悲しみを悟られないよう、後任担当者に言葉少なく後を託して別れた。


「小浜さん、本当に大変でしたね。お疲れ様でした！」

世間が新型コロナで外出規制を始めようとする折、有志が私の送別会を開いてくれた。私は新人時代以来のチヤホヤ感、と言うか尻のムズムズ感を感じながら時間を過ごした。

お決まりの記念品も渡され最後の挨拶をして一本締めでお開きになった。店を出るとつい先月に替わったばかりの次の支店長が最後の労いの言葉を掛けてくれたのだ。

近くには明日の朝は逆方向に歩むだろう帰り道のサラリーマン。少し向こうにはやはり小グループのほろ酔いの人々。空を見渡すと合間には月が出ていた。普通の夜。世間には何でもない普通の日。しかし、私には定年退職と言う特別の日だった。


幸いにも当然ながら、【何ら野心を持たない田舎モノの超奥手で口下手な運動神経ゼロの単純真面目人間】の私でも世間並みにこの日を迎えることが出来た。これまで不条理な退職を迫られたり、不当な勤務環境や異動に見舞われ、或いは心の病にも侵された。しかし、他の多くのサラリーマンも歩んだ道は平坦では無かったハズだ。そして歩むべき道を、皆それぞれの流儀で自分なりに全うしている。そして今夜、私も全うしたのだ。

私の流儀はあらゆる場面で真面目に正面から対峙することだ。真面目とは要領が悪いことのように言われるが、私はそれが常識人の代名詞であると思っている。すべてを真面目に対峙して行くことが私の流儀であり、私の矜持であり、私そのものなのである。

これまで真面目に対峙して来た経験の数々を、今度は、これからの人生で活かして行くことになる。これからは、会社の足カセも無ければ保護も無い。何者だと問われれば名前を名乗るだけだ。サラリーマン生活で学んで来た成果をこれからは一人で発揮するのだ。明日から私の真価を発揮すべき人生が始まるのだ。ポンッと放り出された新しい社会で、真面目の流儀がどこまで通じるのか挑戦するのである。

だが、本音はもうこの辺で一休みがしたい。まずは今までの待機生活のリハビリがしたい。それには旅でもした方が良いのか。そうだ、これからは途中で呼ばれることも無い。心置き無くどこにでも行ける。ビールもおいしく飲めるのだろう。

（それにしてもお前、今頃どうしているのだ）

そして、現在《いま》

送別会をして頂いた翌日、私は住んでいた新潟を去った。定年退職後の住まいを、実家へ日帰りの出来る距離にある、太平洋に面した地方都市に決めていたのだ。これからは、誰も知らない街で誰との関りも気にせず全くのゼロの状態から生活を始める。

とは言っても、ご近所さんとの付き合いは大事である。マンション暮らしで隣や下からの騒音に悩まされた経験から一軒家に住むことにした。もちろん中古だ。五十年経過の堂々たる中古住宅がこれからの私の住処なのだ。

引っ越した翌日、私は町内会長のもとを訪ねた。

「あ、そうなの、こちらこそお願いします。じゃあ早速回りましょう」

私が収まる町内会は四区画二十二世帯になる。雨の中のご近所さんへの引っ越し挨拶は向こう三軒両隣と思いきや、ご丁寧にも全世帯を回らせて頂くこととなった。

「こちら今度越してきた小浜さんと言います。宜しくお願いしますね」

会長も雨に濡れながら、町内会長の仕事とばかりに全戸を懸命に回ってくれたのだが、

「それで……、〈やや間があって〉小浜さんは、独身なんだって……」と、続くのだ。眉をひそめながら、全戸で。

昼食後の買い物にはまだ早い時間。この時間帯に家にいるのは大半が女性。町内会長の二言目に苦笑いでスルーしたり、改めてまじまじと私の顔を見たり、中には座りなおして髪を

整え始め落ち着かなくなる女性もいた。

（いやいや、そういうことではない）

もう最近は独身で良いと言う考えで生活していた。女性に興味が無いわけでは無いが、私にはどうにも素人女性と交わることが向いていないのだ。

私には、むしろ生まれ持った基礎気質の赴くままに、無理せず気ままな一人暮らしが向いているようだ。自分では自信を持って迷いなくあえてこの道を歩んで来た。

だが会社と言う拠り所を無くした私を一番に現わす属性を、たった今この町内会長から聞かされたのだ。それは『元会社員の』でも無く、『六十歳の』でも無い。『独身の』なのだ。独身のジジイはここでは奇異な存在になるようだ。こんな田舎では尚更なのだろう。

ならばもっと田舎に住む母はどうだったのだろうか。

母はこの独身息子のことでかなり恥ずかしい思いをしていたのか。家族の話になって子供のことを問われる度に母は言い淀んでいたのか。あるいは親しい友人は気を遣って、私のことには決して触れないでいた。それも感じ取っていたのだろうか。

予想もしていなかった町内会長の眉をひそめながら放たれたこの言葉に、さらにあの時の母の境地へ思いが及んだ。

母が回覧板に目を留め、市民サークルに興味を持ち思案していたことを思い出した。しかし、考えた末に断念した様子だった。それを見ていた私は、横着しないで新しいことも楽しんで欲しいと思い、『ぐうたらしねぇで、行けばいいのに』と、何も分からずに母に参加を勧めていた。しかし母は、『やっぱり止めどく』と言ったきりだった。

私は今やっと思い至った。母にはあの時本当は言いたかった続く言葉があったのだ。

『行きたくても行げねぇんだよ。新しい人だと家族の話になって、オメェのことになったらどう言えばいいんだ!?』

＊

世間の人々のように結婚するのが当たり前だと思い、仙台に住んでいた頃までは婚活も盛んにしていた。縮れ毛同期から教わったパーティーもほぼ毎週参加していた。母の知人の紹介でお見合いもしてみた。出会い活動には余念が無かった。

いずれにしても知り合った女性とその後も食事をするが会話が続かないのだ。とは言え良くしゃべる女性には疲れてしまう。お見合いをした後、付き合ってみないと分からないと言われて思い直して会ってみるも、一時間もしないうちに帰りたくなる。

女性の生態が良く分からない私が、女性を慮ろうとするのが間違っている。気遣いのつもりで『今日はお疲れのご様子ですか』と話せば、たちまち女性はむこうを向いてしまう。

結婚後の生活を妄想してみる。いつも女性――妻――が近くにいる。時間だからと言って『ありがとうございましたぁ　またお願いしま〜す』と去ってはくれない。

女性は生活の主導権を握りたがる。あれやこれやと勝手なルールを押し付けられるのだろう。そしてそれに従わないと叱られるのだ。部屋を歩く足音。洗濯機への靴下の入れ方。風呂掃除やゴミ捨ての係もある。買っておいたスイーツは油断すると二つとも食べられている。果ては好きなビールの本数にまで口出しをされるのだろう。あなたの健康を思ってと。でも、手にする食器の裏には油が残っていて私はそっとティッシュで拭う。

そこまでして窮屈な生活をしたいものか？　世間体に捕らわれて自分の人生を抹殺してはいないか？　犠牲にしてでも、そんなにも結婚生活とは良いものだったのか⁉

理想の女性との生活が出来たとしても永遠の別れも辛い。中学の終わりの頃、父親の居ない寂しい心の空間を埋めてくれたのは同じ教室の和男君だった。毎日毎日面白いことをしゃべってくれて、学校の私には笑顔があった。しかし和男君は勉強が得意では無かったことから、高校に進学した私とは永遠の別れとなった。以降、私は毎日和男君との日々を思い出すのだった。日常の最も近しい人間を失った最初だった。同じ悲しみは最低限に留めたい。出会って情が深まるにつれて裏側では悲しい予感が増してしまう。

でも、ある日帰宅したらメシをつくっている嫁がいた⁉　そしたらどうなる⁉

＊

就職の時コネに手を回したり、大阪の時はフカフカの布団を入れてくれたり、祖母の葬儀では疲れていながらも、『いいからいいから、お母さんは何とも無いから心配しないで早く仕事に行け』と言ってくれたり、実家を出るときには必ず『風邪引くんで無えよぉ』と言ってくれていた母は、定年の数年前に二度目のガンで亡くなってしまった。

今なお死んだ親の歳を数え、（まだボケていない歳だから、温泉に連れて行けたなぁ）などと夢想する。遠くに暮らすのに変わりは無くても、亡くなってしまうと毎日寂しさを感じてしまう。

人が集まるスーパーや病院で、チリチリパーマでやせギスの眼鏡の老婦を目にすると、思わず立ち止まることもあった。視界に認めて一旦は通り過ぎるも、『お母さん、生きていてくれてたの⁉』と振り返り、後を追いそうになることもあった。

元気だった母に私は定年した後の親孝行を考えていたが、遂に出来なかった。弱って行く母を見てもなお信じられず死期を認めたくない気持ちもあった。考えていたのはモノ金の親孝行では無い。もっと話を聞いてあげたかったと言うことだ。

大農家の長女が自営業の男に嫁いで、三人目の子供が産まれた途端に夫が病に倒れ、それからは働きづめの毎日に陥るも三人の子供を世間並みにまで育て上げたと言う、本当に苦労の人生を、話し好きな母から百回でも二百回でもゆっくりと聞いてあげたかった。亡くなって一番悔やまれることなのだ。今はその時々のしわがれ声だけが耳に蘇る。

＊

私は新人の時、立ち上げメンバーへの抜擢人事がされたが、その後も人事のことでは油断ならないと痛感した。

新所長様、函館担当、同い年後輩、ズケズケ同僚、大阪転勤。結局、最終的に人事を決めるのは一人であり、その決定者の真意を掴めずに期待をしているからガッカリすることになるだけの話だと、振り返ると理解出来た。

直の上司や支店長が替わるのも多かった。営業所長・支店長は三十八年で十八人が入れ替わっていた。二十一年間在籍した転職前の会社では十一人の所長だったが、うち二人の所長には良くしていただいた。一人は東京時代の同郷所長で、もう一人は札幌時代のこぢんまりの後任所長だった。

彼には何かにつけ良い評価をして頂いた。私の素直で真面目な部分をそのまま見てもらっていた。元々の会社らしい正体不明の所長だったが、彼の特異な思考に一番近かったのが私だったと言う、消去法的な相性によるものだった。慎重なB型にとって大変稀有な関係性の良い所長だった。しかし、二回目の合併で行方不明になった。

良くなかった所長の筆頭を争う貧乏ゆすりは、彼自身の転職後しばらくしてガンで亡くなったと聞いた。六十歳手前だったと思う。しのぶ会が催されると知って訪れてみた。昔の仲間の近況も気になっていたからだ。

懐かしく思ったが、遺影にも、下手な弔辞にも、涙の弔辞にも、昔の仲間にも特別の感慨は無かった。憐憫の思いは薄く、涙する者には申し訳ないが、こんな早死も自業自得なのかと思った——因果応報には当たらない——。

＊

同い年後輩は『こいつは仕事出来ないんだよ』で仙台に戻されて後、話をすることは無かった。しかし定年間近になり色々気を採んで来たのだろう。いつものように後れを取りたくないヤツは、定年退職時のお金関係の手続きのことで電話をして来た。十年ぶりでも淀みのない会話の滑り出しだった。私へのあの暴言は暴言と認識していたのだろうか。

ほとぼりが冷めたと思い格好のネタを切り口に再び何かを企んでいるのか。無闇に悪くは言いたくはないが決して油断がならない。因みにヤツとは誕生月も一緒だ。だから同時の定年退職になったのだ。このあたりも腐れ縁なのだ。

退職後も連絡が来てゴルフで再会することとなった。しかしもう仕事ではない。協調性も仲違いも会社にも誰にも影響しない。ダメならすぐに止めれば良いのだ。

十年ぶりのヤツ。ややムクんでいる感じはするが、老人感はしなかった。かしこまった口ぶり。六十にもなればさすがに常識的になったのか。しかし決して気は許せない。

プレーが始まるとヤツの口が滑らかになって来た。単にゴルフで緊張していたようだ。

終えた頃には往時と変わらない雰囲気になり、次回のゴルフも約束した。気を許さずにゴルフ相手として付き合えば良いのだ。それにしても定年退職して会社の利害もない今、私を利用する何かがあるのだろうか。社宅もナンパも出世も今はもう無縁なのだ。

人を利用する人間は常々そのことばかりを考えているのだろうか。専門能力とは底知れないのだろうか。定年退職をして何も持ち合わせていない私なのだが、利用されるものなど無かったハズの私なのだが、やはりヤツの大事件は起きてしまった。

次回のゴルフを終えて、ヤツの繰り返しの昔話を聞かされた以外は何事もなくお開きになり自宅に帰った三日後だった。ヤツから来ていたＬＩＮＥを開くと、あの新潟の大規模病院の救急の中型機械のことが書いてあった。最初のゴルフの時に、時期を待って機種更新を目指していることを結末にしてヤツに苦労話で話していた。

詳細をヤツの元後輩に教えて欲しい、翌日彼から直接電話があると言う内容だった。

退職する時に守秘義務誓約書なるモノに私は捺印している。部署は違えどヤツも同じことはさせられている。その誓約書は充分理解しているハズだ。仕事で得た特定情報を関与外の人間に教えることは大変に危険であるのは分かっているハズだ。ハズだが、私が応じるのが当たり前であるかのように、大変危険な行為をすんなりと押し付けて来たのだ。

《新型機械》で私のやってきたことを内緒話で誰かに話したい気持ちは無くも無かった。お願いのされ方では天秤に掛けることもやぶさかでは無かった。だが、やはり気を許し過ぎたのか、と悔やんで電話した私に彼は後ろめたさを微塵も見せずに言い放った。

『いやー、歳は下なんだけどあいつには入社した時に借りがあるんだよ。だから悪いけど、俺の代わりに借り返してくれない？』

怒りは通り越さない。形をそのままに溜まるばかりなのだ。しかし一旦冷静になり、その後輩の名前を聞けば私も知っている好青年だった。なぜ、彼はあの新潟の大規模病院に関わることになったのだ。何か事情があるのだろう、困っている顔が浮かんだ。

そして翌日、何回も念押ししながら、転職していた彼に私は雄弁に状況を話していた。


ヤツが言っていた『借り』とはこれまでの私と同じで、その後輩を利用していたことを意味する。気になっていたようで、今回ヤツはその『借り』を返したことになった。

それでは、私はヤツから借りを返して貰えるのだろうか。それは永遠に無いようだ。それどころか、ここに来て、また大変危険な行為を平然と押し付けて来た。これではもうキリが無い。勘違いも度を越えている。もはや異常者だと思わざるを得ない。

その後ヤツから何通かのメールが来たが、まともに返してはいなかった。私らしくない愛想の無い返信が続いていることにさすがにヤツも訝しんで、或いはシビレを切らしたのか、ゴルフの誘いが来た。いけしゃあしゃあと。

私は躊躇なく最後の決断をした。今日が最後の最後、もう永遠に終わりである。

『会っても何も話をするつもりはない』『あんな事は二度とごめんだ』『長生きしていたら線

香ぐらいは上げてやる』と返信した。間もなく異常者が『大変失礼なことをしました』などと返してきたが、もう応えなかった。腐れ縁も今や腐り果てたということだ。

『俺の代わりに借りを返してくれない？』って何なんだ⁉　そこまで人を馬鹿に出来るオマエは何様なんだ⁉　結局俺も何だったんだ⁉　母の回想より字数が多いのも癪に障る。

＊

やはり私は旅をした。しかも十六泊の旅だ。誰にも邪魔をされずに遠出が出来る自由を味わいたかったのだ。あの時の反動から来る、残る人生へのあせりにも思う。そうでは無いにせよ、旅をすることで純粋に自然や文化の新たな感動に出会いたかったのだ。とにかく自由な遠出を楽しみたかった私は、《新たな感動》よりも手っ取り早く、知っている土地へ《再びの感動》に会いに出掛けた。東北の一周と函館への訪問だ。《再びの感動》というより結局は、昔の思い出に浸る旅だ。かなり女々しいのだ。

母と母の実家近くの食堂で食べたラーメン。最初のがんで胃を摘出したため母は半分も食べられなかったが、『懐かしいなぁ』と美味しそうにしていた。

その胃がんが判明し無事の願掛けに訪れた宮城の半観光地化した寺院。願掛けの甲斐も無く胃のほとんどを摘出することとなった。それでも無事に退院出来たのだからとお礼参りを勧めたが、母は胃が残らなかったのだからと行こうとはしなかった。仏をも恐れぬお金と結果に厳しい母らしかった。その約十年後に今度は胆道に転移して母は亡くなった。遺影を持参して遅くなったお礼参りが出来た。名物の油揚げにも母の声が蘇って来た。

仙台では元々の会社時代に良く昼食を食べていたボリューム満点格安メニューの居酒屋だ。当時は皆から『なぜあそこが良い？』と言われてもその真意が分からなかった。味が当時と変わりが無ければ、当時の私は舌がおかしかったようだ。

学生時代ＥＳＳの合宿をした三陸の国民休暇村。学習の合間に皆で沖の小島まで泳いだ記憶があった。だが、沖と言う距離では無く、せいぜい三十メートルだった。

青森では新製品を決めたゆで卵後輩にご馳走していた繁華街。コロナもあってか寂しい街だった。行き先は決まっていながら『どこにします？』と尋ねて来るゆで卵に、『どこでも好きなとこで良いよ』と答えるのが先輩の流儀だ。

山形はエリア営業で駆け回っていた。生還して新たな製品を担当して新たな流儀によって、ある大規模病院の手術室で初めてあの匂いを嗅いだのだった。内陸はどこも蕎麦が美味しかった。海沿いに行ったら必ず買って帰る水産品も楽しみだった。

そして函館である。人生のモテ期を過ごした函館である。

まずは市場で昼ビール。正々堂々と何も気にせず歓楽地で飲める昼ビール。これをしないと終われないドームの敵討ちの昼ビール。イカ刺しをつまみに、『あぁ、うめ～』。

路面電車に乗って駐在していたマンションを訪ねた。最上階角部屋の出窓に見覚えがあった。その出窓の向こうで私は頑張っていたつもりだったのだが。

バドミントンを覚えた体育館はすごく近代的だ。あの男もそれなりの覚悟があったのか。

哀愁陽子さんの病院にも行ってみた。こちらも建物が一新していた。古い駐車場に面影があるような。その時々色々な思いを秘めここで営業車の乗り降りをしていたのだ。

再びの彼の地。人生とはつくづく切ないものだ。どれもがたった思い出なのだ。


ここに来て振り返ると少しは自分を俯瞰できる。私は身体は大きいが心は大変小さかった。小心者などと勝手な言い訳をしているが、相手を慮る気持ちが大変薄かったのだ。近しい相手に因果などは問わずに、ただただ理解をする努力が大事だったのだ。

相手に寛容になれなかった私は卑屈だったのかも知れない。子供の頃に父が倒れて以来、我が人生の不公平を感じ続け、他人とはまるで違った自分の宿命に嫌気がさし、それで心は卑屈になったのかも知れない。

だが、同じ不公平な人生を背負った母を見て、父の替わりに頑張り続けていた母の姿を見て、私は自暴自棄にもならなかった。そして臆病にこつこつと一生懸命に生きて来た。

そうして私は真面目に人生を歩んで来た。手抜きを要領だと履き違えることもなく毎日を送って来た。大切な何かを犠牲にする事が無いよう努力は常に怠らない矜持を持って生きて来た。そのような誇りを携えて生きる事こそが意味のある人生なのだと信じて来た。

勘違いの潔さや因果応報の教えによる内省と改善努力は他人から見れば大変バカらしい素行なのであろうが、私には安心できる私の矜持に基づいた私の生き方なのである。

そのバカらしい矜持のせいで他人からは反発を買い度々の仕打ちを受けたようにも思っている。しかし、これからも真面目さと勘違いの潔さを発揮しながら、常識人としての気概を大切にして生きて行く。私には私の生き方しか出来ないのだから。


私のすべてであったお前、今頃どうしているのだ。

理由《わけ》あって、

2023年4月4日　第1刷発行

著　者　小浜次郎《おばまじろう》

発行者　太田宏司郎
発行所　株式会社パレード
大阪本社　〒530-0021　大阪府大阪市北区浮田1-1-8
TEL 06-6485-0766　FAX 06-6485-0767
東京支社　〒151-0051　東京都渋谷区千駄ヶ谷2-10-7
TEL 03-5413-3285　FAX 03-5413-3286
https://books.parade.co.jp
発売元　株式会社星雲社（共同出版社・流通責任出版社）
〒112-0005　東京都文京区水道1-3-30
TEL 03-3868-3275　FAX 03-3868-6588
装　幀　藤山めぐみ（PARADE Inc.）
印刷所　創栄図書印刷株式会社

ISBN 978-4-434-31829-0　C0093